二見文庫

胸騒ぎの夜に

リンダ・ハワード／加藤洋子＝訳

Prey
by
Linda Howard

胸騒ぎの夜に

登場人物紹介

アンジー・パウエル	ハンティング・ツアーのガイド
デア・キャラハン	ハンティング・ツアーのガイド アンジーの商売敵
ハーラン・フォーブズ	不動産仲介人、アンジーの亡父の親友
チャド・クラグマン	会計士
ミッチェル・デイヴィス	チャドの顧客
レイ・ラティモア	駐車場経営者

1

彼の勝ちだ。

彼女は負けた。

負けるのは大っ嫌いだ。ほかのなににもまして、負けることは我慢ならない。

そう思ったら歯ぎしりしていた。ほんとうにこれでいいのだろうかと思った。タオルを投げ入れることになるのだ。負けを認めることに。オーケー、実際にタオルを投げ入れるわけではない。でも、仕事を縮小せざるをえず、いま手を打たなければならない。頑固さが最大の欠点で、それは自分でもわかっている。だから、頑固さに足をすくわれて気が変わる前に、アンジー・パウエルは、この地域でただひとりの不動産仲介人、ハーラン・フォーブズと交わす契約に署名し、椅子にもたれかかって呼吸を整えようとした。

これで終わった。彼女の家は正式に売りに出される。胃がせり上がってくる。まるで断崖絶壁から足を踏み外し、くるくると回転しながら落ちてゆくような気分だ。もう後戻りはできない。はたして、そうなのだろうか。ハーランは子どものころからの知り合いだから、いま頼めば契約を破棄してくれるだろう。中途変更がきかない契約だ。決められた期間内に家が売れなければ、契約を更新するか、あるいは……どうするの？　ほかに選択肢は？　ない。やるか、死ぬか、沈むか、泳ぐか、ようするに背水の陣で臨まなければならないのだ。でも、ただ諦めるなんてぜったいにいやだ。仕事の場を移すのは、諦めるのとはちがう。

「さっそくネットに載せるとしよう」ハーランは椅子を回し、契約書を一体型パソコンの横に置いた。金物屋の二階の、二間つづきのむさくるしいオフィスには不釣り合いの最新式パソコンだ。「おれの商売、いまじゃこれが主流でね」血色のよい顔いっぱいに気遣う表情を浮かべて、彼はアンジーをちらっと見た。「だが、すぐに買い手が見つかるなんて期待しないでくれよ。ここらあたりの物件は、買い手がつくまでに平均で六カ月はかかってる。この不景気を考えたら、それだっていいほうだ」

「ありがとう」彼女は言った。ハーランは父の親友のひとりだ。買い手がつくことを望む気持ちは、彼もおなじだ。景気がふるわないのはどこも一緒。六カ月。あと六カ月、持ち堪えていけるだろうか？　答はわかっている。こうなったらやるしかない。

椅子から立ち上がる。「ほんとうを言うと、いまはなにも期待してません」

いいえ、している。せざるをえない。家がいますぐ売れることを願っている。気が変わらないうちに売れてくれればいい。その一方で、ここを離れたくなかった。ふたつの思いがせめぎ合い、大声で叫びたくなった。そうできたらどんなにいいか。

コートに腕を通し、大きなトートバッグを肩に掛け、帽子をかぶる。コートと帽子は必需品だった。十一月に入るとめっきり寒くなり、渓谷はうっすらと雪化粧をしていた。まわりの山々は雪を戴き、吹き下ろす風は冬の匂いを運んでくる。常緑樹と新雪の匂いだ。温暖前線がちかづいているので雪はじきに融けるだろうが、あたたかさが一時のものだと人も動物もわかっていた。遠からず寒さが居座り、数カ月は雪に閉ざされる。

ここでまた冬を越す準備をしなければならない。家がすぐに売れれば言うことはないが、アンジーはなによりも現実主義者だった。空に浮かぶパイにはなんの魅力も感じない。中身がただの古リンゴならなおのことだ。でもいまは、リンゴもパイも見当たらなかった。家が売れてよそに移り住めるようになるまで、なんとか食いつないで抵当流れだけは避けなければならない。

もしも。またこの言葉だ。もしも、数年前、父が事業を拡大しようと馬や四輪駆動車を買い足し、三軒のゲストハウスを建設するために大金を借入れなければ、家が抵当に入ることはなく、収入が減ってもうまくやっていただろう。でも、父は借金をし、彼女はにっちもさっちもいかなくなった。四輪駆動車と馬の大半を売り払ってローンの元金は支払った。たとえローンを借り換えられたとしても、月々の返済がいずれ滞《とどこお》るのは目に見えていた。借金で首が回らなくなってからでは遅い。現実主義者の彼女には先が読めた。いま手を打たなければ、一年もしないうちに金も仕事もなくなる。楽観的に見積もって一年だ。家屋敷が売れるまでに六カ月はかかる、とハーランは言った。そのころで収支はどんとんだろう。貯金を切り崩すことだけはしたくない。たいした貯金があるわけではないし、失敗した事業にさらに金を注ぎ込んだりすれば、すべてを失うことになる。

ハーランがキーキーいう椅子から巨体を持ち上げ、戸口まで送ってくれた。「あす、写真を撮りに行く」

「あすならいます。あさってからガイド・ツアーに出るので、その準備をしなきゃならないの」いま、予約が入っているのは、常連さんに付き添うそのツアーだけだった。三年前、デア・キャラハンが帰郷して彼女の仕事に大きな打撃を与えるまでは、必要な物資を補給してはつぎのツアーに出掛けることの繰り返しだった。二年前、彼に仕事を食われることはあっても、まだ大丈夫だったし、つぎのツアーまでゆとりの時間を持てて喜んでいた。だが、去年あたりから仕事量がどんどん減り、今年はもう壊滅的だ。

ハーランがドアを開けてくれ、元気づけるように彼女の腕を叩いた。「きみがいなくなるのはほんとうに残念だが、考え抜いた末の結論だろう」

「そうだといいのだけれど。いろいろ調べて、ミズーラから奥に入ったあたりがよさそうだと思っているの」でも、まだここという場所が見つかったわけではない。ハンティング・ガイドが少ないところでないと、わざわざ移り住む意味がない。競争相手が多ければ元の木阿弥だ。

彼はドアの外に広がる馴染みの景観に目をやり、ふっと悲しげな表情を浮かべた。「おれもここを離れようかと思っているんだ」

「なんですって？」彼の思いがけない言葉が、自分のことで頭がいっぱいだったアンジーを現実に引き戻した。ショックで彼を見つめる。彼はつねにここにいて、この場所の一部となっていた。そして、父とともにここに移り住んでから、彼女の人生の一部にもなった。彼女自身は二度、この地を離れていた。大学時代と、そのあとビリングズで就職したときの二度だ。でも、ハーランはいつもここにいて、それは太陽が東から昇るのとおなじぐらいたしかなことだった。彼のいないこの場所なんて想像できない。「どうして？」

彼は遠くを見つめる目をした。「年をとるにつれ、いなくなった者たちにばかり思いが向くようになる。そのせいか、生きている連中と関わっていくのがしんどくなってきた」彼がしんみりと言った。「死んだ者たちのことばかり考えるようになってね。気がつくとグローリーに話しかけているんだ」グローリアは彼の亡くなった奥さんだが、彼はいつもグローリーと呼んでいた。「それに、きみのお父さん……まるで彼がここにいるみたいに話しかけることがあるんだ。ほかにもそうやって話しかけてる相手は大勢いる」

彼がため息混じりに話をつづける。「これから先の人生、そう長いわけじゃない。ひとり暮らしが長すぎた。ノアや孫たちのそばに引っ越して、一緒の時間を大事にしたい。そうできるうちにね」

「片足を棺桶に突っ込んだみたいな言い方して。そんな年じゃないでしょ！」ショックが強すぎてお愛想は言えない。もともとお愛想は得意ではなかった。あとになって、もっとべつの言い方があっただろうと反省するかもしれないけれど、いまは思ったことを口にするだけだ。それに、ハーランは年寄りではない。父とおなじぐらいだから、せいぜい六十代なかばだ。

でも、父は死んだ。そう思ったとたん、ハーランの言葉がストンと心に落ちてきた。彼はあの世からの呼び声を聞いているのだ。彼女もそれを耳にすることがあった。静寂が思い出でいっぱいになる。生から死へ、あるいはこの世からあの世へ移る、それが自然のやり方なのかもしれない。彼は人生最後の四分の一にさしかかったことを悟り、かけがえのない人たちのそばでその時間を充実させたいと願っているのだ。

「もう充分そんな年だよ」彼は言い、聳《そび》え立つ山々にまた目をやった。「いま動かなければ、時間を無駄にしてしまう」

ありていに言えばそういうことだ。理由は異なるが、アンジーもまったくおなじことをしようとしていた。もう時間がない。

「そうね」やさしく言う。「そのとおりだわ」

彼が片腕であばら骨がきしむほどのハグをした。あっと思う間もない出来事だった。「別れるのは寂しいが、手紙を書くよ。約束する」

「あたしも」ぎこちない言い方になった。心の奥底から湧き出す感情に揺り動かされながらも、なんとかほほえみを浮かべてドアを出た。こういうときになにを言うべきか、なにをすべきかわかっている人もいるが、彼女はそうではなかった。いまできることは、そう、自分らしく振る舞って、ドジを踏まないよう願うだけだ。

背中でドアが閉まるやいなや、泣きべそをかいた。ここを離れたくなかった。生まれ育った土地だし、ナイトライフといってもカエルを数えることぐらいの、ほんとうになにもないところだけれど、ここが好きだった。でも、それがなに？　ビリングズの生活も楽しかったし、ここの生活も楽しかった。引っ越した先でも、しばらくすればそこがわが家になる。どこに住もうと自分は自分だ。肩をすくめて悲しみを振り払った。自分を哀れんでもしょうがない。愚痴っぽいのは性に合わない。

外付けの階段を足早におり、地面がひび割れた駐車場を横切って七年落ちのダークブルーのフォード・ピックアップ・トラックに向かった。誰がうつむいたりするものか。打ちのめされてはいない。いまはまだ。でも、負けは見えていた。敗北の味は口に苦かった。なにが悔しいって、デア・キャラハンは気づいてもいないことだ——気づいていたとしても、意に介さないだろう。彼女が生き残りを賭けて戦ってきたことに。都合三度も彼はものの見事に彼女の頭を踏みつけ、ぐいぐいと水中に沈めた。

ああ、彼が憎い。いいえ、正確に言えば、憎んではいない。でも、嫌いなことはたしかだ。実を言えば二年前、彼にデートに誘われたとき、胃のあたりがザワザワして、誘いを受けてもいいと思った。彼の真意に気づくまでは。いまはもっと分別がある。彼のすべてが嫌いだった。見てくれも、運転しているトラックも、名前だって嫌いだ。デアですって。なんて名前なの？　まるで自分は、〝弾よりも速く、力は機関車よりも強く、高いビルもひとっ飛び〟のスーパーマンならぬ、〝小柄なヤッピーもひとっ飛び〟のスーパークールな都会の無頼派《デアデヴィル》みたいな名前じゃないの——ただし、クールすぎるから試そうとも思わないのだろう。

公平を期すなら——べつにそんな必要もないけれど——名前の文句は彼の両親に言うべきだろうが、彼に罪がないわけではない。名前なんて変えようと思えばできるもの。ジムとかチャーリーとか。でも、ウェブサイトの〈デア・キャラハン、ウィルダネス・ガイド〉は、平凡な〈チャーリー・キャラハン〉よりもずっとクールだ。頼むほうは、なんとなくインディ・ジョーンズを雇ったような気になる。

それに比べて〈パウエル・ガイド・ツアー〉の冴えないこと。自分だって雇いたくないと思うもの。そんなこと認めたくはないけれど、避けても通れない。ウェブサイトをお洒落にしたくても、人に頼むお金はないから、暇な時間に自分でなんとかしようと思うのだけれど、お金をかけないとそれなりのものはできないことを思い知るばかりだった。サイトを立ち上げてアップデートすることはできても、いかんせんインスピレーションに乏しい。〈デア・キャラハン、ウィルダネス・ガイド〉よりも有能そうに見せる術《すべ》がわからなかった。名前をエースに変えるなんてのは、どう?

そんなことより実行可能な策はないだろうか。立ち止まって考える。とりあえず時間を稼げればそれでいい。この二年間、収入は減りつづけた。不景気のせいもあるけれど、女であることがそれに追い打ちをかけた。毎年、モンタナに大物を仕留めに来るハンターのなかには女性もいる。写真を撮りに来るカメラマンのうち、女性が占める率はもっと高い。でも、たいていの人が、ガイドは女よりも男のほうがいいと考えるようだ。

なにか起きたとき、男のほうが強いし、タフだし。そういった常識を覆《くつがえ》したいと思っても、なかなかうまくいかない。身長は百七十センチで女性としては標準よりちょっと高いが、手足が長いほっそり体型なので、見た目は強く見えない。筋肉モリモリのデア・キャラハンには、逆立ちしたってかないっこなかった。でも、ウェブサイトに載せる名前をイニシャルにすれば、女だとは思われないかも……まあ、それだとリピーターは望めないだろうが、どうせ新規の客はゼロなのだから、ひとりでも来てくれればありがたい。

それに、これからは写真撮影ツアーやキャンプに的を絞ったほうがいいのかもしれない。ハンティング・ツアーのガイドは男にかぎると思われがちだが、彼女に言わせれば女のガイドの利点もちゃんとある。男に特有のエゴだの競争心だのがないし、イチモツのおさまり具合を気にする必要もないし、股間を蹴られたって七転八倒しない。

ものを言うのは長い経験であって、男か女かではない。経験なら誰にも負けなかった。ウェブサイトに〝経験〟と真っ赤な文字で打ち込もうか。でもそれより、写真撮影ツアーと家族ツアーに重点を置くことを考えたほうがいい。

でも、そんなことは春のうちに考えておくべきだった。もうじき冬だ。九月にはじまる狩猟シーズンは年内には終わり、春まで仕事はない。その現実に立ち向かわなければ。壁にぶち当たっていることを自覚すべきだ。手も足も出ないと思うと無性に腹がたった――少なくともいま、この土地にいるかぎりはどうしようもない。忌々《いまいま》しいスーパースターと張り合わずにすむ場所に移って、新規まき直しを図るしかないのだ。でも、相手が誰でも、どこでも、どんな状況でも、負けるのは大嫌いだった。自分が負けるだけではない、父の信頼を裏切ることになる。父は娘にならできると思ったからこそ、土地と仕事を遺してくれたのだ。「ほかに遺す人がいなかったからよ」口に出してみたら、つい笑いたくなった。むろん、父は愛してくれていたが、娘にすべてを遺すことにしたのは、娘への愛情からというより子どもがひとりしかいなかったからだ。ほかに親族はいない。もし父が、文字どおりバタッと倒れて死ぬ前に心臓の不調に気づいていたら、土地を売りに出して、肉体的にそれほどきつくない商売に鞍替えしていただろう。でも、愛してやまない仕事の最中に亡くなったのだから、父は本望だったと思う。店やオフィスに閉じ込められたりせず、馬で野山を駆け回っていたのだから。

ビリングズに住んでいたころは、病院の事務という平凡な仕事をしていたが、まあまあの暮らしができたから不満はなかった。とくにこれをやりたいとか、こうなりたいとかいう野心はなく、自活できればそれで充分だと思っていた。仕事に未練はなかったので、父が亡くなると、あたりまえのように故郷に戻ってガイドの仕事を引き継いだ。家を出る前もときどき手伝っていたから、右も左もわからないまったくの素人ではなかった。獲物を追う能力も射撃の腕もたしかだった。うまくやっていけない理由は考えられなかったし、ちょうど変化を求めていた時期でもあった。

それから、自分でも思いがけない発見があった。この仕事が大好きだということ。山に入ることが大好きだ。自分の力で道を切り開いていくことが大好きだ。夜が明けてテントを出て澄んだ大気に触れる、その清々《すがすが》しさ。人を寄せ付けぬ自然の圧倒的な美しさ。これこそが望んでいた生活だと気づかなかったこれまでの月日は、いったいなんだったんだろう？　しばらくよそで暮らしたことが、いまのこの生活がいちばん合っていると気づくためには必要だったのだろう。都会暮らしを楽しまなかったわけではない。都会の多様性もそこに住む人たちも、そこでできた友人たちも好きだった。料理学校に通い、副業にケータリングをするのもいいかもと思っていた。でも、ガイドの仕事は大好きだ。子どものころよりもいまのほうが、ここでの暮らしをはるかに愛していた。

べつの決断を下せばよかったと思う。たとえば馬を売って四輪駆動車を残しておくとか。いまとなってはあとの祭だ。でも、経済が底入れして、みなが娯楽に回す金を節約するようになるとは思っていなかった。デア・キャラハンが舞い戻って来て、商売の邪魔をするとは思っていなかった。軍隊にそのままいればいいじゃないの。モンタナの山奥の彼女のささやかな領域を荒らすようなことはせずに。

もしあのとき——

だめ、だめ。過ぎたことを悔やんじゃだめ。もう三十二で、彼に胸がざわめいたからって、それがなによ。胸のざわめきは信用しないことにしている。感情やホルモンの言いなりにはならない。一度で凝《こ》りた。一瞬にして終わった結婚を思い出すたび、愚かだった自分が恥ずかしくていてもたってもいられなくなる。父が亡くなったとき、あと先のことも考えずにガイドの仕事を引き継いだのは、大恥をかいたビリングズから一刻も早く逃れたかったからだ。

幸福な結婚をしていたら、父の遺したものを売り払ってビリングズに留まっていただろう。でも、私生活はめちゃくちゃで、自分の殻に閉じこもってばかりで、友だちはみんな離れていった。こっちに戻って来て生活を立て直したあと、人間関係の修復に努めたものの——女には女友だちがぜったいに必要だもの——そのころにはいまの生活に満足しきっていて、友だちと会う時間が持てなくなっていた。

家に帰ったら近況報告のメールでも出してみよう。トラックのドアを開け、さあ乗り込もうと思ったとき、フェンスを直すのに釘と股釘が必要だったことを思い出した。ちょうど金物屋の前にいるのだから、買わない手はない。あとで来る面倒を省ける。それに、おしゃべり好きの金物店の店主夫妻の片割れ、エヴェリン・フレンチから最新の噂話を仕入れたいし。夫妻の息子のパトリック以外に、この小さな町に同年代の子どもはいなかったから、フレンチ夫妻は彼女の父親と交替で、六十キロ離れた小学校に車で送り迎えしてくれた。パトリックはいまではワシントン州スポーカンの警官で、結婚してふたりの脛《すね》かじりがいる。エヴェリンは四歳と二歳の男の孫に夢中だ。会えばかならず孫の自慢話になる。パトリックがやんちゃ坊主ふたりに手を焼くのは、エヴェリンに言わせれば自業自得だ。子どものころのパトリックを思い出して、アンジーは大きくうなずく。

トラックのドアを閉めて駐車場を横切った。地面に開いた穴に足をとられないよう注意して歩いていて、ふと顔をあげたら、彼がそこにいた。大柄の悪魔、デア・キャラハンその人が、金物屋の反対側の駐車場からこっちに向かって歩いて来る。彼の大きな黒のトラックは、輝く金属の怪物そのものだ。

姿を見ただけでもうだめだった。動悸が激しくなり、胃の底が抜けた。意志とは無関係の反応だった。立ち止まって考えることも、自分を励ますこともしなかった。どう思われようとかまわない。回れ右してトラックに引き返した。ぶつぶつ言いながら。買い物はガイド・ツアーから戻ってすればいい。どうせそれまでフェンスを修理する時間はないのだし、逃げ出すのは臆病者のすることだが、にこやかに接することなんてできない。彼に人生をめちゃくちゃにされたのに、平気なふりなどできるわけがない。彼のせいで家屋敷を売りに出したその直後に、金物屋の前で彼に出くわすなんて、まったくついてない。偶然のいたずらにもほどがある。

「よお！」

怒りを含んだ低い声が、ふたりのあいだを転がる。アンジーは振り返らなかった。彼が話しかけてくるとは思っていなかった――この二年間、努めて彼を避けてきたし、どうしても顔を合わせざるをえないときは、ぶっきらぼうに挨拶《あいさつ》するだけだった――から、彼は誰に話しかけたのだろうとあたりを見回した。ちかくに誰もいなかったはずだ。

そう、誰もいなかった。彼が話しかけた相手はアンジーだった。

2

舗装された駐車場に散らばる細かな砂利をブーツで踏みしめながら、彼はアンジーに向かって歩いて来た。トラックとおなじ黒の帽子を目深にかぶっているので、顔はつばの陰になって見えない。黒は悪党のしるしなんじゃない？　アンジーにとって、彼はまさしく悪党だった――その悪党が蒸気機関車みたいに突進して来る。思わずトラックのドアハンドルを握り締めようとして、やめた。彼を怖がってなどいない。男がまわりにいると不安になるのは、自分の判断力に自信がないからにすぎない。だいいち、臆病風に吹かれるなんてプライドが許さない。

だからぎりぎりで踏み留まった。トラックに飛び乗って走り去るのがいちばんいいのはわかっている。途中で彼を轢《ひ》き殺せたら最高だ。でも、いいでしょう、なにを怒っているのか知らないけど、言いたいことがあるなら聞いてあげようじゃないの。そりゃ戦いに負けたけれど――それも完敗――きょうのところは受けて立とう。今後は彼と話をする義理もなければ、にこやかに接する義理もない。肩を怒らせ、顎《あご》を突き出し、ドアハンドルから手を放してトラックから離れた。内心の動揺は見せない。その立ち姿は、道の真ん中で敵と向かい合うガンマンそのものだ。

彼はつかつかとやって来ると、たがいの帽子のつばが擦れ合う寸前で立ち止まり、彼女を睨《にら》みおろした。間近にいるので、彼の深いブルーの瞳の白い筋まで見えた。思わず息を吸い込み、そうしたことを後悔した。吸った息は彼そのものだった。革とコーヒーと、肌の熱であたためられたデニムの匂い。本能的に危険を察知してうなじがチクチクし、背筋が寒くなった。距離をとれ、彼の存在は脅威だ、自分を守り切れ、と本能が叫んだ。でも、あとに引きたくはなかった。この土地からの撤退を決めたきょうという日だからこそ、これ以上さがるのはごめんだ。彼のせいでズタズタになったプライドが、それを許さなかった。

歯を食いしばって背筋を伸ばし、足を踏ん張る。「なにか用?」そっけなく言った。ああ、声だけは震えていなかった。

「いったいどうしたんだ」彼ががなる。耳障《ざわ》りなその声に顔を擦られたような気がして、怯《ひる》みそうになった。こんなにしゃがれ声だっただろうか。つい喉に目をやった。筋肉質の喉を淡い色の傷痕がやや斜めに区切っていた。このせいで声が潰れたのか、それとも、怒っているので砕いたガラスを呑み込んだみたいな声になっているのか。怒っていてほしい。彼が怒るあまり言葉に詰まるようなことを、こっちがうっかりやっていたのなら愉快だ。なにが彼を怒らせたのかがわかれば、何度だってやってやれる。

「べつになにも」彼女は言った。歯を食いしばりすぎて顎が痛い。喉の傷痕を見たせいか、顔の傷痕にも目がいった。右の頬骨の上の抉《えぐ》られた痕、口の横の傷痕はえくぼに見えないこともないが、榴散弾でできた傷だ。もうひとつ、鼻梁にも矢の形の傷痕があった。どの傷痕も彼の魅力を損なうものではなかった。むろん彼は気にしていないようだ。だったらこっちも気にすることはないのに、胸がキュンとなった。なぜだかわからないけど、悲しくなった。なに考えてるんだろう。個人的な感情を抱いてどうするの。彼はイラクで榴散弾にやられた。そして生きて帰った。魅力を失わず、五体満足のままだ。戦争で負傷したことには同情しても、それ以外の感情を抱いてはならない。

彼の息が臭ければよかったのに、コーヒーのような心地よい匂いではなく……生理的に受け付けないところがあればよかったのに。気持ちがふっと弱くなったとき、もし彼の誘いを受けてデートしていたらどうなっていただろうなんて考えたことがあった。馬鹿じゃない。でも、そこで我に返る。彼はデートの誘いを断わられた腹いせに、彼女の仕事を潰しにかかったのかもしれない。もしそうなら、正真正銘のげす野郎だ。デートしたってろくなことはなかったはずだ。困ったことに、真相は突き止められない。わかっているのは、自分には男を見る目がないということだけ。それから、デア・キャラハンに仕事を潰されたこと。このふたつは疑いようがない。

目の前には彼が立っていて、うしろにはトラックがあって身動きがとれなかった。いいかげんにしてよ。あと一秒だって我慢できない。じりっと横に動いてトラックから離れる。頑固なプライドが後退を許さなかった。

それに合わせて彼も動いたので、向かい合ったままだ。

「おれを見るたび、おまえなんかクソ食らえって顔をするのはいったいどういう料簡《りょうけん》なんだ?」彼は噛みつきそうな勢いだ。「いまだって、おれを見たとたん回れ右して駆け出した。いいかげんにしてくれ。おれに文句があるなら、面と向かって言やあいいじゃないか」

「駆け出してない」彼女も負けていない。とっさに数センチ横に移動していた。「たぶん、用事を思い出したのよ」自分でも誠意のない言い方だと思うけれど、かまうものか。良識はどこかに行ってしまった。まるでなじるような言い方だった。雄牛に赤い旗を振るような真似はしたくなかった。これでは全面戦争に突入だ。トラックに乗って去りたかっただけなのに。踏み留まったばかりに、思ってもいないことが口から出てゆく。「あなたに会ったり、あなたと話をしたりすることは、あたしの〝やるべきことリスト〟の上位には入っていないから」

彼がまた動いて攻撃の構えをとった。ふたりは無意識のうちに、相手の隙をうかがう戦闘員のようにゆっくりと円運動をしていた。他人の目には、馬鹿がふたり、敵意剝《む》き出しでタンゴを踊っているように見えるのかも。どうか誰にも見られませんように。この町ではみながたがいの素姓を知っている。デア・キャラハンとのあいだになにがあったのだ、といらぬお節介を焼かれたくなかった。ああ、どうか、ハーランが窓から外を見ませんように。彼のことだから責任を感じて仲裁にやって来ないともかぎらない。

「じっとしてろ」彼がしゃがれ声で言う。喉の傷のせいで子守唄を歌っているように聞こえる。

「どうしてあたしが？　そっちがくっついて来るのがいけないんでしょ。あたしにじっとしててほしかったら、離れてよ」最後の言葉を強調するために、彼の胸の真ん中に指を突き立ててぎゅっと押した。まるで岩を押しているみたい――生きて呼吸しているけれど、岩は岩だ。岩に言葉が通じるかどうかわからないので、念のために繰り返した。「離れて」

帽子のつばの下の輝くブルーの目が怒りに細められた。頭をわずかに倒して顎を突き出す。傲慢で好戦的な仕草。それから、右手の人差指を彼女の胸の真ん中、胸骨の上に当てて、彼女とおなじことをした。「やってみろ」

怒りの炎が皮膚の下を駆け巡る。やってみろ？　彼を動かしてみろですって？　そうできたらどんなにいいか！　苛立ちと怒りで胸が詰まり、息ができない。彼を一センチたりとも動かすことができないのは、おたがいに承知のうえだ。せめて顎にパンチを繰り出せたらどんなにいいか。でも、そこまで馬鹿ではない。暴行罪で逮捕されるならそれもいいけれど、彼が警察に訴えるとは思えない。自分で片を付けようとするだろう。それがどんな結果を招くか考えたくもなかった。世の中にはわかりやすい人間とそうでない人間がいる。デア・キャラハンは見たとおりの頑固者だ。自分が正しいと思えば、礼儀作法なんて無視してそれを主張する。

それに、彼が足を踏ん張っていることを忘れてはならない。若いころはもっと穏やかで人当たりがよかったが、除隊して故郷に舞い戻ってからは、よく言えばぶっきらぼう、いつ見ても不機嫌だった。腹をたてる理由があるのかもしれないし、昔から怒りっぽかったのかもしれない。いずれにせよ、いま目の前にいる彼に対処しなければならないのだ。

彼を見上げたその瞬間、いくつかの選択肢を秤《はかり》にかけ、せめぎ合ういくつもの感情に引き裂かれそうになり、それから不意に彼女の中のなにかが小さなため息をつき、降参した。プライドにしがみつき、この町を出るのは自分がそうしたいからだというふりはできるけれど、いい顔してなんになるの？　勝者は彼だ。勝利の喜びを味わわせてあげよう。

歯を食いしばりながら言葉を押しだそうとした。それが難しい。二度深呼吸して気持ちを落ち着かせ、なんとか言うことができた。「あなたには関係ないことだけど、家と土地を売りに出したところなの」低い声で言ったから、声の震えに彼は気づかなかったはずだ。「あなたの感情を傷つけたら申し訳ないと思う。でも、いまここであなたと渡り合う気にはなれないの。おわかり?」

彼はきょとんとした。ハーランのオフィスに目をやってから、視線を彼女に戻した。「売っ払う?」

さあ、また振り出しに戻った。彼女は歯を食いしばる。売っ払うって、ほかに言い方があるでしょう? もう一度息を深く吸い込み、怒った雄牛みたいに鼻から吐き出した。「ほかに手はないから。あなたが舞い戻って商売敵になったので、こっちの仕事量は減るいっぽうだったのよ。家と土地を売るか破産するかの瀬戸際なの」そこまで言わなくてもいいのに。プライドもへったくれもない。でも、わざと商売の邪魔をしたと彼を責めなかっただけいい。わざとだったにせよ、そうでなかったにせよ、彼が原因であることは間違いない。でも、そのことで彼を責めたってはじまらないのだ。どっちだろうと、結果はおなじだもの。

彼の表情が硬くなった。「それで、おれを責めている」

「このあたりでほかにガイドを仕事にする人はいないもの」

彼は目を細め、口を引き結んで彼女を見つめた。「言っとくが、きみの客を奪ったことはない。最初はきみの客だった連中がこっちに移って来ただけの話だ。連中に気に入られたことで、おれが謝るいわれはない」

「あなたに謝ってほしいなんてひと言も言ってないわよ。あなたになにか頼もうなんて、最初っから思ってなかったもの」これからだって、頼む気はなかった。「文句があるなら言えばいいって、あなた言ったわよね。だったら言うわ。あたしのことはほっといて」ふたりが作った敵意の輪から離れ、トラックのドアハンドルに手を伸ばした。

彼の手がさっと伸びて腕を掴《つか》んだ。「待て」アンジーは立ちすくんだ。逃げる馬並みのスピードで心臓が脈を打つ。彼女の前腕をがっちりと握る、日焼けした力強い手に目をやった。しなやかな長い指にはたこができていて、手の甲には五センチの長さの白い傷痕が走っていた。彼の手から発散される熱が、厚いシャツとコートを焼き払う。「きみの営業権をいくらなら売る?」

彼がそんなことを言いだすなんて、にわかには信じられず、怒りで頭が真っ白になった。彼の手から腕を引き抜いた。「営業権を売るつもりはないわ。家と土地を売って、ここから出て行くだけよ。あなたから離れられてせいせいする!」

トラックのドアを開け、トートバッグを投げ入れ、運転席に乗り込んだ。彼を殴るか蹴るかしたかったけれど、ドアを力いっぱい閉め、鍵をイグニッションに力いっぱい差し込むことで満足した。マニュアル車ならタイヤをきしませて急発進しているところだ。それができないからアクセルを床まで踏み込み、尻をふりながら駐車場を出た。これが砂利敷きの駐車場だったら、彼の脚に石が飛び散って、さぞスカッとしただろう。

不意に彼の顔や手の傷痕が脳裏に浮かび、彼に石を当てるなんて乱暴な真似はできないと思った。砂利は榴散弾を思い出させるだろうから……そんな真似はできない。過ぎたことは振り返らず、前を見なくちゃ。未来はきっといまよりよくなるはずだ。見込みちがいや判断ミスはあったが、失敗を糧《かて》として未来につなげなければ。きっとできる。

デア・キャラハンはがらんとした駐車場に立って、ブルーのフォードを睨んでいた。アンジー・パウエルはまるで悪魔から逃げるように、猛スピードで去って行った。「クソッ！」両手を握り締める。憂《う》さ晴らしにはバーで喧嘩がいちばんだが、いちばんちかいバーでも五十キロ離れているし、この時間では喧嘩相手は見つかりそうにない。次善の策はパンチング・バッグで、農場に戻れば納屋に一個ぶらさがっている。だが、一時間先ではなく、いま憂さを晴らしたかった。こうなったら煉瓦造りの古びた建物の壁を殴りつけ、手の骨を粉々にするしかないのか。

なにもかも彼女のせいだ。彼女のそばにいると、ものの数秒でなにかに八つ当たりしたくなる。彼女は強情で敵意まる出しで、人を怒らせる。彼女のそばにいると、自分が馬鹿に思えてくる。厄介払いができて、せいせいするっていうもんだ。

彼女はいつだって、踏んずけてしまった牛の糞《ふん》を、それも湯気の立った牛の糞を見るような目で人のことを見るが、そのたびに彼女とイッパツやりたくてたまらなくなる。はじめて彼女を見た日からずっとそうだった。デートに誘いもした――二度――が、二度とも撥《は》ねつけられた。まるっきり関心を持っていないことはその態度からあきらかだったが、イチモツは馬鹿だからいっこうに懲《こ》りない。高い位置にある丸い尻や、背中で跳ねる黒いポニーテールを指を咥《くわ》えて見ているしかないのだが、イチモツの奴はシャキッと突っ立ってなだめてくれと要求する始末だ。

彼女がいなくなれば、人生はもっとずっと穏やかなものになるだろう。言っとくが、彼女は特別に美人ってわけじゃない。黒い髪に黒い瞳、何代か前にネイティヴ・アメリカンの血が入ったと思わせる力強くめりはりのある体型をしているが、どことい って特別なところはない。魅力的ではあるが、それだけだ。ただし、尻はべつだ。見たとたん口がぽかんと開き、目が飛び出し、涎《よだれ》が垂れる一級品だった。

彼女がいなくなれば、イチモツだって、いつか彼女をものにできるという馬鹿げた望みを抱かなくなるだろう。そうなれば、べつの女を探すことに熱が入るというものだ。立ち止まって数分間おしゃべりするぐらいのことが、アンジー・パウエルにはどうしてできないんだ？　だが、彼女が相手にしてくれないことを、酒の席でグチグチ言ったりしたことはない。断わられたことは、そりゃあ頭にくるが、そんなことで誰がメソメソするものか。それでも、どういうわけか、ほかをあたろうという気にはなれないのだ。二度拒絶されてから、二度とデートには誘っていないが、彼の一部——たとえばイチモツ——は、彼女を一途《いちず》に思ってい て諦めようとしない。負けず嫌いのせいかもしれない。

彼女がいなくなれば、客はますます増える。せっかくの申し込みを断わることになるかも

——

ある考えが稲光のごとく脳裏をよぎり、足が止まった。あまりにもわかりきったことだし、途方もないことだから、思いついたとたんに却下していた。彼女がそんな話を受け入れることは、百万年経ったってありえない……だろう？　ああ。たしかに。

そうなのか？

いや。もしかしたら、うまくいくかも。

不動産屋のハーランのオフィスを見上げ、ブルーのトラックが黒い点になった道路に目を

やる。

「一か八か、やってみたっていいんじゃないか？」声に出して言い、駐車場を横切って階段をのぼった。ハーランにはむろん足音が聞こえているだろう。ブーツで階段を踏み鳴らし、二階の踊り場に立つ。ドアを開けると、ハーランはすでに椅子を回し、血色のよい顔に期待の表情を浮かべて待っていた。

「デア」軽い驚きが声に出ている。「アンジーが戻って来たのかと思った。さあ、座って、コーヒーでもどうかね」

「いただくよ」デアは言った。コーヒーを勧《すす》められたら断わらないことにしていた。つぎの一杯をいつ飲めるかわからないという経験をさんざんしたから、コーヒーのありがたさは身にしみている。自分でコーヒーポットからカップに注ぎ、ハーランの分も注いだ。「ブラック、それともミルクを入れる？　砂糖は？」

「ブラックで、砂糖は入れてくれ」

「何杯？」

「二杯」

コーヒーに砂糖を二杯入れて掻き混ぜ、カップをハーランに渡した。楽観主義のハーランが四つも揃えた来客用の椅子のひとつに腰をおろす。「アンジーから家と土地を売りに出したと聞いた」無愛想に言う。彼の中では、コーヒーの飲み方を聞く、それが挨拶代わりだ。

「言い値は？」

3

アンジーはハンドルを握り締め、フロントガラス越しにまっすぐ前を見つめていた。目がチクチクするけれど、誰が泣くもんか。泣き虫じゃないもの。完全にだめになったことは、たった一度しかなかった。自分の結婚式で馬鹿をやったときだけだ。あまりにもばつが悪くて、ハチャメチャにならざるをえなかったのだ。泣くのは時間の無駄だし、ろくな結果にならない。

デア・キャラハンのことで泣く必要はない。泣く理由がどこにもないもの。個人的な付き合いはないし、仕事上のライバルだから彼にやさしくされるいわれもない。感情的になっているのは、家と土地を売ろうとしているせいだ。生まれ育った家だもの。モンタナ州西部のこの土地を、父は愛した。ここに住む人びとも、自分の仕事も、父は愛していた。

どうしようもない。引っ越すしかないのだ。でも、年に一度、できればもっと頻繁《ひんぱん》に戻って来て、父の墓の掃除をして花を供え、父に語りかけよう。父は亡くなったけれど、その愛は消えない。父を誇りにして生きていこう。善良な人だった。アンジーが二歳の年に、母がくだらない男と駆け落ちしてから、アンジーを育て上げることに心血を注いでくれた。

父がいれば充分だった。母がいまどこにいるのか知らないし、生きているのかどうかもわからない。インターネットに母の名前を打ち込んで検索したこともなかった。私立探偵を雇って探す気もない。父が母の分まで愛し、慈《いつく》しんで育ててくれた。彼女の結婚式が目の前で吹き飛んだときも、父は理解を示し慰《なぐさ》めてくれた。いまでは、誇らしく思う以外になにもしてあげられない。それでも、生きているかぎり、体が動くかぎり、父の墓を守っていこう。

「神さま、どうかお助けください」声に出して言ったら少し楽になった。声に出すことは、契約書に署名するようなもの、厳粛《げんしゆく》な気持ちになれる。すべての絆を断ち切るつもりはない。けれど、よそで暮らすことになれば、そこがやがてはわが家になる。ビリングズのアパートがわが家になったように。あたらしい土地に馴染むことは、父の思い出を捨てることではない。

父のことを考えたら、明後日にやって来るふたりの客に気持ちを切り替えるべきだと思えるようになった。客のひとり、チャド・クラグマンは前にも来たことがある。でも、印象に残らない人ということ以外、ほとんどなにも憶えていなかった。彼の接待客が鹿を仕留めたあとで撮った写真がなかったら、どんな人だったかまるで思い出せなかっただろう。ほんとうに印象に残らない人だった。背は低いほうだが、その低さゆえに記憶に残るというほど低くはない。やや禿《は》げていて、ややお腹《なか》が出ている。不細工ではなく、魅力的でもない。ひと言で言えば目立たない人。

写真を見ても彼のイメージが摑めなかった。はっきりと憶えているのは、彼が経験あるアウトドア派ではなく、射撃の腕もたしかではなかったことだ。去年、ツアーのガイドをしたとき、彼はあまり楽しんでいない、という印象を受けた。ほんとうは来たくなかったんだろうに、なぜ今年も予約を入れてきたのだろう。でも、そんなことはどうでもいい。いまはお金が必要だった。狩猟シーズンはじきに終わる。自然雑誌に載せる雪山の風景を撮るプロのカメラマンが来てくれないかぎり、冬のあいだは商売あがったりだ。

予想に反して、すぐに買い手がつくかもしれない。そうなったら住む場所を早急に探さなければならないが、早いにこしたことはなかった。最初の関門を越えたいまは、一刻も早くよそに移りたかった。これも現実主義のなせる業《わざ》だ。やると決めたら覚悟はできている。

でもその前に、目前の仕事に集中し、準備を整えなければ。チャド・クラグマンには、彼が連れて来る客、ミッチェル・デイヴィスについて知らせてくれ、とメールを出しておいた。狩猟ははじめてか、はじめてでないならどんな経験があるのか、今回の目当てはなにか、ライセンスは持っているのか、等々だ。その返事が来て、ミスター・デイヴィスはチャドよりずっと経験があり、クロクマを仕留めるのが目的だとわかった。

それだけでもストレスのレベルはあがる。彼女は熊狩りの専門家ではないので、クラグマンが予約を入れてきたことが意外だった。熊はちょっと怖いので、いつもは避けるようにしていた。オーケー、じつのところはかなり怖い。熊狩りに出ると不安でたまらないことは、努めて気づかれないようにしてきた。自信のないガイドなど誰も頼みたくない。熊を見つけ出す能力には自信があるが、それは慰めにならない。心の奥底では、熊を見つけたくないと思っているから——茶色の熊でも黒い熊でも、大きかろうが小さかろうが、遭遇したくなかった。クラグマンの接待客は、どうしてエルク（現存する最大の鹿のひとつ）を狙わないの？　エルクなら問題ない。人を追い詰めて食ったりしないもの。熊は肉食だ。それもパワフルな肉食獣だ。

そんな恐怖はひとまず置いておき、自分自身と客の安全を守るために全力を尽くすつもりではいる。食べ物やゴミを出しっぱなしにしないといった、熊から身を守るためのルールを守る以外にも、熊避《よ》けスプレーの大きな缶二個をつねに携帯し、ツアーのメンバーにもおなじことを求める。だが、ペッパー・スプレーは効果があるといっても絶対ではないから、吹きかけられた熊が怒って追いかけてこないともかぎらないのだ。自分から撃とうとは思わないが、やむをえない場合のために殺傷力の強い銃弾を用意していた。

彼女が借りたキャンプ場には、食料以外の必需品は揃っているが、やるべきことはほかにもいろいろあった。キャンプ場にあるのはテントが数張りにエアマットレス、それに簡易トイレだけだ。三人分の食料と水と馬の飼料を荷造りしなければならない。クラグマンとデイヴィスは、自分たちの武器と銃弾を持って来るので用意する必要はないものの、山中で一週間過ごすのだから、計画をおろそかにはできない。客を狩りができる場所に連れて行くのはもちろんだが、肝心なのは客と彼女自身が無事に帰還することだ。

キャンプ場から西に六十キロ、北に六・五キロ離れたあたりで、巨大なクロクマがゆっくりとした歩みを止め、頭を左右に動かした。風が運んできた興味をそそる匂いの出所と位置を、熊は即座に嗅《か》ぎ分けた。感覚が教えるものに満足し、木立や下草を掻き分けて進むと、茂みの隙間に目を凝らした。立ち止まって目が捉えたものを頭で分析する。空腹ではなかった。その朝、年老いた雌のエルクを仕留めたので腹はいっぱいだが、見おろす山腹でのんびり草を食《は》む羊の群れに興味を掻き立てられる。草を食む母羊から少し離れた場所でまどろむ育ちざかりの子羊の姿に、格別なものを覚えた。

餌を巡る競争は、前ほど激しくなくなった。雌熊のなかには、すでに巣籠《すごも》りしたのもいるし、盛りのときを過ぎた熊は、日が短くなるにつれ動き回らなくなる。寒い季節はまぢかに迫っているが、いまは天気も比較的穏やかだから、この熊は巣を探すことより狩りをつづけていた。この数日で二頭の熊の縄張りを横切り、二日前にはシナモン色の雄熊と戦って相手の息の根を止めた。

この熊は三歳だ。大柄で健康で体重は二百三十キロを超える。過ぎたばかりのこの夏に、彼ははじめて雌と番《つが》い、はじめて人間を食った。人間は山羊や羊ほど逃げ足が速くないし、身を守るための爪も牙も枝角もないから、狩るのはたやすい。毛が生えていない肉はすこぶる甘かった。その男は渡りの労働者だから、姿を消したところで誰にも気づかれず、探す人もいなかった。だが、そんなことは熊の知ったことではない。熊の生存本能に刻まれたのは、人間が手に入りやすい食料だということだけだ。また出くわすことがあれば、迷わず狩るだろう。

熊におもしろがるという概念はないが、楽しいという概念はあるし、殺すことは楽しかった。〝獲物〟というシグナルを発するものを見たり、嗅ぎつけたりすると、あとを追う。体の奥深くのなにかに駆り立てられ、エネルギーが爆発する。新鮮な血と肉の熱い味わいも破壊も、獲物が感じる恐怖も、熊は嗅ぎ分けることができた。自然は熊に、並はずれた大きさと強さとスピード以外に、捕食者としての能力と攻撃性と狡猾《こうかつ》さを与えてくれた。

羊の群れを観察する。群れの風下にいるからはっきりと匂いを嗅ぎ取ることができた。食欲をそそられる。木立のあいだをゆっくりと動き、用心深い羊が顔をあげてあたりをうかがうたびに足を止めた。大きな雄羊が首を巡らせ、熊が潜《ひそ》む下草をまっすぐに見つめた。雄羊は彼の動きに気づいて警戒したのかどうか、わからずじまいだった。というのも、彼には用心するという観念がないからだ。あるのは、いまが襲撃のときだと教える殺戮《さつりく》衝動だけだった。茂みから飛び出すと、荒々しいパワーを全開して筋肉を隆起させ、爪を剥き出しにした。

羊の群れはパニックに陥り、メーメー鳴きながら散り散りになった。子羊は母親のもとに駆け出した。熊は巨大な足で子羊の後軀《こうく》を払った。爪が血の筋を引いたが、子羊は生まれてではなかったから、すばらしい飛翔《ひしょう》を見せて熊の攻撃を逃れた。周囲三十メートルから羊の姿は消えていた。岩だらけの山腹を登って逃げてゆく。

破壊衝動が熊を逆上させる。怒りと苛立ちの吠え声をあげ、まわりの植物に当たり散らした。若木を引き抜き、茂みをズタズタにし、頭ほどの大きさの岩を投げ落とす。やがて疲れ果てて立ち止まった。鼻息が荒い。羊の姿はなかった。風の匂いを嗅いでみたが関心を引く匂いはなかった。それから一時間ばかり、木の実か昆虫が見つからないかと下草を掻き分けたが、秋も深まったこの時季まで残っている木の実はなかった。しばらくして、また匂いを嗅いでみた。暴れたせいで喉が渇いた。鋭い嗅覚《きゅうかく》を今度は水の匂いに向ける。水以外にも興味深いものが見つかり、熊は確固たる足取りで山をくだっていった。

ハイカーの名前はダニエル・ワーニッキ、年は二十三。去年の春にカリフォルニア大学バークレー校を卒業したが、望みどおりの就職先が見つからずに腰掛け仕事をしながら、夜はバーでウェイターをしていた。ときにバーでもらうチップのほうが、昼間の仕事の日当を上回ることがあるのだからいやになる。夜の仕事はきついが、まだ若いし、おかげでこんなふうに余暇《よか》を過ごすことができる。

曲がりくねった細い踏み分け道に佇《たたず》み、太い杖に寄り掛かって絶景を堪能《たんのう》する。深く抉られた谷底を流れる川は、突き出す岩に当たった水が白く渦巻き、細かな石の細い岸からせりあがる草原はすでに秋の色合いを失っていた。そこでは剝き出しの地面がくっきりと筋を描き、ゴツゴツとした岩肌を見せて屹立《きつりつ》する高い峰が、澄んだ青空に峻厳な姿を見せていた。

大きく深呼吸をする。ああ、なんてすばらしいんだろう。都会の空気に比べてなんと爽やかなこと。息を吞む景観、自分の息遣いが聞こえるほどの深い静寂。森をさ迷うこの感覚がたまらない――自分がどこにいるかわからないということではなく、数キロ四方に人間は自分ひとりしかいないという感覚に埋没《まいぼつ》するのがたまらないのだ。排気ガスも携帯電話も、メールのやりとりも、人や機械がたてる雑音もない。山と空があるだけだ。

愉快だ。友だちと――恋人と――冗談を言い合うことも愉快だが、こっちのほうがより完璧に思える。不便を忍ぶことが好きだ。友だちが考えるキャンプと言えば、大量の酒と膨らませて使うマットレスが付き物で、マクドナルドから遠すぎない場所が条件だ。ダニーもパーティーは好きだ。でも、キャンプするなら素面《しらふ》でいるにかぎる。膨らまして使うマットレスよりも寝袋のほうがいい。馬鹿げているかもしれないが、百五十年前に毛布にくるまって寝た開拓者たちの気分に、よりちかづける気がするのだ。たった二日ぐらい、トレイルミックス（ドライフルーツやナッツを混ぜ固めた高エネルギーの携行食）と水で我慢できる。不便を忍んだあとで家に戻れば、ベッドのやわらかなマットレスや熱々の食事のありがたさが身に染みる。

恋人のヘザーは、彼が二、三日のキャンプ旅行に行くことをおもしろく思っていないが、一緒に行くとは言わない――いまはもう。一度行けば充分だそうだ。実を言えば、彼にとっても一度で充分な経験だった。ヘザーは森の静寂を喜ばない。しゃべりにしゃべって野生生物を追い払ってしまった。しかもそのおしゃべりが文句ばかりだ。行程がきついだの、暑すぎるだの寒すぎるだの、喉が渇いただのお腹がすいただの、蚊に刺されただの。アウトドアに向いていないのだ――これって〝控えめ表現〟年間ランキング第一位だ。同棲して八カ月になり、愛しているとは思うが、この景色より自分の爪や靴のほうが大事だと思う女と、結婚していいものかどうか。

そういうことなら、彼女だって結婚にためらいを抱いているのかもしれないから、おたがいさまか。彼女は、自分が大嫌いなことを心から楽しむ男と結婚したいのか？　ダニーはバックパックを背負い直し、ヘザーのことを考えながら道をくだった。まあいい、彼女は完璧じゃないが、好ましいところもある。彼が一年に二、三度、ひとりで山に行くことをおもしろく思っていなくても、引き留めようとはしない。ひとりで出掛けるなんてあたしを愛していない証拠よ、と泣き喚《わめ》いたりしない。それどころか、携帯用のGPSや熊避けスプレーを買ってくれて、にこやかに送り出してくれた。

どっちも必要なかったが、ヘザーの手前、荷物に入れた。GPSには避難者位置評定機能がついていないが、生まれてから一度も迷子になったことはない。頭の中に磁石を備えているようなものだ。自分がどっちから来て、どの道を行けば目的地に着くかわかる。熊避けスプレーのほうは邪魔なだけだ。必要になるとは思えない。熊に関する記述には、人間が熊を避けたいと思うのとおなじぐらい、熊は人間を避けたいと思っている、と書いてある。それでも、熊避けスプレーは、カーゴパンツのポケットに入れた——ヘザーを喜ばせるために。わざと置き忘れるような姑息《こそく》な真似はしない。スプレーを持ったか彼女に尋ねられたら、胸を張って〝イエス〟と言いたいからだ。

ダニーはまた立ち止まった。カラマツの木の間越しに見る景色はまた格別だ。デジタルカメラをポケットから取り出す。彼の趣味——もうひとつの趣味——は写真で、この旅でもいいショットを決めていた。売り物になるほどではないが、彼にとってはすばらしい写真だ。あとから見ると、ここで感じた孤独や心の平和を思い出す。

自分に合う仕事になかなか巡り合えないのも無理はなかった。二百年前に生まれていれば、辺境開拓者になれたのに。そんな思いににやりとしながらシャッターを切り、出来栄えをチェックしてからカメラをポケットにしまった。

背後でガサガサ音がして、ダニーは振り向いた。心臓が止まり、一瞬、気を失うかと思った。頭から血が引いて喉に引っ掛かりながら胃の底まで落ちてゆく感じ。目で見たものを頭が必死に分析しようとしている。それぐらいありえないことだった。黒い熊が二十五メートル先からまっすぐこっちに向かって来る。この森に熊がいることは知っていたが、これまで間近で見たことはなかった。

ただ突っ立って、目をぱちくりさせる。これは目の錯覚であって、まばたきを繰り返せば消えてなくなるかもしれない。いや、消えてなくならない。ちかづいて来る。それでもまばたきしながら――期待しながら――目の錯覚でありますようにと祈った。立ちすくんで貴重な数秒を無駄にしながら、目は硬そうな鉤爪《かぎづめ》に釘付けだ。森で熊に遭遇したとき、どうすればよかった？

目を見つめるな。

ゆっくりと後退しろ。

穏やかな低い声で話しかけろ。

マジで？　話しかけろ？　熊に英語がわかるのか？

「いい子だ」少し声が震えたが、できるだけ冷静に、なだめるように話しかけながら、ゆっくりと後退しつづけた。うしろを見ている余裕はなかった。どうか崖から足を滑らせませんように。「大きいね、すごいね」喉がカラカラで唾を呑み込めない。声を出すのがやっとだ。「いったいどこから来たんだ？」

なんてでかいんだ。ダニーはゆっくりと手を伸ばした。急に動けば怪物を警戒させるから慎重に。ポケットの中のスプレー缶に指が触れた。こいつを噴きかけたら、熊は怒るんじゃないか？　ほんとうに効き目があるのか？　足場の悪いところをのぼるとき缶が滑り落ちないように、ポケットのボタンを留めてあった。指でボタンをまさぐる。

熊は人間を警戒するはずだ。いままで耳にした話によると、熊は人間から離れていくはずだった。こんなふうにちかづいてくるのではなく。相手を警戒させるような動きはとらなかった。挑発する気はまったくない。熊のほうで逃げるんじゃなかったのか。

だが、逃げない。このままの距離を保つためには、熊が一歩進むごとに、こっちは二歩後退しなければならない。直感が「走れ」と言っていたが、無理にねじ伏せる。それが第一のルールだと教えられていたから。走らないこと。熊より速くは走れないし、逃げるものを追いかける熊の本能を刺激することになる。

水だ。そういうことか。熊は川に向かっているのだ。彼が行く手を遮《さえぎ》っている。いちばんいいのは、踏み分け道を斜めにはずれて熊に道を譲り、できるだけ距離をとることだ。

危険は承知でさっとあたりを見回した。道をはずれれば足元は平らではなくなる。ここで言う〝平ら〟とは比較の問題だ。右斜め上へじりじりと進んだ。左手のほうがなだらかだが、右手は岩がごろごろしているから熊にとっては見通しが悪い。熊の攻撃本能を刺激せずに、うまく道をはずれることができれば、だが。

足場の悪い急勾配《こうばい》を歩くとき、杖を支えにしてきた。杖――あの大きさの熊にこれで太刀打ちできるだろうか。体重はどれぐらい？　四、五百キロはあるんじゃないか？　強烈な前足のひと振りで杖なんてポキンと折れるだろう。

ようやくポケットのボタンをはずし――いちどきにいろんなことを考えすぎて、頭がパンクしそうだ――スプレー缶を取り出した。恐ろしいほど小さい。これよりもっと大きい缶でなくちゃ……それも何個も。もしあいつが追いかけて来たら、銃だって必要だ。驚くべき考えだ。楽しみで猟をする人間の気がしれないと思ってきたのだから。武器を持ったことはなかった。ここにやって来たのは自然にちかづくため、孤独と山の美しさを楽しむためだった。

いまや孤独はそれほど魅力的ではなくなり、美しさも感じられない。見えるのは絡まった毛の塊と歯と鉤爪、凶暴な黒い目だけだ。ヘザーのことを思う。便利な暮らしにこだわる彼女のほうが、正しいのかもしれない。山に逃げ込んだりしないで、家にいればよかった。無事に帰れたら、キャンプ旅行をやめはしないだろうが、ぜったいにもっと大きなスプレー缶を持って行くだろう。

彼はよろけた。木に摑まって体勢を立て直し、傾斜のきつい地面を慎重に進んだ。

熊は踏み分け道をはずれ、まっしぐらにやって来る。

まずい。熊はそういう動きはしないはずじゃないのか。熊が狙うような食べ物は持っていない。小熊を庇《かば》う母熊ではないし、手負いでも病気でもなさそうだ。熊が人間を襲う理由はほかに考えられない。ハイイログマ《グリズリー》なら獰猛《どうもう》だが、クロクマはおとなしいはずだろ。好奇心かも。どうでもいいけど。これ以上ちかづいて来ないでくれればそれでいい。「あっちに行け」威厳を込めて言ってみる。でも、声が震えて、まるでガキのキーキー声だ。

熊は頭をさげて前後に揺すり、喉の奥でうなり声を発した。ダニーはなんとかスプレーの安全装置をはずし、腕をいっぱいに伸ばした。風は……どっちから吹いてる？　唐辛子スプレーを顔に浴びたくはない。左からだ。顔の左側に風を感じる。つまり、熊の左側を狙って噴きかければいい。距離は？　缶の説明書きによると、三メートル先まで飛ぶそうだ。つまり、まだだめってこと。熊は充分な距離までちかづいていない。

って言うか、そんなちかくまで来させるつもりか?

そのとき、熊がウォーッと吠えながら突進して来て、鉤爪を地面に突き立てた。あまりの素早さに、反応するもなにもなかった。スプレーをかけながら急いであとじさる。狙いをはずした。高すぎた。熊は黄色い霧の下をやって来る。足場が悪すぎた。足が滑り、バックパックの重さに引っ張られて尻もちをついた。まるで亀だ。手も足も出ない。熊が雪崩《なだれ》となって押し寄せる。圧倒的なその力。耳をつんざく吠え声、すさまじい悪臭、ねっとりと絡み合った毛。ちらっと見えた野獣の目には、卑劣で恐ろしいほど知的な光が宿っていた。

缶にはまだ液が残っていたから、熊の顔めがけて噴きかけたが、いかんせんちかすぎた。唐辛子スプレーが自分にも降りかかって息ができず、目も見えない。がむしゃらに杖を振り回し、なんとか熊をそれで押しのけようとしたが、数百キロの巨体の前では妻楊枝《つまようじ》ほどの威力しか発揮しなかった。

熊は鼻を鳴らし、頭を振った。なんとか逃れようとしたが、巨大な足が頭を捉え、頭皮がめくれて髪が顔にかかった。苦悶の悲鳴が聞こえたが、どこか他人事のようだ。痛みは感じなかったから、悲鳴をあげているのが自分のはずはない。ちかくに人がいて助けようとしてくれているのかも——

そのとき、熊が彼の頭に食らいついた。

ほんの一瞬、悲鳴に熊の咳込むようなうなり声が混じり合った。耳障りなだみ声だ。それから、なにも聞こえなくなった。

4

翌日、アンジーは夜明けとともに起きて仕事をはじめた。ツアーに出る前日はいつも忙しい。父は客用の小さな丸木小屋を三つ建てた。風呂が付いているだけの狭い小屋だ。きょうはそのうちのふたつを掃除し、シーツを敷いてタオルを用意しなければならない。彼女が戻って来た最初の年までは、掃除人を雇うだけの余裕があったが、二年目からはアンジーが自分でやっていた。

丸木小屋の掃除のほか、母屋の応急措置もしなければならない。ハーランがウェブサイトに載せる写真を撮りにくるからだ。ひとり暮らしの気楽さから成り行き任せにしてきたつけが回ってきた。小さなことが積もり積もり、いつ雪崩が起きてもおかしくなかった。

客たちはその日の午後遅くに到着する。ビュートでレンタカーを借りてやって来ることになっていた。ライフルを持って税関を通過する面倒を避けるため、あらかじめ宅配に回し、荷物は四日前に届いていた。彼女は必要な許可証を揃えておいたし、彼らはライセンスを持っているから問題はなかった。今夜は食事を出さなければならないので、スロークッカー（肉などをじっくり煮込むための電気鍋）でこってりしたシチューを煮ておこう。

　支度がすべて整ったのは昼を回ったころだった。キッチンのテーブルに向かい、テレビを聞き流しながら荷造りを終えた。ツアーの前にはチェックリストをプリントアウトして、ひとつずつチェックしてゆく。救急箱は入れたし缶詰めやドライフードも入れた。熊避けスプレー——州の法律で許されるぎりぎりの高濃度唐辛子スプレーの大きな缶をひとり四個ずつ——に、電池を入れ直した強力なLED懐中電灯も用意してある。安全面をないがしろにはしない。彼女は狩りをせずガイドに徹するが、ライフルは手入れしたばかりで、照準器は調整済みだし、弾もたくさん持った……念のために。

　車の音がしたのでキッチンの窓から見ると、ハーランがトラックから降りるところだった。コーヒーメーカーに豆と水はセットしておいたので、玄関に向かいがてらスイッチを入れた。

「いらっしゃい」ドアを手で押さえて声をかける。「コーヒーを淹《い》れてるところ」

「そいつはいい」

　父が健在だったころ、ハーランはよく訪ねて来たが、彼女が戻ってからははじめての来訪だった。興味深げにキッチンを見回し、彼女がもたらした変化に目を留める。戸棚の扉の表面をあたらしくし、設備を入れ替え、壁を塗り直した。器具は上等ではないが、かなりあたている。

らしい。前にやっておいてよかった。一新する余裕なんていまはない。

「なかなかいい」ハーランが満足そうに言った。「色が気に入った」彼は男だから、色がどうのと文句をつけたりしないだろうが、不動産屋の目で見て、売れる物件かどうかはわかっている。

アンジーは笑った。「以前の色に比べたら、どんな色だって気に入るでしょうよ」部屋の模様替えにうつつを抜かすタイプではないが、大学入学で家を出る前から、色褪《あ》せて剝がれた壁紙は目障りだった。戻って来たころには、それが惨憺たるものになっていた。壁紙を剝がして灰褐色に塗り直すと、たしかに見違えるようになった。

「なかなかのものだ」彼は帽子とコートを脱いでドアの脇の釘に掛けた。「ずいぶん来てなかったからな。ほかに手を入れたところは？」

「照明器具を入れ替えたり、ペンキを塗り直したり、その程度よ。大きく替える必要はなかったから。家の中を案内するわ」

意匠を凝らした家ではないが、頑丈な造りだった。いずれは屋根を葺《ふ》き替えなければならないだろう。父がこまめに手を入れていたので——壁紙のような体裁の繕《つくろ》いは除いて——彼女の代になって出費がかさむことはなかった。そうそう、いちばん高かったのは戸棚の取っ手だ。

主寝室のガラクタを片付けて壁を塗り直し、客用寝室に使っている。舞い戻って来たとき、父の寝室を使う気にはなれなかった。自分の部屋のほうが気が楽だし居心地がいい。客が夫婦者で気心が知れる人たちだと、母屋の主寝室に泊まってもらうこともあった。狭い丸木小屋はひとりならいいが、ふたりでは窮屈だ。

ハーランはよくここまできれいにしたと褒めてくれたが、いっこうに写真を撮ろうとしない。そもそもカメラを持って来ていないようだ。小型のデジタルカメラをポケットにしまっているのならべつだが。

「カメラはトラックに置いて来たの？」

「持って来るのを忘れた」彼の顔にやましげな表情が浮かんだ。

アンジーはがっかりした。ツアーは翌日の朝早くに出発し、一週間はかかる予定だから、ハーランがネットに広告を出すのはそれからになる。気持ちに余裕がないからカメラを忘れたと言われて軽いパニックに襲われたが、なんとか笑顔を作った。「もう一度訪ねて来る口実ができたわね」

「そういうこと」彼はアンジーのあとからキッチンに入り、くつろいだ様子でテーブルについた。彼女はカップ二個にコーヒーを注ぎ、彼の分には砂糖を二杯、自分のには一杯入れた。こぼれないようにそっと彼の手にカップを持たせてから、椅子に腰をおろした。

テーブルに所狭しと置かれた備品を、彼は顎でしゃくった。カップを置く場所もない。

「長いツアーになりそうだな」

「一週間。でも、わかるでしょ。初日に獲物を仕留めたら、狩りはそれで終わり」

「戦利品狩りか？」

「ええ。肉はいつもどおりに処理するわ」つまり、肉はホームレス保護施設か生活に困っている家庭に与える。肉を無駄にすることは法律で禁じられていた。

「客ってのは？」

「ひとりはリピーターで名前はチャド・クラグマン。いい人だけどハンターとしてはたいしたことない。もうひとりのデイヴィスは彼の接待客なの。ワイルド版ゴルフ接待みたいなものね」

ハーランは真顔になった。「気をつけろよ」

「いつだって気をつけてるわ」彼が言いたいことはわかっていたが、気づかぬふりをした。理想の世界なら、女のガイドが男のハンターたちを案内するのに、なにも警戒する必要はない。でも、ここは理想の世界ではないし、彼女は馬鹿ではない。ツアーにはかならず武装して出掛けるし、誰とどこに出掛けて、いつごろ戻るかを、信頼できる人たちに知らせておく――そのことを客に言うことが、いちばんの安全策になっている。

それでも、ピルは飲んでいた。けっして浮ついた素振りは見せず、寝るときはライフルを手元に置くし熟睡はしない。彼女の力がおよばないこともありうる。男ふたりに襲い掛かられたら、抵抗しきれないかもしれないが、相手がひとりならなんとかなる。自分の身はなにがなんでも守る。自分を信じるしかなかった。

ひとつだけ、いまも手元にあればと思うものがあった。父はもしもの場合に備え、ガイド・ツアーにはかならず衛星携帯電話を持って行った。彼女も最初の二年間は使っていたが、去年、経費削減を余儀なくされて最初に手放したのがそれだった。衛星携帯電話があれば安心できる。この三年、緊急事態に遭遇しなかったのは運がよかったのだ。それを言うなら父もそうだったが、衛星携帯電話は手放さなかった。

父が近代化したものはほかに四輪駆動車があったが、客たちにほんものの冒険を味わわせたいと言って、たいていは馬で出掛けた。最初の年に馬を売って四輪駆動車は残すべきだったのにそうしなかったのは、感傷が良識を上回ったからだ。金食い虫の馬たちを残したのは、父がかわいがっていたからでもあるが、なかの一頭がとくに彼女の気に入りだったからだった。そのジュピターも去年、疝痛《せんつう》で死に、もう一頭は肢《あし》を骨折して処分せざるをえなかった。おかげであたらしく二頭を買わざるをえなかったが、亡くした二頭ほどかわいいとは思えなかった。

人生はなにがあるかわからない。

行き先を誰かに知らせておくルールにのっとり、紙を手元に引き寄せて必要な情報をすべて書き込み、ハーランに渡した。「戻ったら連絡するわ。この日までに連絡しなかったら、捜索隊を出してちょうだい」

ハーランはうなずいて紙を畳み、ポケットにしまった。彼は前にも父のために監視役を務めている。コーヒーを飲み、見るともなしにあたりを見回した。その顔にまたやましげな表情が浮かぶのを、アンジーは見逃さなかった。思いついたことがあり、彼女は言った。「待って。あたしのカメラを持ってくるわ。あなたのほどいいものじゃないけど、そこそこの写真は撮れるわ。SDカードを持って帰って。予備のがあるから」彼女がつねに持ち歩くもののひとつがカメラだ。客がカメラを忘れた場合、獲物を仕留めてご満悦の姿を撮ってあげるために。

「その必要はない」ハーランは慌てて言い、赤くなった。「話があるんだ」

アンジーはきょとんとして彼を見つめた。気まずそうだし、うろたえている。おかしい。

「この家と土地の仲介はできないってことなの？」彼の表情はほかに説明がつかない。

「いや、そんなことはない。それは問題ないんだ。ただ、その、なんだ、写真を撮る必要はなくなった。もう引き合いがきたんでね」

「もう？」アンジーは目をまん丸にして椅子にもたれかかった。こんなにすぐに動きがあるとは夢にも思っていなかったので、喜ぶべきか驚くべきかわからなかった。これでずいぶんお金の節約になるとはいうものの、引っ越すことに気持ちのうえでも、物理的にもまるで準備ができていないから面喰らうだけだ。ハーランはここが売りに出たことを、早速吹聴《ふいちょう》してまわったか、メールで知らせたか――

そんな、まさか。彼女自身がそのことをしゃべっていた。彼女を厄介払いしたくてうずうずしている人間に。

「誰なの？」動揺を声に出してはならない。でも、ハーランの表情から努力が無駄だったことがわかった……いくら平気な声を出そうと、目を細めて歯を食いしばれば、ばれるにきまっている。

「デア・キャラハン」

怒りがふつふつと湧いてくるのをなんとか抑え、冷静さを保とうとした。家と土地は売らなければならないんだし、早ければ早いほどいい。本人は気づいていないかもしれないが、キャラハンは恩恵を施してくれているのだ。そりゃ、ほかの人が買ってくれれば言うことはないけれど、そうも言っていられない。

ハーランが咳払いした。「きのう、たまたま窓の外に目をやったら、駐車場できみが彼と立ち話をしているのが見えた。あまり嬉しそうには見えなかった」

「控えめな言い方ね。そもそも彼さえいなかったら、ここを売ることもなかった」ため息をついて顔を擦り、窓の外に目をやった。気持ちを落ち着けるあいだ、ハーランと顔を合わせたくなかった。オーケー。怒り心頭に発すとはこのことだ。それでも対処しなければならない。キャラハンがこちらの言い値を受け入れるなら、売買契約を結ばざるをえない。ハーランが心配しているのはそのことだ。彼女が追い詰められていることを、ハーランは知っているし、キャラハンが彼女を捕らえるのに使う罠に、自分がなることはできないと思っている。

「きみが去ったあと、彼はまっすぐオフィスにやって来た。けさ、取引先の銀行と話をしてから、もう一度やって来て付け値をした」

彼女は感情を抑えることに必死だったので、ハーランの言葉をすぐには理解できなかった。彼女はくるっと振り返った。「付け値?」つまり、キャラハンは彼女の言い値を呑んだわけではないのだ。

「ああ」彼はカップを前後に揺すった。「三万さげることに同意するかね?」

アンジーは激しい怒りにじっとしていられず、パッと立ち上がった。シンクの縁を握り締め、窓の外を睨んだ。なにも目に入らない。ただ自分を抑えるための時間が必要だった。なんて卑劣な奴! 見下げ果てた男! 彼女が破産寸前まで追い詰められ、家屋敷を売らざるをえなくなったことを知ったにちがいない。それに、不動産市場が低迷していることも、資金繰りが難しいことも承知のうえだ。人の足元を見て、買い叩こうとするなんて。たしかに交渉の余地を残した値段をつけたが、三万ドルもさげられるわけがない！

無茶な話だ。向こうがこちらの条件を呑まないのだから、断わるのは自由だ。でも、ほかに買い手がつくという保証はないし、あとになればなるほど買い叩かれる可能性は高くなる。それに、いくらで売れようと、ハーランに仲介料を払わなければならない。

ここで売っても売らなくても、いずれにしても損をかぶるのはこっちだ。売るのが遅れれば遅れるほど、出費がかさんでゆく——いま売れば、三万ドルの損だ。

歯を食いしばり、深く息を吸い込む。大人として対応しなければ。「対抗案を出してみて。そうね、一万ドルならさげてもいいわ」これでツアーに出ているあいだ時間稼ぎができるが、出費がどんどんかさむからそう先延ばしにはできない。こうなったら出たとこ勝負でしょ？彼は一万ドルを呑むかもしれない。交渉に応じてくれるかもしれない。彼女の言い値ではとても手が出ないか、銀行がいい顔をしなかったので、思い切り低い付け値を提示して時間を稼いでいるのかもしれない。いろいろなことが考えられる。彼の有利に解釈してやるつもりはないけれど。

ハーランは安堵のため息を洩らした。「たいしたもんだ。言下に断わると思っていた」

「できるものならそうしたいわ。でも、言い値で売れるとは思ってなかったもの」

「そうだな」彼はほっとしたのかコーヒーをがぶりとやった。「彼がなんと言ってくるかだ。不動産鑑定士に査定してもらおうと思うんだが、いいかな？」

「もちろん。鍵を渡しておくから、あたしが留守のあいだにでも中を見てもらって」

予備の鍵は寝室にある。寝室用箪笥《だんす》の抽斗《ひきだし》から鍵を取り出し、深呼吸を繰り返した。大丈夫、なんとかなる。買い手がデア・キャラハンだけだとしても、むげに断われない立ち場だとしても、なんとかなる。

彼が一歩も譲らなかったら、対抗案を出すだけのことだ。ぎりぎりまで粘ってやる。それでも、いずれは呑まざるをえないのだろう。クソッたれ。

アンジーは怒り狂っていたので、ハーランが帰るとすぐに書斎のコンピュータに向かい、ビリングズにいる友人たちにメールを出した。「こっちの言い値から三万ドルも低い値段でここを買おうとしているクソッたれがいるんだけど、誰だかわかる？」

友人たちにできるのは、彼女と一緒になって怒り、満足のいく復讐の仕方を一緒になって考えることぐらいだ。でも、そこが女友だちのいいところ。四の五の言わずに手を差し伸べてくれる。良識もなにも吹っ飛ばせ。みんな仕事中だから、すぐに返事がくるとは思っていなかった——

そう思ったとたん、ピンポンとメールの着信音がした。前の職場の仲間のリサからだ。自宅のメールアドレスに送ったのだから、偶然メールをよこしたのだろう。クリックしてメールを開く。

〈スマートフォンにしたの！　いつでもどこでも自宅のメールを見られるのよ。なんていやな奴なの。あそこをちょん切って、食っちまえ〉

アンジーは返事を打った。〈毒にあたりそう〉

〈まったく、食えない奴ね〉

そんなやりとりをしたあと、もう仕事に戻らなくちゃ、とリサが言いだした。そのころには、アンジーの気分はずっと軽くなっていた。大人らしく対抗策を提示して、ボールはいまキャラハンのコートだ。ハーランがなにか言ってくるまで、やきもきしてもはじまらない。やるべき仕事があるのだから、そっちに専念しよう。デア・キャラハンがなにをしようとしまいと、静観するしかないけれど、ガイドの仕事はきっちりやる自信はあった。それってすごくない？

それにしても……まあ、過ぎたことをくよくよ悩んでもはじまらない。デア・キャラハンのことを思うたび、深い悲しみに襲われる。分厚い怒りで悲しみに蓋をしてきたのは、怒り以外の感情を抱いてもなんにもならないからだ。現実を見なければ。

でも、彼にはじめて会ったとき、胃が浮かびあがったような気がしたし、動悸が激しくなった。常識もなにも吹っ飛んで、期待に胸を膨らませた。紹介を受けたあの瞬間のことは忘れられない――飼料店で、五十ポンドの穀物袋の横に立って。見上げると、黒い帽子のひさしの陰に、力強い顔と鮮やかなブルーの瞳が見えた。足元が崩れ落ちた。握手したときの強くてあたたかな手の感触、掌《てのひら》のたこ、彼女の指を握り潰さないように加減した握り方。「ミス・パウエル」彼の声はひどくかすれていた。風邪をひいてるのかしら、と思ったとき、喉の傷痕に気づき、声を潰したのだとわかった。

「アンジーと呼んでください」そう言ったら、彼はそっけなくうなずいただけだった。そこで誰かに名前を呼ばれ、彼は去って行った。アンジーはぐずぐずと買い物をつづけた。まるで男の子の注意を惹こうとする十四歳の女の子みたいな、みえみえの態度だったが、彼は二度とこっちを見なかった。翌日出発する予定のツアーのための準備が山ほど残っていたのに、彼がなにか言ってくれるのを期待して、店で時間を無駄にした。

ようやく諦めて勘定をすませた。買い込んだものをピックアップ・トラックの荷台に積み、運転席に乗り込もうとしたとき、彼が店から出て来た。アンジーはすぐにエンジンをかけ、ギアを入れようとすると、彼が窓をさげろと手振りで指示した。

ボタンを押すと窓はするするとさがった。平静を装ったのは、店でぐずぐずしていた自分がちょっと恥ずかしかったからだ。結婚に破れてから、男性とは距離を置くようにしてきた。ところが、（とっても）広い肩と（とっても）青い瞳が、彼女の自制心をそれこそ粉々に砕いてしまったのだ。

その青い瞳がレーザーのように彼女を刺し貫いた。「あすの夜、食事に行かないか」彼が藪《やぶ》から棒に言った。味もそっけもない誘い。

がっかりして力が抜けた。なんであすの夜なの？　あすは早朝に発って一週間は戻って来ない。もっと前に言ってくれないと、せめて一週間前に。「行けません」つい口が滑った。彼の誘いとおなじぐらい味もそっけもない断わりだった。

言い訳をする時間はなかった。彼はぞんざいにうなずくと踵《きびす》を返し、自分のトラックに向かって行った。

それでおしまい。ツアーから戻ると、取る物も取りあえず母屋に走り込んで留守電をチェックした。留守のあいだに彼から電話があったかもしれないから。メッセージはふたつ残っていたが、彼からではなかった。それから何週間も、何カ月も経ったけれど、彼は電話をくれなかった。がっかりして、期待することをやめた。

そうこうするうち、ツアーの申し込みが減ってきたことに気づいた。狭い町だからいやでも耳に入ってきた。デア・キャラハンをガイドに雇った人の話や、そのうちの何人かが彼女の客だったことが。彼に客を奪われた！　オーケー、奪われたわけではない。彼がこっちの顧客ファイルに勝手にアクセスして、売り込みを行なったわけではない。客たちのほうが彼を選んだのだ。それでも結果はおなじだ。

最初の誘いから数カ月後に、彼はまた声をかけてきた。そのころには、彼に思い切り腹をたてていたので、「もう誘わないで」と捨て台詞《ぜりふ》を吐いた。彼とデート？　それより蟻塚《ありづか》に杭を打って、そこに彼を括《くく》りつけてやりたい。

でも、はじめて会ったときのあの感じ、全身の細胞が緊張で張りつめて急降下していくような感じを忘れることはできなかった。いくら目の前のことに意識を集中しようとしても、心のどこかで、デートをしてたらどうなっていただろう、と思っている自分がいた。

どうにもなっていない。そうなのだ。なにも生まれなかったにきまっている。そのことを忘れてはだめ。悔やむだけ無駄だ。

5

アンジーの家から舗装道路に出るまでの曲がりくねった泥道を走るハーランの気持ちは、どんよりとしていた。彼を悩ませる問題はふたつあった。デア・キャラハンはいい奴だ。アンジーのことは、生まれたときから知っているからわが子のように愛している。だから、ふたりのあいだに立つことになって弱りきっていた。

彼はあくまでもアンジーの人間だ。彼と契約を交わしたのはアンジーであり、仲介手数料を払ってくれるのもアンジー側の人間だ。彼女の対抗案をデアに伝えるのは問題ない。デアの申し出をにべもなく断わるかと思ったら、対抗案を出してくれてほっとした。仕事以外のことでさしで口をするつもりはないが、きのう、駐車場で見た様子からして、ふたりの関係は険悪なようだ。打ち合う前に相手を言葉で挑発し合うボクサーみたいだった。

彼らがなにをいがみ合っているのかわからないし、よけいなお節介を焼かないのがこのあたりの人間の持ち味だ。とくに理由はなくても虫の好かない相手というのはいるから、それだけのことかもしれない。アンジーは結婚に失敗してから人との付き合いを避けるようになったし、デアも気楽に誰とでも付き合うタイプではない。棘《とげ》のあるふたりが、刺し合うのは当然の成り行きということか。まわりの誰もそれに気づかなかったことのほうが驚きだ。

もうひとつ心配なのは、アンジーが見ず知らずの男ふたりとツアーに出ることだ。いまにはじまったことではないから、心配するほうがおかしいのかもしれない。それにひとりはリピーターだ。だが、そいつが意気地なしだというのが気にかかる。意気地なしは自分より強い者に迎合し、いざというときに断固とした態度をとらないから危険だ。

現実的に考えれば、べつに目新しいことではない。アンジーはこの仕事を三年もやってきて、ガイドをする相手はたいてい見知らぬ男だ。だが、なんだか胸騒ぎがするのだからどうしようもない。デアとのことがあって、アンジーを守りたいという気持ちになっているからかもしれない。胸騒ぎがしてハイウェイで急にスピードを落とすことがある。それとおなじだ。理屈ではない。そういうときは、五分後に事故現場に遭遇したり、目の前を鹿が横切ったりする——それとおなじだ。胸騒ぎがするが、これはスピードをゆるめればすむ問題ではない。

携帯がつながるかどうか、ときどきチェックする。思わぬ場所で圏外になることがあった。それまでまったくつながらなかったのが、大気の作用かなにかでつながることもある。このあたりは電波が安定しないが、こういうところに住む人間はそれなりの理由があってそこに住んでいるわけだし、あくせくしない生活もいい。彼自身は、つねに世界と、あるいは誰かとつながっていたいとは思わない。ノアの家のちかくに引っ越すとしたら——いつまでも仮定の話にしていないで、本気で考えるべきだ——氾濫《はんらん》する情報についていかねばならない。電話をかけるときしか携帯をオンにしないし、電話が終わればすぐオフにする時代遅れのじいさんだが、それで困ることはなかった。

いつもながら、オフィスに着くころには電波がよくなっていた。時間を無駄にしたくないから、デアの自宅の固定電話にかけた。案の定、留守電につながった。デアはいつかかってくるかわからない電話を、家でじっと待つようなタイプではないし、デアが住んでいるあたりも電波が不安定だから、携帯にかける手間は省いた。「デア、ハーランだ。アンジーにきみの付け値を伝えたところ、対抗案を出してきた。電話をくれ」

三十分もしないうちに電話があった。デアの声はいつもながらかすれていて、口調はいつもながらぶっきらぼうだった。デアはいい奴で、ハーランは好きだったが、彼の友人たちですら、とっつきにくい頑固者だと言っている。「対抗案というのは?」

「言い値から一万引いた値段だ。適正価格だ」

「二年前ならな。だが、不動産の価値はさがっている。おれが提示した価格より二万ドルも高いじゃないか。それだけの現金は用意できない」彼が苛立たしげに言った。「銀行からそれ以上の資金を引き出せるかどうか」

少なくとも彼は即座にノーとは言わなかった。「考えてみてくれないか」ハーランは言った。「いますぐに決める必要はないんだ。アンジーは男ふたりを案内して、あすの朝。一週間のツアーに出るから、当分連絡がとれない。銀行とも話してみるし、査定を頼むつもりだ。土地と家の評価額がそれでわかるだろう。だが、彼女は妥当な値段を出していると思う。それが高すぎるようなら、わたしから言うよ」彼女が売り急いでいることまで言わなかった。彼女が財政難なのは彼女の問題であって、吹聴することではない。

「わかった、考えてみる」デアがうなるように言った。

「よかった。彼女が戻ったら連絡するよ」また胸騒ぎがした。デアの意見を聞いてみるべきかもしれない。デアとアンジーは親友ではないかもしれないが、プロの意見は参考になる。それに、うまく話をもっていければ、肝心なことを聞き出せるかもしれない。「ちっと気になることがあって、あんたの意見を聞きたいんだ」

デアはちょっと黙り込んだ。安請け合いするタイプではない。デアのことをよく知らなければ、「だめだ」と言って電話を切るだろうと思ってもおかしくない。だが、気心の知れた相手だからもうひと押しした。「アンジーのことでね」

低いうなり声がした。「彼女がどうかしたのか？」

「このガイド・ツアーなんだが……なんだか胸騒ぎがしてね。彼女は知らない男ふたりと一週間のツアーに出る。まあ、そのうちのひとりは前にもガイドをしてるんだが、アウトドア派ではないそうでね。どうやら接待のハンティングらしいんだ。女のガイドが面倒なことになった話、耳にしてないかな……ほら、その、ツアーの最中に男になにかされたというようなな」

「女のガイドそのものが多くないからな」ややあってから、デアが言った。「アンジー以外におれが知ってる女のガイドはみな旦那と一緒に仕事をしてる。独立してやってる女のガイドがいないというわけじゃないが、おれは知らない」

「安全だと思うか？」

「彼女は武器を持ってるんだろ？」

「むろんだ」

「だったら安全だ。ライフルを持った女が安全だという程度にはな。だが、男のガイドとはわけがちがう」彼はそこで言葉を切った。「女のガイドが面倒なことになった話を耳にしてないかって質問だが、答はイエスだ。人づてに聞いただけだから、事実かどうかはわからない。常識的に考えてありうるだろう。げす野郎はどこまでいってもげす野郎だ」

ハーランはフーッと息を吐いた。「おれが考えているのもそれだ」

デアがためらいがちに尋ねた。「彼女はどこに行くんだ？　どのあたりに行くか知ってるか？」

「ああ。彼女から場所を聞いているし、一緒に行く男たちの名前もね」ハーランは情報を伝えた。「戻ったら電話をくれることになっている」

「獲物は？」

「熊だ。熊避けスプレーを荷物に詰めるのを見たからね」

デアはうなった。「客はふたりともはじめてなのか？」狩猟そのものではなく、熊を狩ることがはじめてかを尋ねているのだが、ハーランにはわからなかった。

「客が接待する相手のことはわからない。経験があるかもしれない」ハーラン自身は会ったことのないこのふたりの男がどうも虫が好かないとは言え、公平を期すべきだと思った。咳払いし、一蹴されるのを覚悟して話をつづけた。「さっきも言ったが、胸騒ぎがしてね。どうしてだかわからない。彼女がツアーに出ているあいだ、誰かに様子を見に行ってもらえないだろうか。つまりその、彼女に気づかれないように遠くから見守るというような」

沈黙があった。デアは信じられないという顔で受話器を見つめているにちがいない。そのとき、なんとも耳障りな叫び声がハーランの耳に飛び込んできた。鼓膜をやすりで擦られた気がした。「おれに彼女を見守れって？　あんたが頼んでるのはそういうことなんだろ？　あのあたりに〝誰か〟がたまたま行くなんてこと、あるわけない」

「あんたが忙しいならいいんだ」ハーランは恥ずかしいとも申し訳ないとも思わなかった。してやったりの気分だった。デアもツアーに出る予定なら、忙しいと断わるはずだ。断わらないと言うことは、忙しくないのだ。一か八かの賭けだった。

「客が来る予定はないが、だからって忙しくないわけじゃない」デアの口調から憤慨《ふんがい》しているのがわかった。

「無理なお願いだとわかって――」

「無理にきまってるだろ。気づいてないなら言っとくが、アンジーとおれはそりが合わない。彼女がおれの姿を見て喜ぶわけがない」

「気づいていたよ。あんたを見て、彼女は喜ばないかもしれない。だが、レイプされたり死んだりするよりはましだ」

「そんなことがほんとうに起きると思ってるのか？」

「いつもなら、考えもしない。だが、今度にかぎって、胸騒ぎがしてならないんだ」

「クソッ」デアが言った。ハーランの直感を馬鹿にして言ったのではない。緊迫した状況や危険な場所に何度も遭遇したことのある人間の、理解を示す言葉だ。警官や兵士は自分の直感に注意を払う習慣を見につけている。ふつうの人間よりもはるかに直感を重要視する。ハーランは心霊術師でもなんでもないが、人間には危険を察知する動物的な第六感が備わっていると思っている。それに耳を傾けるかどうかは人それぞれだ。アンジーも危険を察知すれば警戒を強めるだろうし、必要なのは警戒心だが、まわりのことに気をとられすぎてほかの細かな部分に気が回らないかもしれない。

「考えてみる」デアが言った。気が乗らないという口調だ。「だが、もしおれが出掛けていって、彼女に尻を撃たれたら、あんたに責任をとってもらうぜ」

なんてこった。アンジー・パウエルが問題なのではない。彼女には苛々させられるが、問題はそういうことではない。

デアは人の尻ぬぐいはしないことにしていた——それは習慣というより宗教にちかい。それに、ベビーシッターをする柄じゃない。胸騒ぎがするからという理由で、ハーランがアンジーを心配するのは年のせいだろう。亡くなった親友の娘で、その成長を見守ってきたから、過保護になるのも無理はない。そういった感情的な部分で、自分が守ってやらなければと思い込んでいるのだ。見ず知らずの男を案内して数日、あるいは数週間旅することも仕事のうちだとわかっていて、アンジーがガイドの仕事を選んだことは、ハーランも承知している。

るはずだ。

彼女は頭の切れるタフな女だ。危険なこともありうるとわかっていて、予防措置をとってい

だが、家と土地を売りに出したり、引っ越し先を考えたりで、このところアンジーは気苦労が絶えないから、ハーランもよけいに守ってやりたいと思うのだろう。それで説明がつく。

鼻を鳴らし、キッチンに行って冷蔵庫から水のボトルを取り出した。彼女のキャンプサイトに姿を現わし、大西部時代にならって〝リトル・レディー〟のご機嫌をとったらどんなことになるか、容易に想像がつく。自分で自分の身を守れないようだからおれが守ってやる、と態度で匂わせただけで、アンジー・パウエルに尻を蹴飛ばされるだろう。敵として不足はない。

むしゃくしゃしていたのに、思わず笑みが浮かんだ。彼女に、死んじまえ、という目で見られると、むちゃくちゃ頭にくる。本人は意識してやってるわけじゃないから、よけいに苛々する。だが、彼女が両手をブンブン振り回してかかってくる姿を想像するのは楽しかった。彼女と取っ組みあったら勝つに決まっているし、取っ組みあいは楽しい。やせっぽちの体をぐいぐい押しつけてきて、特上の尻が手を伸ばせば触れる位置にあって、そんな場面を想像して楽しむ——まあ、その前に、彼女が頭突きでこっちの鼻の骨を折ろうとするだろうから、尻を掴むまではいかないかもしれない。だが、戦いに意識を集中し、手をあるべき場

所に置いておけば、彼女に鼻やキンタマといった大事な部分を狙う隙は与えない。キンタマに膝蹴りを食らう危険を冒すだけの価値がある尻かどうか、見極めてから手を伸ばしたほうがいい。

イチモツがもぞもぞして、むろん、ある！　と叫んだ。デアはまた鼻を鳴らした。困ったやりたがりだ……文字どおり。

山に入って一週間、身を潜めつつアンジー・パウエルを見守る？　ハーランはおれをなんだと思ってるんだ？　霞《かすみ》を食って生きる仙人？　おれにだって仕事はあるんだ。

クソ忌々しい仕事が、キッチン・テーブルに山積みになっていた。書類仕事は大嫌いだ。自分の仕事を愛しているが、それに伴う細かな事務処理は大嫌いだ。丸まった領収書の山は、夜のうちに増殖しているにちがいない。事務をやらせる人間を雇うのも手だ。雇えるぐらいの稼ぎはあった――だが、アンジーの家と土地を買うとなると、余分な金が消えてゆく。しばらくはきつきつの暮らしになるだろう。だが、計画がすべてうまくいったら……

忌々しいことに、彼女がこのガイド・ツアーで殺されたりしたら、計画はすべて水の泡だ。遺産相続の問題が片付くまで、あの家と土地は動かせない。彼女に親戚がいるのかどうか、遺言を書いてあるのかどうか、まるで知らなかった。あの土地を手に入れるためには、彼女に生きていてもらわなければ。

ああ、頭にくる。

彼はうなり、水のボトルをテーブルに置いて椅子に座った。予定表を取り上げページをめくる。ああ、ここに記されたことはすべてコンピュータに打ち込んであるが、客の名前やハンティング・ツアーの日程は紙に書き留めておくにかぎる。コンピュータに記録しておくのはいいことだが、必要な時に情報がそこにあるという保証はない。停電やコンピュータ・ウィルス、システム・エラー……ああ、紙とペンのほうがずっといい。

予定表は成功に至る地図だ。ちょっと見ただけではただのいたずら書きにすぎない。字が上手とは言えないが、読めるのだから充分だ。手帳サイズの予定表の余白にはメモが書き込まれ、計画や名前が升目《ますめ》をびっしりと埋め、中には名前が追加で書き込まれているところもある。キャンセルもたまにあるが、キャンセル待ちの客もいるし、顔馴染みの客に声をかければたいていてい穴埋めしてくれる。彼でなければと言ってくれる客がいるのは、誇らしい気持ちだ。

あらためて予定表を見るまでもなかった。この先十日間は予約が入っていない。キャンセル待ちの人もいない。忙しい季節はじきに終わりを迎える。この数カ月はほんとうに忙しかったから、少しぐらい息抜きするのも悪くはない。ほかにやることがないわけではない。キャンプ場の維持に手間をとられるし、書類仕事も滞っていた。目の前の領収書の山がなによりの証拠だ。ずぼらなほうではないが、洗濯が溜まっていた。じきに着る服がなくなる。冬に備えて薪《まき》を割っておく必要もあるし、日用品を買い込んでおかねばならない。なんでもまめに補給しておくが、モンタナの長い冬を越すには充分な蓄《たくわ》えが必要だ。この十日間で終わらせておくべきことを頭の中で並べてみる。

ペンの先でテーブルをトントン叩く。なんとはなしに日程表をめくってみる。水を飲む。歯ぎしりする。

日程表をテーブルに放ると、領収証が二、三枚舞い上がった。一枚は床に落ちたが放っておいた。ハーランのクソッたれ。どうして胸騒ぎがするなんて言い出したんだ？　彼が植え付けた心配の種を、デアは払いのけることができなかった。

どうしてアンジーと客たちのあとを追わなきゃならないんだ？　頼まれもしないのに、ボディーガードをやるとは……というよりストーカーだ。撃ち殺されても文句は言えない。引き金を引きたくてうずうずしているツーリストなら、遠くにいる彼を獲物だと思っても無理はない。この時季には着用を義務付けられているオレンジ色のベストを着ていたら、目につかないほうがおかしい。

彼がついて来ることにアンジーが気づいたとして、故意に撃ってはこないだろう――たぶん――が、彼女のお気に入りとは言えないから、死体にすがりついて涙することもないだろう。おれの知ったことか、と言いたい。だが、頭の奥のほうで小さな声がささやくのだ。彼女の家と土地を買うと言ったのだから、知ったことか、じゃすまないだろ、と。まったく頭にくる。

水をもうひと口飲んでキャップを締め、テーブルに置いた。いまの気分は水ではおさまらないし、ビールは買い置きがなかった――これも買い物リストに加えないと。コーヒーポットの底に五センチほど冷えたコーヒーが残っていた。飲めた代物じゃないが、かまうもんか。テーブルを離れ、食器洗い機からマグカップを取り出し――洗い物を増やしてどうする――コーヒーを注ぎ、電子レンジに入れてタイマーを二分にセットした。

待つあいだ床を睨みつけた。どうしてあんなことを考えたんだ？　家と土地を売らざるをえなくなったのは彼のせいだと思っていることを、アンジーははっきり態度で示した。だから彼を憎んでいることも。付け値をした彼を、いっそう憎んだだろう。窮状につけ込んだと思っているにちがいない。いくら彼女の身を守るためとはいえ、仕事先までつきまとわれたんじゃさぞ迷惑だろう。しかもこっちには、そんなことをしている暇も気持ちもない。あまりない。この言葉が脳裏に浮かぶと、彼はますます顔をしかめた。

レンジがチンと鳴った。扉を開けてコーヒーに指を突っ込み、充分に熱いことを確認してから取り出した。ああ、頭にくる。まずさをごまかすために砂糖を多めに入れ、掻き混ぜ、カウンターにもたれかかって飲んだ。悪くない。いける。コーヒーを飲みながら、仕事がうまくいっていることを喜べばいいじゃないか。まずまずの人生だ。アンジーの面倒までみる必要はないんだ。

なんでこんなに彼女のことが気になるんだろう？　三十七年の人生で、あれほどむかつく女にはお目にかかったことがない。老いた山羊並みに頑固だ。たとえ彼が火に包まれたって、誰が水をかけてやるものか、という顔をしている。どんなに上等な尻だろうが、これほど人を怒らせるんじゃ帳消しだ。それなのに、皮膚に食い付くダニみたいに、彼女のことが気になって仕方がない。

いったいどうしちまったんだ？　いくら彼女を老いた山羊やダニ扱いしたところで、ハーランの言葉にやきもきすることは変わらなかった。こっちを見向きもしない女のことが、心配でたまらなかった。

ハーランが誰かほかの人間を心配していたのなら、気にもかけなかっただろうに。アンジーは大人だ。銃を持っている。予約を受ける前に客のことを調べているだろう。森のことをよく知っている……まあ、彼ほどではないが。あの不愉快な態度、彼女の安全より客たちの安全を心配すべきだ。

デアはコーヒーを味わいながら飲んだ。敵意が多少は和らいだ。テーブルの上の書類の山に目をやる。これから十日間は休みだ。自由に過ごせる。冬の準備をしておこう。メンテナンスもしておこう。だが、いますぐでなくてもいい。書類はどこにも行かない。アンジー・パウエルのことなんて忘れてしまえ。白馬の騎士を待ついくじなしの女じゃあるまいし。釣りに行ったっていいんだ。ひとりで森に入って平和と静寂を楽しむ。ささやかな休暇だ。休暇中にアンジーのちかくにいたとしても、おなじ道を行ったとしても、それはたんなる偶然だ。

ああ、それがいい。自分にそう言い聞かせりゃいいんだ。不運にも彼女に見つかったら、そう言ってやればいい。

心が決まると、おなじことを何千回と繰り返してきた人間の速さと正確さで荷造りをした。ビーフジャーキーにパワーバー、小さな救急箱、熊避けスプレーをいくつか、水のボトル、アスピリン――アンジーと遭遇したら、その態度に頭痛が起きるだろうから――着替えのフランネルシャツ。充電がすんでいる携帯衛星電話も詰め込む。キャンプ場にもこういうものは揃えてあるが、手ぶらで向かったことはなかった。

釣り道具はどうするか。何カ月も自分では釣りをしなかったから、釣り竿が傷んでいるかもしれない。あたらしい釣り竿を持って行こう。客の大半は狩りが目的で来るが、たまに釣りのパーティーをガイドすることもあった。だが、客と一緒のときは釣りをしない。釣りをするならひとりで出掛け、平和と静寂を楽しむ。

釣りが目的の客が慣れた人たちなら、楽しいツアーになる。初心者だと厄介だ。おしゃべりはするし、水を跳ね飛ばすし、釣り糸に絡まるし、釣り針を服に引っかける。初心者にフライフィッシュを手ほどきするのは、並大抵の忍耐では務まらない。だから、となりの郡の釣りガイドを紹介するようになった。仕事は足りているし、やりたくもないことはやらないにかぎる。

ウェーダー（胸または腰まで達する長靴）はどうするか。寒い日がつづいているから水温はさがっているだろう。水には入らず、川岸から釣り糸を投げ込むことにしよう。

フライを選り分けながら考えた。アンジーに釣りができるなら、初心者を回してやろうか。想像してひねくれた満足を覚えた。

たまに客が女房を連れて来ることがある。最悪だったのは、十代の娘ふたりがついて来たツアーだ。あんなことをもう一度やるぐらいなら、撃たれて死んだほうがましだ。だが、女のガイドなら……女房連中だって、ほかに女がいれば気が楽なんじゃないか？　絶え間ない女のおしゃべりにも、彼とちがってアンジーなら耐えられるだろうし。十代の娘のひとりが鹿を見て悲鳴をあげたときは、静かにしろ、と思わず怒鳴っていた。すると娘は泣き出した。それからはなにもかもが悪くなるいっぽうだった。ツアーに女がくっついて来ることはめったにないが、それでも……一考の価値はある。アンジーはどうして夫婦者や家族を専門にしないんだ？ どうして女であることを生かさない？ 父親の後を継いだからって、やり方まで引き継がなくてもいいのに。時代が変わっているのだから、昔のままのやり方に固執することはない。

フライフィッシングに最適の時季は過ぎていた。天候も水の状態も変わりやすくなっている。鱒《トラウト》は冬になるとじっと動かなくなるが、いまはまだそこまではいっていない。流れがゆるい場所なら釣れるかもしれない。産卵前のブラウントラウトを狙うのもいい。焼いたトラウトは最高だ。

ついでにアンジーの無事をたしかめられるなら、一石二鳥だ。脳みそがなんと言おうと諦めることを知らないイチモツが、さぞ喜ぶだろう。それに、釣りの楽しみがあれば、脳みそだって文句は言わないはずだ。

6

チャド・クラグマンはビュート空港で、ミッチェル・デイヴィスを乗せたスカイウェスト航空の便が到着するのを待っていた。ビュート空港を発着する旅客機は日に数便だし、時間に大きな乱れはなかった。デイヴィスは狩猟の経験が豊富だから、ジャンボ機のファーストクラスで猟場のすぐちかくまで乗り付けることを望んだりはしない。大物を狙うなら辺鄙《へんぴ》な場所に出掛けていくしかないとわかっている。

辺鄙な場所というのは、彼の計画にもってこいの場所でもあった。ガイドのアンジー・パウエルが連れて行ってくれるのが、辺鄙な場所であればあるほどありがたい。猟場についてメールでそれとなく尋ねたのだが、実はそこがなにより肝心な部分だった。猟場の場所がわかると、その周辺二十五平方キロについて地図で調べ、グーグル・マップの写真をダウンロードし、地形や陸標を頭に叩き込んだ。期待したほどの精度の写真は見つからなかったが、どういう場所かイメージは掴めたし、計画を実行するためになにをすべきかがわかった。

いつかこの日が来るとわかっていた。ミッチェル・デイヴィスのために資金洗浄《マネーロンダリング》を行ない、そこから現金をかすめ取りはじめたときから考えていたことだった。いや、それ以前からわかっていた。あらゆる可能性を考慮し、考えに考えた末に踏み出した一歩だったのだから。そのために、口座とコンピュータ・ファイルにサイレント・アラームを設定し、ファイルや情報に侵入されれば即座にわかるようにしておいた。万事にぬかりはなかった。このツアーを組んだのだって、デイヴィスが疑いを抱きはじめる頃合だと判断したからだった。してやったりと思わないでもない。ツアーの出発日がちかづくにつれ、デイヴィスを買いかぶっていたのではと不安になったが、彼の目に狂いはなかった。敵もさるもの――昨日、ついにサイレント・アラームが鳴った。どんぴしゃりのタイミングに、勝鬨《かちどき》をあげそうになったほどだ。自分の周到さが誇らしい。

この日のために一年間訓練を積み、準備に時間をかけ、機会をうかがってきた。デイヴィスに警戒心を起こさせないよう念には念を入れて計画をすすめてきた。デイヴィスがこっちの荷物を調べないともかぎらないから、なにか企んでいる、と思わせるような道具、たとえば高性能GPSとか衛星地図、それにパスポートは荷物に入れていない。パスポートはビューローの私書箱に預けてあり、必要になったら取り出せばいい。航空券も買ってあり、正確な日付がわかりしだい予約を入れる。

人は見かけではわからない。まわりがこうだと思っている自分とほんとうの自分との落差を、チャドは楽しんでいた。彼のほんとうの能力を知っている人間は、文字どおりひとりもいなかったが、長い時間をかけて慎重に人格を形作り、仮面を創り出してきた努力の賜物《たまもの》だ。いつかそれが役にたつと、幼いころからわかっていたのかもしれない。ありがたいことに――見方によれば、忌々しいことに――平凡な外見に生まれつき、しかもその平凡さに磨きをかけた。人知れず体を鍛えてきたが、体にぴったりの服はけっして着ないようにしているので、実際よりも背は低く、体重は重く、動きは鈍く見られる。ぽっちゃりしたウディ・アレンに、誰が警戒する？　誰も疑いをもたない。目立たない存在として立ち回りながら、素知らぬ顔で富を蓄えてきた。

それが第二の天性となった。意識しなくても口ごもるし、歩き方もどこかぎこちなく、水の入ったグラスから携帯電話まで、扱うときはもたもたしていた。ＣＩＡはおとり捜査官を潜り込ませる前に、彼に教えを乞うべきだ。

ミッチェル・デイヴィスが片手でローリング・ダッフルを引っ張り、もう一方の手にコンピュータ・バッグをさげて、手荷物受取場所にやって来た。チャドが慌てて立ち上がると、携帯電話が落ちて床を滑っていった。無様に這いつくばって携帯電話を拾い、顔を真っ赤にして立ち上がる。コンピュータ・バッグには敢えて目をやらなかったが、デイヴィスがそれで自分の居所を知らせるつもりなのは一目瞭然だ。ミッチェル・デイヴィスのことだから、チャドの魂胆を知ったら一瞬のためらいもなく殺すだろう。そう思ったらゾクッとしたが、同時に彼を軽蔑もした。ラップトップ・パソコンを持って来るなんて、これから行く場所では、Ｗｉ－Ｆｉはおろか携帯電話も通じないのに。

「快適な旅でしたか？」チャドは尋ねながら、自分の口調にうまくびくびくした感じが出ているか確認していた。これでいい。

デイヴィスはうなった。チャドより数センチ背が高く、髪には白いものが混じり、目つきは冷たくきつい。「レンタカーの手配はついてるんだろうな」

「ついてますよ。四駆のＳＵＶを借りましたが、それでいいですか？　荷物が、その、たくさん詰める車のほうがいいと思ったもので。なんだったらほかのと――」

「いや、いい」デイヴィスがそっけなく言った。「行くぞ」

デイヴィスはご機嫌をとられることに慣れているが、いつもはこれほど無愛想ではない。きっとこっちを試しているのだ。デイヴィスにとってチャドは使える男だから、確実な証拠がないかぎり抹殺しないだろう。チャドはただの資金洗浄屋ではなく、相場の天才とみなされているが、勘が頼りの相場師ではなかった。会計学の学位も持っている。映画『レインマン』でダスティン・ホフマンが演じた驚異的な記憶力を持つ自閉症の男と同類というわけだ。

デイヴィスは標識を頼りにレンタカーの駐車場へと向かい、チャドは自分のダッフルバッグを引っ張ってあとにつづいた。「あの赤い車ですよ」いかにも心もとなげに言う。「あれでいいですか？　赤はなんというか――べつの色に替えてもらいましょうか、黒とか――」

「車の色なんてどうだっていい」デイヴィスは苛立たしげに言い、手を差し出した。「鍵をよこせ」

「鍵ですか？　あっ、はい、はい」チャドが手を離すとダッフルバッグが倒れた。レンタカーの鍵を探してポケットをまさぐる。彼がなりきっている人格からして、自分が運転するとしゃしゃり出ることはけっしてなかった。パウエルのところまで道順を知っているのは彼のほうだとしても。おまけに地図を見ながら道案内をして、一度、曲がる道を間違えて教えるという念の入れようだった。デイヴィスに警戒心を起こさせるようなことだけはしてはならないからだ。

ドジなチャドに徹する。そこが肝心だ。


チャド・クラグマンがどんな男だったか、アンジーはよく憶えていなかったが、馬の扱いがへただったことはよく憶えていたから、トレーラーに馬を乗せて運び、車が入れない最後の十五キロほどを馬で行くことにした。彼があれから乗馬の練習をしていたらべつだが、きっと今度も尻がすりむけるだろう。彼女としては同情を示す以外どうにもできない。それもあからさまに同情すれば、相手を怒らせることになるのは経験からわかっていた。女にかなわないとわかって喜ぶ男などまずいない。

夕方、彼が客と一緒にやって来た。運転席から降りた男に見覚えはなかった。てっきりクラグマンが運転して来るだろうと思っていたので、アンジーはちょっと驚いた——目印のない曲がりくねった泥道だから、前に来たことのある者が運転するのがふつうだ。つぎに助手席に目をやった。写真を見て記憶をあらたにしたとは言え、「そうそう、思い出した」となるまで一瞬の間があった。チャド・クラグマンはそれほど目立たない男だった。

背は彼女より二、三センチ高いだけで、腹の丸みが目立ち、薄くなった黒髪、印象に残らない顔立ち。醜いというのではないが、魅力的でもない、特徴のない顔だ。個性が強ければべつだが、額に〝無能〟のレッテルを貼り付けて生まれたような男だった。もっとも、そんなレッテルが貼ってあれば忘れるはずもない。どんな仕事をしているのか知らないが、繁《はん》盛《じよう》しているとはとても思えなかった。ぼんやりしてへまばかりやっていそうな感じだ。

彼の客のミッチェル・デイヴィスは、クラグマンとは正反対のタイプだ。アンジーは笑みを浮かべ、階段をおりてふたりを迎えた。クラグマンはためらいがちに笑みを返してよこしたが、デイヴィスの人を見下した態度から、愛想を振りまくほど暇じゃない、という気持ちが伝わってきた。

「ミス・パウエル。また会えて嬉しいですよ」クラグマンが言い、アンジーが差し出した手を慌てて握った。手がちょっと湿っていた。

「あたしもですわ」アンジーは気さくに言った。「どうかアンジーと呼んでください」

「いいですよ。だったらぼくのことはチャドと呼んで」嬉しそうな表情が不安に曇った。

「ミスター・デイヴィス、こちらがガイドのアンジー・パウエルです。アンジー、こちらはミッチェル・デイヴィス」

デイヴィスは軽く会釈《えしゃく》するとあたりを見回し、彼女のあたらしいとは言えないトラックと、くたびれた馬用のトレーラーに鋭い視線を向けた。上唇がわずかにめくりあがる。アンジーは穏やかな表情を崩さなかった。トラックもトレーラーも新品ではないが手入れは行き届き、よく動いてくれる。「お目にかかれて嬉しいです」相手の態度がどうであろうと、礼儀は欠くまいと思った。

デイヴィスはクラグマンにないものをすべて備えていた。背が高く引き締まった体つきで、黒い髪はこめかみにだけ白髪が出ている。彫りの深い顔、グレーの目は澄んでいる。動きに無駄がなく、態度は尊大だ。服は誂《あつら》えたようにぴったりと体に合っていた。

いやな感じ、とアンジーは思った。

長い一週間になりそうだ。デイヴィスがすぐに熊を仕留め、一週間もぐずぐずしている必要はないと思ってくれればどんなにいいか。そうでなければ無駄口を叩かず、笑みを絶やさないようにしてやり過ごすしかない。客商売をしていれば、最後まで好きになれない客の相手をしなければならないこともある。デイヴィスもおそらくそうだろう。

「丸木小屋に案内します」ふたりがレンタカーの荷台から荷物をおろすのを見計らい、彼女は言った。クラグマンはむろん場所を知っているが、母屋の裏手のポンデローサ松の木立を縫う小道を、アンジーは先に立って歩いた。彼女と客たちの両方がプライバシーを確保できるよう、丸木小屋は木立になかば隠れるように建っている。すでにランプをともし、ヒーターもつけておいた。ほんものの火のぬくもりが欲しいという客のために暖炉がついているが、ヒーターのほうが効率的だし面倒がない。わざわざ火を熾《おこ》す客はめったにいなかった。

「ライフルの箱は丸木小屋に運んでおきました」彼女は言った。「チャド、最初の丸木小屋を使ってください」ドアの鍵を開け、彼に鍵を手渡す。「ミスター・デイヴィスはこちらにどうぞ」

「ああ、どうも」デイヴィスはおもしろくなさそうに言い、鍵を受け取った。アンジーはむっとしたが、努めて愛想よく振る舞った。

「ゆっくりなさってください」彼女はふたりに言った。「パソコンを持ってこられたのなら、母屋からならインターネットにつながります。テレビ室もありますので、ご覧になりたければどうぞ。夕食は七時です。シチューとビスケット（ベーキングパウダーで膨らませたやわらかなパン）だけのかんたんな食事ですけど。では、のちほど。早めにいらしてテレビを観るのも、おしゃべりするのもご自由に」

「そいつはいい」チャドがおずおずとほほえんだ。デイヴィスの冷ややかな視線が、賛成しかねると言っていたが、口に出さないだけの礼儀は守った。

母屋に戻るあいだ、気まずい雰囲気なのはあたしのせいじゃない、と自分に言い聞かせた。チャドと接待客の力関係に問題があるのだ。ミスター・デイヴィスになんとか気に入ってもらおうと、チャドは涙ぐましい努力をしているが、よく言って二流のツアーだ、とデイヴィスが思っているのはたしかだった。

ツアーの成功はひとえに大物を仕留められるかどうかにかかっている。シーズンも終わりにちかいが、熊がみんな冬眠に入ったわけではない。天候は比較的穏やかだから、まだ活動している熊もいるはずだ。ミスター・デイヴィスのために、なにがなんでも熊を見つけないと。

母屋に一番乗りするのはチャドだと思っていたら、意外にもミスター・デイヴィスが現れた。パソコンのケースを抱えていた。「報告書をチェックしたい」ぶっきらぼうに言う。

「どうぞ、こちらへ」アンジーは彼を、薄型のテレビと衛星インターネットがある狭い書斎に案内した。隅のデスクにはWi‐Fiのモデムが備えてあった。数字を打ち込んだインデクス・カードを差し出す。「これがWi‐Fiのパスワードです」

「ありがとう」彼はすでにラップトップを取り出していたが、会釈するだけの礼儀は示した。

「どういたしまして」

彼を書斎に残し、テーブルの用意をすませた。ハンティング・ツアーに来る客は、はなから磁器や銀器で食事をしようとは思っていない。彼女が並べた食器は、縁が黒いダークグリーンの頑丈な陶器で、ナイフやフォークは重たいステンレス製だ。布製のナプキンは厚地の丈夫なコットン、色は汚れが目立たないダークグリーンだ。

メニューはシチューと焼きたてのビスケット、それにチョコレート・ケーキといういたってシンプルなものだ。味はまずまずだと思う。料理の腕はとびきりとはいかないが、時間があれば楽しんで作るほうだ。ビリングズに住んでいたころは珍しい材料も手に入ったから、試しにいろいろと作ってみた。いつかまたやってみたいと思うが、いまは栄養第一の料理を作るだけだった。シチューは余分に作り、ツアーから戻って食べる分を冷凍してある。ほかに予約は受けていないし、これからの数カ月はさらなる収入が見込めないから、余った料理を捨てるなんてもってのほかだった。

七時十分前に、チャドが現われた。「いい匂いだ」

「ありがとう」彼女はあたりさわりのない笑顔を浮かべた。「ミスター・デイヴィスは書斎にいます。パソコンを持って」

チャドはぎこちない仕草で言った。「彼の邪魔はしたくない。なにか、その、手伝うことはないかな？」

「お腹いっぱい食べてもらえれば充分です。すぐに用意ができますから」時計を見る。「ビスケットをオーブンから出さないと。ちょっと失礼して——」

「どうぞ、どうぞ。そんなつもりじゃ——」

「ゆっくりしててくださいな」彼のしどろもどろの謝罪を遮って言い、安心させようと笑顔を向けた。「すぐにお料理を運びますね。チョコレート・ケーキはお好きかしら」

「大好きですよ」彼は話題が変わってほっとしたようだ。

食事中も会話ははずまないだろうが、彼女には関係のないことだ。ビスケットをオーブンから出し、ナプキンを敷いた籠に並べ、シチューを入れた蓋付きの深皿と一緒にトレイに載せた。ダイニング・ルームに運んでテーブルに置く。「飲み物はなにになさいますか？　用意できるのはミルクとホットティー、コーヒー、それにビール。もちろん水も」

「ビールをもらおうかな」チャドが照れくさそうに言った。なにに照れているのだろう。

「わたしにもビールを」ミスター・デイヴィスが戸口に現われて言った。

アンジーはキッチンに戻り、冷蔵庫からビールを二本取り出してグラスに注いだ。グラスを置くと、チャドが言う。「一緒に食べませんか?」前に彼が来たときにはそうしたが、あのときは連れが気さくな人だった。客とは食事をしないと決めているわけではない。ただ、気兼ねしてまでそうする気はないだけの話で、今夜は遠慮したい気分だった。

「先にすませましたので」しらじらしい嘘だけれど、それがなに? キッチンでなにか摘むか、後片付けをすませたあとでシチューを食べればいい。このふたりと食事をするぐらいなら、抜いてもかまわなかった。

「これから行く場所は、あらかじめ調べてあるのか?」デイヴィスが席につくなり尋ねた。

彼女はキッチンに戻る足をとめた。「あります。数日前にキャンプ場に備品を運んで行ったときに。熊のあたらしい足跡を見つけました」

「だが、熊の姿は見ていないんだな?」

「ええ、わざと探さなかったんです。事前に遭遇して逃げられたら困りますから」むろん銃は持っていたがひとりだった。ハンティング・パーティーと一緒でも、熊を見るとびくついてしまうから、ひとりのときはなおさら探さない。でも、そんなことは口が裂けても言えなかった。ガイドが怯《おび》えているとわかれば、客も安心していられないだろう。

「つまり、熊の大きさはわからないわけだな」

彼の口調から、〝ガイド試験その二〟にも落ちたことがわかった。ちなみに〝その一〟は、デア・キャラハンが運転しているような、双車軸ピックアップ・トラックの新車を持っているかどうか。チャドは困惑の態《てい》でスプーンをいじくり、皿に落としてやかましい音をたてた。アンジーは彼に免じて苛立ちを抑え、冷静な声で言った。「わかっています。木に残る爪跡から察すると、二メートルは越すと思われます。クロクマにしては大きいほうです」

「クロクマだとどうしてわかるんだ？」

「チョークベリーの茂みに引っ掛かっていた毛から。この地域にはヒグマもいますが、その毛は見つかりませんでした」彼の機先を制して先をつづけた。「でも、ちかくにクロクマがいることはたしかです」苛立ちをグッと抑えて、にこやかな口調に徹した。

「あんたが見に行ったあとで、その熊が冬眠に入っていたらどうするつもりだ？」

この男はなにを言っても尋問口調になる。アンジーは我慢の限界を無理に押し広げた。

「二日目までにあたらしい糞が見つからなかったら、奥へと移動します。熊の縄張りは三キロから十五キロほどです。この時季になるとそれほど活発に動かなくなりますが、それでも動き回っている熊はいます。ありがたいことに天気は比較的穏やかです。去年のいまごろは、三十センチほどの積雪がありました」去年の冬は厳しかった。はじまるのも早かったし、いつもより長く居座った。写真家たちが待ちかねたとばかり繰り出してくる春に、おかげで予約がまったく入らず、経済的にますます苦しくなった。

「こんなことを尋ねるのはなんだがね、ミス・パウエル、ガイドになって何年になる?」

「生まれたときからずっとです。子どものころは父を手伝ってましたし、大人になってからはひとりでツアーを率いるようになりました」すべて事実だ。ただ、十代のころ案内したのは、もっぱら写真家や鳥を撃つハンターだったことは黙っておいた。でも、父と一緒に狩りに行っていたから素人ではない。痕跡の読み取り方や獲物をおびき寄せる方法、銃の撃ち方まで、父は知っていることをなんでも教えてくれた。その教えは体に染み付いていたので、父が亡くなったとき、なんのためらいもなくこの生活に踏み込んだ。

「このビスケット、おいしいですよ」チャドが話題を変えようと口を挟み、これみよがしにビスケットにかぶりついた。「料理はお母さんに習ったの?」

「いいえ、自己流です。ずいぶん失敗もしました」母親のことには触れたくなかったので、冗談めかして言った。料理を教えてくれるような、いい母親ではなかった。でも、すばらしい父親を持てたのだから、そう悪い人生ではなかった。恵まれていたほうだと思う。

キッチンに戻ろうとすると、デイヴィスがさらに質問をぶつけてきた。人の足元をすくおうというのか。チャドは話題を変えようと躍起になったが、デイヴィスから鋭い一瞥をくらうともじもじし、食べる以外に口を開かなくなった。アンジーは落ち着き払って質問に答え、デイヴィスに付けいる隙を与えなかった。

ようやくキッチンに逃げ帰り、分厚く切り分けたチョコレート・ケーキで自分を慰めた。ケーキを出す段になると、デイヴィスの分はチャドの分の三分の二になるよう切り分け、笑顔で皿をふたりの前に置いた。食べ終わる頃合を見計らって顔を出し、朝が早いのでもうお休みになられたらどうですか、と言った。

チャドはすぐに立ち上がり、だらだらと食事の礼とおやすみの挨拶を言い出した。するとデイヴィスが唐突に遮った。「わたしはインターネットでまだ仕事が残っている。先に行ってろ、クラグマン」

チャドはむろんそそくさと出て行った。アンジーはほほえんだ。「こちらの片付けが終わるのに一時間半ほどかかります。それで足りるといいのですが」こっちが寝支度をはじめるころまで居残られてはたまらないし、長い一日が——一週間が——はじまるのに、遅くまで起きている気はなかった。ツアーが終わるまで、ゆっくり眠れるのは今夜が最後だ。デイヴィスがリピーターになるとは思えないから、そうそう妥協はしないつもりだった。

彼は冷ややかな視線をよこした。「もっと時間が必要だ」

「申し訳ありませんが、今夜はそれが限度です。あすの朝、朝食の支度をするあいだでしたら使っていただいてけっこうです。ドアの鍵は開けておきます。あすの朝は四時に起きるつもりです」

「サービスも二流だな」あざけるように彼の唇がめくれる。ここに着いたときに見せたあの表情だ。

「あたしはハンティング・ガイドです。ここはあたしの家で、ホテルではありません。インターネットがつながらない所もあるんですよ」ふと心配になって彼を見つめた。「狩猟の経験はおありになるんですよね？」予約の際に送られてきた情報によれば経験があることになっているが、失礼な言い草に一矢《いっし》報いずにいられなかったのだ。なるべく愛想よく接するつもりでいたが、それにも限界がある。威張り散らされるいわれはなかった。

「おそらくあんたの経験を上回っている」彼が馬鹿にした口調で言った。「子どものころから父親を手伝っていたというおとぎ話はともかくとして」

「おとぎ話じゃありません、ミスター・デイヴィス。信じていただけないとは残念ですわ。そんなに疑うなら、このあたりの誰にでも電話して尋ねてみたらいかがですか」相手の出方を待ち、なにも言わないのでシチューの蓋付き深皿を片付けた。「電話なさらない？　だったら、やることがありますので」

キッチンに深皿をさげ、テーブルを片付けようとダイニング・ルームに戻ると誰もいなかった。手早く皿を重ねてトレイに載せる。キッチンのほうが安全な気がする。もしものとき、手元に包丁がある。まあ、それは考え過ぎとして。ほんとうにデイヴィスに襲われると思ったなら、インターネットを使わせなかったし、ツアーに出るのもやめていただろう。たしかにいやな人間だが、危険な感じはしなかった。彼がこっちを見る目は、捕食者が獲物を見る目ではなかった。

でもまあ、男を見る目がちゃんと備わっていたら、結婚に失敗しなかったはず、でしょ？

急いで片付けを終えると、彼に許した時間までまだ三十分あった。椅子に腰をおろし、時計を見ながら待つ。時間になったのでキッチンのドアに鍵をかけ、書斎に行った。彼はラップトップを叩いていた。「消灯時間です」穏やかな口調で言った。

彼はじろっと睨んだものの、パソコンを閉じてケースにしまった。「おやすみなさい」玄関を出る彼に声をかける。

返事はなかった。アンジーは肩をすくめてドアを閉め、鍵をかけた。丸木小屋に通じる小道には街灯がついている。夜のあいだになにかあったときの用心に、夜通しつけっぱなしだ。客がいつ病気になるか怪我《けが》をするかわからない。夜中にドアを叩く音が聞こえるよう、ベッドルームのドアを開けておく。

夜のあいだに倒れて足を折る人間がいるとして、それがミッチェル・デイヴィスだったらいいのに。いえいえ、彼には機嫌よく家に帰ってもらいたい。ここで事故に遭《あ》ったら、間違いなくこっちを訴えるだろうから。そういうタイプだ。

ほんとに長い長い一週間になりそう。

7

いよいよツアーがはじまる。翌朝、おもてに出てほっとした――夜のあいだにさらにあたたかくなっていた。気温の上昇は雨の前触れだが、しばらくはもちそうだ。長期予報によると、向こう十日間は寒くならず、雪も降らないらしい。

五時までに馬の飼い付けを終え、トレーラーをトラックに連結し、荷物と馬を積み込んだ。デイヴィスは現われなかった。インターネットを使った大事な仕事があるとご大層なことを言っていたが、とんだ肩すかしだ。最初の登場の仕方からしてああだったのだから無理もないけれど。

朝食にはまたビスケットを焼き、半分に切ってそれぞれにステーキとハムを載せ、ホイルで包んだ。数個の魔法瓶にコーヒーを入れ、砂糖と人工甘味料と粉末のクリームを用意しておしまいだ。チャドとデイヴィスがトラックのところで待っているのを確認し、玄関を出てドアに鍵をかけた。

トラックにちかづいてゆくと、ふたりのダッフルバッグが地面に置いてあるのが見えた。彼女がなにか言う前に、デイヴィスがSUVの荷台のドアを開け、チャドとふたりでダッフルバッグを積んだ。「ぼくたち、その、この車で行くことにしたんだ。あなたのトラックについて行きますよ。狩りが終わったら、そのままビュート空港に向かえるから」チャドがおどおどと説明した。

「合理的ですね」アンジーはあっさりと言った。「でも、戻って来たとき空港に向かうには遅すぎる時間だったら、どうぞここに泊まっていってください。お好きなように」

自分の分のビスケットと魔法瓶を除き、残りをチャドに渡した。「朝食です。さあ、出発しましょう」ふたりはSUVに乗り込んだ。運転はまたしてもデイヴィスだった。アンジーはトラックの運転席に座った。計画が変更されたことを残念には思っていない。平和と静けさが与えられたのだから。それにひとりになれる場所も。ラジオをつけ、CDプレーヤーに切り替える。弦楽器の心安らぐ音色が流れ出す。ほっとする。無理におしゃべりするよりずっといい。コーヒーを注ぎ、ギアを入れる。馬たちを驚かせないようそっとアクセルを踏んだ。

日の出まで一時間半はあり、そのころには目的地に着いているだろう。馬をおろして鞍をつけ、出発だ。夜明け前に車を走らせるのが好きだった。夜から朝へと飛び移る感じがする。

あたりが白みはじめて、目の前にすばらしい光景がだんだんに広がってゆくのを眺めるのが好きだ。音楽は邪魔にはならない。夜明けの美しさに、さらなる美を重ねてゆく感じだ。ほんの一瞬、デアを思った。彼女の家と土地を買い取ろうとする強引なやり方を思い出したが、そのことでやきもきしたくはなかった。この時間は客たちのためにあるのだから、たとえいまは運転しているだけにしても、全力投球をしなければ申し訳ない。

時間どおりにレイ・ラティモアの土地に着いた。レイは広くないこの土地を、ガイド・ツアーやハイキングに来る人たちの駐車場にして小銭を稼いでいた。アンジーは喜んで金を払っている。相場の二倍を要求されても、トラックが荒らされたりトレーラーが盗まれる心配をするよりはいい。

レイが姿を見せ、駐車する場所に案内してくれた。デイヴィスとチャドが突っ立って見ているあいだに、レイは彼女が馬をおろすのを手伝ってくれた。そこまでやってくれる義理はないが、ふたりの客をひと目見て使い物にならないと見抜いたのだろう、自分から手を貸してくれた。

四頭の馬は、トレーラーからおりたら運動させられるとわかっているので、不安そうに飛び跳ねた。いちばん大きくて足のしっかりした黒鹿毛《かげ》のサムソンを荷馬に使っていた。彼が乗馬に適していたらチャドに乗ってもらうのだが、ローリング・ストーンズも真っ青なほどやんちゃだ。メンバー全員が束になってもサムソンにはかなわない。彼は人に乗られることが大嫌いだ。人を跳ね落とそうとするわ、横歩きはするわ、後退はするわ、嚙もうとするわ。そのうえ鞍を置いて腹帯を締めようとすると、わざと腹を膨らませる。茂みでも木でも、建物でもなんでも硬いものめがけて、乗り手を振り落とそうとする。でも、荷物を運ばせる分には大丈夫だ。ふつうの馬よりもたくさんの荷物を運べる強さがある。

人には内緒だが、アンジーはこのつむじ曲がりが好きだった。人に迎合せず、好き嫌いがはっきりしている。乗ろうとさえしなければ、折り合いがつく。

ほかの三頭、あかるい鹿毛と栗毛、それに糟毛《かすげ》もそれぞれに欠点があるが、少なくとも乗り手に寛容だ。糟毛はほかの二頭より気難しいので、彼女が乗ることにしていた。付き合いはいちばん短いので、どんな癖があるのかよくわかっていないが、嚙むにしても跳ねるにしても、客に対してやられては困る。栗毛がいちばんおとなしいのでチャドに振った。鹿毛の性格は栗毛と糟毛のあいだあたりだ。

「今夜からあすにかけて、雨になりそうだ」レイが言い、トレーラーのゲートを締めて掛け金をおろした。「狩りにはあいにくの天気だ」

「そうね」雨は人間にとってあいにくの天気だ。動物は雨が降ろうがどうしようが狩りをするし、餌を食う。「でも、きょう一日は天気がもちそうだから」

「幸運を祈るよ。あすには戻って来れるといいな」

彼女はにっこりした。「そうなるといいんだけど。でも、きょうのうちに熊を仕留められても、雨の中を戻って来るつもりはないわ」出発前に見た天気予報は、雷雨になると言っていた。この時季には珍しいが、ないわけではない。彼女の記憶にある最悪の雷雨は十一月に降った。小学校のころだった。でも、どの季節だろうと雨は歓迎すべきものだ。

馬に鞍をつけはじめると、レイがまた手伝ってくれた。チャドはまごついた表情で見ているだけだし、デイヴィスはしかめ面で携帯電話のボタンを叩いていた。魔法の組み合わせの数字を叩き込めば、こんなところでも電波が届くとでも思っているのだろうか。

「あの男は馬に乗れるのかい？」レイが小声で言い、チャドを顎でしゃくった。

「なんとかなるでしょ。栗毛に乗ってもらうつもり」彼女はちょうど栗毛に鞍を載せるところだった。チャドの脚の長さを目測し、自分が乗る場合より少し長めに鐙《あぶみ》の長さを調節した。

「下がでこぼこだからな。鞍に摑まってられることを願ってるよ。もうひとりはどうなんだ？」

「本人は経験があると言ってる。その言葉を信じるだけよ」ほかにどうしようもない。彼に乗馬の腕を披露してもらう？　ぜひ見てみたいものだ。

つぎはサムソンに荷物を積む番だ。大きな坊やはブフブフッと鼻を鳴らし、彼女に顔を押しつけた。図体のわりにはやさしく。首筋を軽く叩いてやる。「旅に出るのが不安なの？」彼女が尋ねると、そうだというふうにまた鼻を鳴らした。

彼女がサムソンに荷物を積むあいだ、デイヴィスとチャドはようやく動き出した。ライフルをケースから出して弾を装塡し、鞍の右側についている鞘に差し込んだのだ。彼女は前日に自分のライフルの照準装置を調整した。彼らも事前に調整したのだろうか。そうでないと、再調整のために試し撃ちをすることになる。二度ぐらいですめばいいけれど。弾の無駄遣いは極力避けるべきだ。

最後に熊避けスプレーを二本ずつ、ケースもつけて渡した。「すぐ取り出せるところに置いてください。ポケットやサドルバッグの中ではなく」

チャドは缶を眺めて言った。「ライフルがあるのに、なんでこんなものを？」

アンジーはにやりとした。「ライフルを持ったまま用を足したことありますか？　チャックを開けたり閉めたりするんでしょ。手が三本必要です」

チャドは真っ赤になった。デイヴィスは声をあげて笑った。人をからかうにしても、彼が笑うとは思っていなかったので、アンジーはびっくりした。「おまえが熊に追いかけられたら、チャックを閉める余裕はないだろうがな」デイヴィスはチャドに向かって言った。

「そんなことになったら、誰だって余裕はなくなりますよ」アンジーは横槍を入れた。友人同士の会話なら笑ってすませるが、ふたりはどう見ても友人ではない。それどころかデイヴィスはチャドに対して敵意剝き出しだ。おかげでこのツアーはおかしなものになっているし、不愉快このうえなかった。

「熊狩りとエルク狩りのちがいは、エルクは人を引き摺って、食わないことです。熊避けスプレーを使ったことはありますか？」

「あたりまえだ」デイヴィスが退屈そうに言った。チャドは缶を回して注意書きを読んだ。

「キャンプに着いてから実演するわけにはいかないんです」アンジーが言う。「スプレーには食べ物の匂いがついているので、熊を引き寄せてしまいますからね。いまここでやってきましょう」彼女はチャドにやってみせた。「熊に向けてスプレーしたら、一目散に逃げましょう。ぐずぐずしていると、熊がスプレーの霧を搔き分けて襲ってきます。自分が風下にいるときは、間違ってもスプレーしないこと。目が見えないうえに、熊に追いかけられるという事態に陥ります。かならず缶は二個持つこと。一個では足りませんから」

チャドが信じられないという顔をした。「熊は照れ屋だから、人間の姿を見たら逃げ出すと思ってた」

「そんなこと信じてたのか」レイが言った。「熊は肉食獣だぞ。おれはグリズリーを脅そうとは思わない。小熊をつれた母熊はとくに危険だ。うしろを振り返ってクロクマがついてくるのが見えたら、ライフルの弾が命中することを祈るしかない。熊に追いかけられたとき、たしかなことがふたつある。熊は人間より足が速いこと、それに、人間より木登りが上手なことだ。仕留めなければ、こっちが仕留められる」

的を射た意見だ。付け加えることはない。キャンプ場に着いたら、安全ルールを設けるつもりだ。キャンプ場の地形をその目で見てからでないと、なにを言っても彼らにはぴんとこないだろう。

日があるうちに狩りをするつもりなら、時間を無駄にはできない。どうかすぐに熊を仕留められますように。「さあ、出発しましょう」

8

ミッチェル・デイヴィスは、馬をおりるとキャンプ場を見回し、簡易トイレに目を留めた。振り返ってアンジーに目をやる。冷ややかな目に疑わしげな表情を浮かべていた。「なんだ、あれは。わたしを馬鹿にする気か」皮肉たっぷりの口調に、チャドはちぢみ上がり、また真っ赤になった。ここまでの道中、彼はデイヴィスの辛辣な批判の矢面に立たされた。スパッと切るならまだしも、嚙みついてズタズタにする類《たぐい》の執拗な批判だ。やれ馬の乗り方がなってないだの、ライフルの選び方がまずいだの、照準器が安物だの、あげくに、ブーツが新品なことにも難癖をつけた。

アンジーは何度思ったことだろう。あたしがチャドだったら、ふざけんじゃないわよ、と啖呵《たんか》を切ってトラックに戻ってる、と。デイヴィスの批判の矛先《ほこさき》がこっちに向いたいま、彼女は舌を嚙むしかなかった。心の中でチャドに謝る。彼もまたおなじ理由で沈黙を守ってきたのだろうから。つまり、お金のため。チャドに優越感を抱いたつけがこれだ。自分のほうが偉いなんて、よくも思ったものだ。自分だってチャドとおなじボートに乗って、必死でオールを漕いでいるのに。

「堪《こら》えて、堪えて」つい口に出して言うと、チャドがクスッと笑い、慌てて咳払いでごまかした。

このキャンプ場のどこが悪いのかわからなかった。デイヴィスはいったいなにを期待していたの？　ロッジ？　キャンプ場の設備について、チャドがデイヴィスにどんな話をしたのか知らないが、彼女はチャドにありのままを話してあった。キャンプ場として最高とは言えないが、最低でもない。地べたに寝る必要がないのだから。彼女はそういう経験を何度もしてきた。

景色はすばらしい。山腹の比較的平坦な場所にあり、ロッジポール松とカラマツに囲まれ、谷底には清冽な水が流れる川が見え、スプルース松とハコヤナギが川面《かわも》に影を落としていた。そそり立つ高峰は雪を戴き、点在する巨礫と枝を絡ませ合うザイフリボクの茂みが興を添えている。川もザイフリボクも熊が好むもので、ここを選んだ理由はそれだった。もっと贅沢な施設のある場所に案内することもできたが、デイヴィスが熊を仕留める可能性は低くなる。

ここには全部で六つの台が設置してあり、そのうちの三つにテントが張ってあった。台があるのはありがたい。雨が降ってもテントが浸水することはない。テントは丈夫な帆布だ。

中にいる人の姿が透けて見えないのがいい。幅が二・三メートル、高さが一・五メートルとそう大きくないが、簡易ベッドと荷物を置くには充分だ。ベッドには膨らませて使うマットレスと寝袋が備えてある。用を足すのに簡易トイレもあるし、一週間――必要ならそれ以上――なんとか身ぎれいに保つためのウェットティッシュもたっぷり持って来た。

食事は大半が出来合いの食品だが、百メートルほど先に調理場があり、コンロでコーヒーを淹れられる。コーヒーは服とおなじで、彼女にとって不可欠なものだった。テントには電池式のLEDランプと懐中電灯、予備の電池が備えてある。スウェーデン製のファイヤー・スチールを持っているから、どんな悪天候でも火を熾せる。万が一、気温がさがったときのために、テントには小さなオイル・ヒーターが付いていた。

なにがいいって、馬の囲い柵には、飼い葉桶のところだけ屋根がついていることだ。それで雨をしのげる。風が強くなるようなら、松の枝でまわりを囲ってやるつもりだった。馬は大事にしないと。人間の命は彼らにかかっているのだから。

このキャンプ場には必要なものがすべて揃っている。足りないのはテレビと携帯電話のサービスぐらいなものだ。デイヴィスは経験があると言っているのだから、それぐらい予想がつきそうなものだ。常識で考えたってわかるだろうに。

「わたしのテントはどれだ？」デイヴィスがきつい口調で言った。

アンジーはためらうことなく左端のテントを指差した。自分は右端のを使う。ふたりとはできるだけ距離をとりたかった。離れているといってもたかだか三メートルほどだが、それでもないよりはましだ。

デイヴィスは馬をほっぽらかしでテントに消えた。

アンジーはそのうしろ姿を睨みつけた。あまりの身勝手さに開いた口がふさがらない。

「ごめん」チャドがつぶやき、両手を揉みしだいた。

彼女は体を震わせ、肩を怒らせた。「彼の態度が悪いのはあなたのせいじゃありませんよ」彼女は言い、黒鹿毛が逃亡を図る前に手綱《たづな》を摑んだ。

チャドが手伝ってくれて、馬の鞍をおろして水をやり、荷物を彼女のテントに運び込んだ。テントの中は荷物でいっぱいになり身動きもままならないが、べつにかまわない。長くいるわけではないし、すべてが手の届くところにあるし、うろつき回る肉食獣が食料目当てに押し入ることもない。というか、その前に気づくだろう。ライフルとピストルは眠っているときも手元から離さない。

思っていたとおり、チャドはおどおどしていたが、文句は言わなかった。デイヴィスが手伝ってくれていたら、片付けはもっと早く終わっていただろう。ときどき不安げにテントをちらちら見ていたチャドが、ためらいがちに口を開いた。「その……どうなんだろう、きょう、狩りをするつもりなのかな？」

「せめて偵察して回らないと、時間の無駄になりますよ。前に痕跡を見つけた場所はわかるので、あたらしい痕跡が残っていないか見てみないと」熊を仕留めるのはかんたんではない。餌や匂いで熊をおびき寄せることは、モンタナの州法で禁止されている。だから、こちらから見つけなければならない。あるいは、熊が獲物にする動物の鳴き声の笛でおびき寄せるという手もある。狩りの時間は日の出の三十分前から日没後三十分までと決められていた。

「ぼくが、ええと、その、ぼくがミッチェルに知らせてくるよ」チャドは肩を怒らせ、デイヴィスのテントへと向かった。

アンジーはハンター用のオレンジ色のベストを出して着込み、熊避けスプレー二本を、目立つ動きをせずに取り出せることを確認した。ライフルに弾を装填して、予備の弾の箱をベストのポケットにしまう。双眼鏡と熊を呼ぶ笛、水のボトルを身に付け、チャドがデイヴィスのテントから出て来るまでに、急いでプロテインバーを水で流し込んだ。朝食に食べたビスケットはとっくに消化され、空腹だった。

チャドが顔を赤黒くしてテントから出て来た。馬でやって来るあいだ、ずっとあんな顔色だった。額に汗が光っている。「彼が言うには、その、熊が見つかったら出て行くって。ほかのことには興味ないそうだよ」

さあ、ここが我慢のしどころだ。アンジーは大きく息を吸い込み、ゆっくりと吐き出した。もう一度。少し気持ちが落ち着いた。深呼吸は効き目がありそうだ。自分はそれほど怒りっぽいほうではないと思っていた——デア・キャラハンが絡んでこないかぎり。でも、そうじゃなかった——怒りはいまが最高潮だ。人にはそれぞれ限界があり、彼女の場合、ことディヴィスに関するかぎり、怒りの限界をすぐに超えてしまうらしい。

いつもなら仕事が楽しいのに。これまでの客はみな感じがよく、挑戦を愛し、狩りを楽しんでいた。狩りをしないときは、自慢話をし、冗談を言って笑い合った。彼らがここまでやって来るのは、リラックスして楽しい時間を持つためだった。

今回はそうはいかないだろう。これまで仕事を途中で投げ出したことはなかったし、今回だってやり抜くつもりだ。なんていったってお金が必要だもの。たとえ条件で折り合いがついてデアと契約を結べたとしても、支払いが溜まっているから仕事のえり好みはしていられない。

ふと思った。これがハンティング・ガイドとして最後の仕事になるかもしれない——少なくともこの土地では。ほかに予約は入っていないし、来年の春にはべつの場所に引っ越して、あたらしい仕事とあたらしい隣人たちに慣れようと努力しているだろう。そううまくはいかないかもしれないが、でも、こんなツアーは二度とやりたくなかった。苛立ちとストレスでどうかなりそうだ。

でも、きっとそうなる。家と土地を売ってよそに移るという決断の正しさが、これで裏付けられたようなものだ。とてもやってられない。

「威張り腐って何様のつもりよ」つぶやいてから気づいた。声に出して言っていたことに。チャドがぎょっとした顔をした。「ああ、どうしよう、ごめんなさい。謝ります。言ってはいけないことなのに」

チャドは顔の汗を拭《ぬぐ》い、はにかんだ笑みを浮かべた。「わかってるよ」声をひそめる。それから肩をすくめた。我慢するしかないよ、と言いたげに。

わかっていたはずだ。デイヴィスが馬の世話を彼女任せにしてテントに籠《こも》ったとき、こうなると予想できたはずだ。乗馬の腕はたしかだった。だからよけいに不可解なのだ。自分が乗って来た馬を、よくもほっぽらかしにできるものだ。騎乗した鹿毛の爪の垢《あか》でも煎じて飲めば、少しはましな人間になるだろう。減らず口を叩かない去勢馬の爪の垢を。おなじことがべつの男についても言えるが、頭にくるのでその男のことは考えないことにした。

「なにが気に入らないんだか」チャドは心配そうな顔でテントを見やった。「彼は狩りが好きなはずだ。狩りの話をよくしてるからね。ぼく自身、前に来たときはほんとうに楽しかったし、まさか、彼があんなに……」接待客を〝いやな奴〟とは言えないだろう。

「あなたのせいじゃありませんよ、チャド」アンジーは、気まずさを和らげようと彼にほほえみかけた。「運がよければ、あす、ふたりとも熊を仕留められますよ。ツアーが予定より早く終わっても、誰も文句を言わないだろうし」

チャドは肩をすくめた。「彼が熊を仕留めたら、狩りはそこでおしまい。ぼくもたしかに熊狩りの許可証は持ってるけど、狩りの腕はたいしたことないし。やらなくてすめばそれでいいんだ」

まわりのみんなを惨《みじ》めな気分にさせる男と、こんなツアーに出なければならないとは、彼もかわいそうだ。

「だったら、きょうはここでゆっくりしてたらどうですか」彼女は言った。彼の鞍擦れを思いやってのことだ。「あたしが偵察に出ているあいだ」

安堵の表情が顔をよぎったが、彼は目をしばたたいて言った。「きみひとりで行くのは危険なんじゃないかな?」

「危険は危険ですけど、銃を持ってますし、熊避けスプレーもね」糟毛にまた鞍をつけて乗って行くつもりだったが、ちかくにいる熊が馬に驚いて逃げたら困る。それに、馬たちには休養が必要だ。彼女が目指すあたりまで、足場は悪く登りばかりで、木々が密集している。ひとりで行くと思うと胃が痛くなりそうだが、前に行ったときもひとりだった。熊のあたらしい糞が見つかったら引き返してくればいい。あすは狩りだ。

きっとそうなる。

ハーランに電話して力づけてもらおうか、とデアは思った。友だちに電話し、大馬鹿のこんこんちきみたいに振る舞うことは間違っていない、いい考えだ、と請け合ってもらえないなら、衛星電話はなんのためにあるんだ？

釣り。釣りをしたい。それはたしかにいい考えだ。アンジーには彼の助けなど必要ない。たとえ必要だとしても、受け入れるわけがない。すると暇を持て余すことになる。釣りは暇つぶしに最適だ。

ハンターや釣り人を案内するのが仕事だから、山で過ごす時間はとても長いが、山にいて退屈だと思ったことがなかった。孤独、荒々しい景観、山の匂い――どれもけっして古びることはなかった。怖いもの知らずの十代のころは、ひとりでよく山籠りをしたものだが、なんの因果《いんが》か大人になり、自営で仕事をするようになると忙しくて、人生を楽しむ余裕はなくなった。キャンプ場に備品を運んだり、修繕に行ったりとこの道は何度も通ったが、ひとりで釣りに行く？　そんなのははじめてだった。いつもなにかと忙しくて、ささやかな休暇はリストの下のほうに押しやられ、リストに載せたことすら忘れてしまった。そんなだから、休暇をとっても罰は当たらないだろう。

だが、この山にはアンジーがいる。ハーランに胸騒ぎを覚えさせた男たちと一緒に。あくまでも偶然だ。それだけ。

ああ、そうだ。馬をおりると、アンジーが借りたキャンプ場のほうに顔を向けた。方向感覚が鋭いし、この山のことは誰よりもよく知っているから、頭の中にキャンプ場の位置を正確に思い描くことができた。視界を遮る山や木々がなければ、アンジーとハンティング・パーティーが見えているだろう。一、二度行ったことがあり、自分のキャンプ場からどれくらいの距離があり、どの道を行けばいいかわかっていた。

アンジーが案内している男ふたりの名前は、ハーランが紙に書いてくれた。それに、ふたりに疑わしいところがないかコンピュータで調べてみて、結果を衛星電話で知らせてくれることになっている。なにも出ないだろうとデアは思っていたが、役立つことをしていると思えば、ハーランも気が楽だろう。

アンジーのトラックとトレーラー、それに見慣れぬSUVがレイ・ラティモアの駐車場に駐まっているのを見た。七十を過ぎても古いジャーキーみたいにタフなレイが、おしゃべりしに出て来た。「アンジー・パウエルが、けさ早くに来たよ」レイは彼女のトラックを顎でしゃくった。「ふたりの客と一緒に。ひとりは役立たずで、もうひとりはげす野郎だった」

デアはうなって、言った。「ほんとうかい」

レイが長々と意見を述べたので、デアは出発が予定より一時間遅れた。それがどうした、休暇中なんだぞ。タイムカードを押す必要はない。

ガイド・ツアーではないので、買ったばかりの馬の調教がてら山を登るつもりだった。三歳の河原毛の馬で、よいトレイル・ホースになりそうだ。元気がありすぎるから扱いには注意が必要だが、調教のし甲斐《がい》があるというものだ。無事にキャンプ場に着いたときには、おおむね満足していた。だが、まだ客は乗せられない。もっと経験を積んで落ち着いてこないとだめだ。はじめての山歩きだし、足場が悪いから、そうとうびくついていた。

荷物をほどいたり運び込んだりという、いつもやっている仕事をこなすと気分が落ち着く。わが家に帰った気分だ。だが、その前にまず馬の手入れをした。ここをひとりで使うのははじめてだから、運び込むエアマットレスも寝袋も一枚だけなのが妙な感じだ。いつもは狭く感じるキャンプ場が、彼と馬一頭だけだとがらんとしている。もっと休暇をとるべきだ。

ここは彼が所有するキャンプ場だった。肉食獣に襲われないことを第一に考え、自分でデザインして自分で造った。建物は小さくて素朴な造りだから、遠目には景色に融け込んでほとんど見分けがつかない。だが、れっきとした二階建てで、テントよりはるかに頑丈だ——頑丈という点では狩猟小屋をも凌《しの》ぎ、熊のいる森にぴったりだった。

一階には馬房が並び、二階は寝室でカーテンを引けば個室に分かれる。二階は一部吹き抜けになっており、引きあげることのできる梯子《はしご》で昇り降りする。馬の体熱があがってくるからあたたかく、寒い季節でも快適に眠れる。暑い季節には二階の小さな窓を開け放せばいい。二階にいればどんな肉食獣からも安全でいられるし、仮に熊が頑丈なダブルドアを破って侵入してきても、二階から確実に狙い撃つことができる。熊が馬を襲う前に仕留められるというわけだ。

これまで馬をやられたことはないが、山の中では万全の備えをしておくにこしたことはない。

備えを怠らないのが彼の取り柄だった。

朝になったら、早速川に出掛けてフライフィッシングをする。川に行くということは、アンジーのキャンプ場にちかづくということだが、それがどうした？ ここは自由の国だ。彼女に見つかっても、こっちはいっこうに困らない。

だが、アンジーの知り合いが、それも銃を持った知り合いがちかくにいることを、ふたりの男に知らしめておくのも悪くはないだろう。威嚇的な態度をとることにやぶさかではないし、わざわざそういう態度をとらなくても、彼の存在そのものが威嚇的だ。いろいろと苦労してきたから、威嚇的なのがあたりまえになってしまった。

9

アンジーは鼻を鳴らす音がしないか、小枝が折れる音がしないか耳をそばだてながら、ゆっくりと前進していた。つねに顔に風を受けるようにしていた。熊の体臭はすさまじく強いので、耳よりも前に鼻で気づくはずだ。それとはべつに、つねに背後に注意を向けた。熊の嗅覚は彼女のそれをはるかに上回っているので、容易に風下に回られてしまう。振り返ったら熊がいたなんて考えただけで、心臓が恐怖に凍りつく。

ひとりきりだから、熊を狩ることに不安を抱いているばかりか心底恐れているという事実から、逃げることもごまかすことも必要なかった。熊の糞を探してここまで来て、唯一の慰めは強力な弾を装塡したライフルだ。大きな熊は致命傷を負っても十五メートルぐらいは平気で動ける。弾が少しでもそれたら、とんでもなく危険な目に遭うことになる。

前に偵察にきたときも、危険を避けるためにあらゆる方策を講じていたにもかかわらず、恐ろしくてたまらなかった。服は可能なかぎり匂いを取り除いだが、万全ではない。大きなクロクマが匂いに気づいて、逃げ出してくれればいいが、〝餌だ!〟とばかり跡をつけてこられたらたまらない。最悪なのは、深い藪の中でそうと気づかずに小熊を連れた雌熊にちかづいてしまうことだ。この世で母熊以上に恐ろしいものは、ちょっと想像がつかない。子を守ろうとする雌のグリズリーには、丸鋸並みの破壊力がある。それに比べたら、雄のグリズリーなんてかわいいもんだ。

ミッチェル・デイヴィスの馬鹿たれ。どうしてエルクを狙わないのよ。オオツノヒツジやムースでいいじゃない。ムースも危険だが、怖いとは思わない。熊は……憶えているかぎりで最初の悪夢は、五歳か六歳のときに見た熊の夢だった。なにが引き金になったのかわからないが、天然色のそれはもう生々しい夢で、いまだに細部まで鮮明に思い出すことができる。彼女はクロクマに追われて必死で逃げる。大勢の人たちが彼女を助けようとするのだが、熊は彼らをことごとく殺してなおも追って来る。襲われる寸前でメソメソしながら目が覚めた。ベッドに丸くなって上掛けをすっぽり頭までかぶり、朝がくるのを震えながら待った。

それを考えると、ハンティング・ガイドになったのは賢い選択とは言えない。この地域には熊が生息している。彼女が率いるガイド・ツアーは、写真撮影のツアーでも、熊の生息地域に足を踏み入れることになる。熊に病的恐怖を抱いてはいないが、恐ろしいのはたしかだ。おかげでよりいっそう警戒するから、接近遭遇する可能性は低かった。

大きな肉食獣は熊だけではない。ピューマもいる。ピューマとだって接近遭遇したくないが、熊ほど怖いと思わないのが不思議だ。理屈に合わないが仕方がない。耳を澄まして五分ほどじっとしていた。聞こえるのはかすかに物が擦れる音だけ——うなり声も咳払いのような音も、枝が折れる音も倒木が転がる音もしない——なので、さらに奥へと進んだ。

爪跡が残る木と、黒い毛が絡まっていたザイフリボクの茂みが見つかった場所だ。頭の中に碁盤を描いてしらみつぶしに調べてゆく。地面を調べ、あたりの様子に注意を払う。銀色に光る川が眼下に見えるおかげで、落ち着きを失わずにすんでいた。キャンプ場を基点に自分のいる位置が正確にわかるからだ。山は右手に向かって傾斜しており、巨礫や木立が点在している。岩の向こうに金属のようなものがあるのが目に留まった。熊の糞は金属のように光らない。おそらく人間が捨てたゴミだ。困ったものだ。拾って帰らないと。

糞は見つからないので、さらに百メートルほど行ってみた。数日前に見つけたのよりあたらしい糞はなかった。踵を返し、川へ向かってくだりはじめる。水は天然の磁石だ。山に生きるものはすべて水を必要とする。

金属が光っていたあたりは急勾配だった。踏み分け道をはずれてちかづいて行く。不用意に足を踏み出すと足首を挫《くじ》くことにもなりかねない。脚を折るか気絶でもしたら大変だ。チャド・クラグマンもミッチェル・デイヴィスもあてにはならない。チャドには偵察に行く場所を詳しく教えておいたが、彼のことだから、山の中で自分が迷子になるのがおちだ。とても探し出してくれるとは思えない。彼女が出発したとき、デイヴィスはまだテントの中にいたので、彼女がどこに行ったのか知らない。なにかあっても、頼りになるのは自分だけ。誰も助けてはくれない。

カメラだ。光っていたのは小型のデジタルカメラだった。屈《かが》んで拾う。泥まみれで破損している。もう使い物にならないだろう。よく見てみると、電源は〝オン〟のままだった。ボタンを押してみると小さな画面があかるくなった。好奇心に駆られて〝プレイバック〟を押し、風景写真をスクロールする。写真は全部で百五十三枚あったが、数枚見ただけで電源を切った。残りは帰ってから見よう。写真の中にカメラの持ち主の手掛かりがあるとは思えないが。持ち主が気づかぬ間に、カメラはポケットから落ちたのだろう。それが何日前のことかは、知る人ぞ知る、だ。

カメラをジャケットの内ポケットにしまい、ファスナーを閉じ、オレンジ色のベストの前を直した。もう一度あたりを見回すと、布切れが見えた。十メートルほど先の巨礫がごろごろしているあたりだ。毛布の切れ端のようだ。もう一度ぐるっと見回したがほかにはなにもないので、そっちに向かって行った。

毛布ではなかった。格子柄のシャツの切れ端だ。格子柄だとわかる部分以外は、血で黒く染まり硬くなっていた。

足が止まる。うなじの毛が逆立つ。それ以上ちかづいて切れ端を拾う前に、もう一度あたりを三百六十度ぐるっと見渡した。山腹は静まり返っていた。

切れ端のまわりの地面に目をやる。ところどころ黒ずみ、深く食い込んだ爪跡と大きな肉趾《にくし》の跡が残っていた。短い爪はクロクマのものだ。グリズリーではない。なにかを引き摺った跡もあった。目で辿《たど》ると生肉のようなものが目に入った。暗赤色で筋がある。

じりじりとあとじさる。現場を荒らしてはならない。踏み分け道まで慎重におりてゆく。傾斜はさらに急になり、片手を地面についていて体を支えないと危ないぐらいだ。一歩一歩慎重に踏み出し、足元がたしかなことを確認してから体重を乗せた。巨礫が並ぶ平らな場所まで来てようやく上を見上げた。

息が止まった。

男の遺体——顔は見えないがおそらく男だ——は泥をかぶっていた。食べかけの獲物に熊はこういうことをする。内臓は食い尽くされていた。腕の一部がちかくに転がっていた。この亡骸《なきがら》はおれのものだと主張するかのように、熊は糞を残していた。

どうしよう、どうしよう、どうしよう！　こんなところにいたら大変なことになる、はやく逃げなくては。

野生動物が獲物を殺す場面は、いままでにも見たことがある。けっしてきれいなものではない。乱雑で残虐だ。だが、食われかけの人間を見るのははじめてだった。胃がせり上がる。吐き気と必死に闘い、不意に襲ってきたパニックと闘う。悪夢のとおりに、背後から襲いかかってくる熊が脳裏に浮かんだ。

背中に背負ったケースからライフルを引き抜き、薬室に薬莢《やっきょう》を送り込んだ。聞こえるのは金属のパーツが動く機械音だけだ。なんだか心強い。もう一度三百六十度見回した。遺骸を狙おうとするべつの熊や、ピューマやコヨーテの姿はなかった。なにもいない。〝なにもいない〟ことが、〝なにかいる〟こととおなじぐらい恐ろしい。遺骸の持ち主である熊がちかくにいるのはたしかだ。せっかく仕留めた獲物を置き去りにするわけがない。だが、彼女の匂いを嗅ぎつけるほどちかくではない。もしそうなら、すでにやられている。

熊が遺骸の残りを片付けようと戻って来て、彼女の臭跡に気づいたら襲ってくる。クロクマは人間に忍び寄る。人間は食物連鎖の一部にすぎない。

まだ戻れるうちにキャンプ場に戻らなければ。時計を見て距離を測った。早急に通報しなければならない。モンタナ州魚類野生生物局は、この地区に人食い熊がいるとわかれば警戒態勢に入る。遺骸を収容して身元を割り出さなければならない。でも、すでに午後も遅い時間だから、暗くなる前にキャンプ場に戻るのがやっとだ。レイ・ラティモアの駐車場まで辿り着くのは無理だ。

ミッチェル・デイヴィスは動物を狩ること以外に関心がないのだから、狩りが中止になれば大騒ぎするにちがいない。料金を払い戻すか、時間に余裕があるならツアーを延長するしかない。

あるいは、彼らをキャンプ場で待たせておいて、彼女ひとりで駐車場まで戻るか。あすの日の出とともに出発すれば、午後には戻って来れるだろう。ひとりなら速く移動できる。彼らを説得するしかない。

キャンプ場に戻ったころには、太陽はすでに山の頂《いただき》の向こうに沈んでいた。ふたりの姿はなかった。「デイヴィス！」声を張りあげる。「チャド！　問題が発生しました！」

チャドはすぐにテントから出て来た。数秒後、冷たく暗い表情のデイヴィスが姿を現わした。「熊の痕跡を見つけたのか？」

「ええ」きつい表情で言う。「それに、人間の死体も発見しました。熊にやられたようです。朝になったら、通報するために山をおりなければなりません」

「死体？」チャドが力なく言う。

「なんだって」と、デイヴィス。「おおかた野生動物を人間と見間違えてパニックに陥ったんだろう」

「あたしの知るかぎりでは、野生動物は格子柄のシャツを身につけないし、デジタルカメラを持ち歩きません。あす、通報しに行きます。馬に乗りたくないなら、あたしひとりで行きますから。あす以降についてどうするかはそちらで決めてください。狩りの日程を一日延長するか、予定を組み直すか」

彼はうんざりした顔であたりを見回した。「払い戻してくれ」

「わかりました。払い戻しをします」口論してもはじまらない。人ひとりがおぞましい死を迎えたというのに、この馬鹿クソ野郎は自分のことしか考えていない。お金は必要だけれど、なんとかなるだろう。デア・キャラハンの申し出を断わったわけではない。

驚いたことに、チャドが言った。「ぼくは続けてもいいですよ。アンジーひとりで山をおりて、あすには戻って来る。たった一日のことだもの」両手をポケットに突っ込む。「ここを去る理由がない」

「馬鹿ぬかすな」デイヴィスが怒鳴った。「死体を回収するのにひとチームがやって来るんだぞ。魚類野生生物局の連中が総出で熊狩りをするんだぞ。シーズンは終わりにちかいし、狩りなんてできるものか」

彼の言うとおりだが、アンジーにとってはどうでもよかった。「料金は払い戻しますから」きっぱりと言った。「あす、馬で山をおりましょう。夜が明けしだい出発しますから、準備をしておいてください」この瞬間からデイヴィスを客とみなす必要はなくなったので、目を細めて睨みつけた。「馬の鞍ぐらい自分でつけなさいよね」

夕食は気まずかった。まあ、これを夕食と呼べれば、だけれど。アンジーはライフルを手元に置いたままにした。人食い熊はどこまでいっても人食い熊だ。それにクロクマは獲物に忍び寄る性癖があるから油断は禁物だ。三人が三人とも怒りを抱き合っているから、調理場から戻るとそそくさとそれぞれのテントに籠った。

アンジーはフラップのファスナーがおもてから開かないことを確認してから、寝台に腰をおろし、しばらくぼうっとしていた。精神的にくたびれていたので、気持ちを立て直す時間が必要だった。食い千切られた遺骸の光景が頭にこびりついて離れない。たしかにミッチェル・デイヴィスのような人間を相手にするのは大変だし、商売は急速に落ち込んでいるし、デア・キャラハンともやり合わねばならないが、あの哀れな男性の身に起きたことに比べればなんということはない。

眠れるとは思えなかったが、横になって体を休めるぐらいはできる。ウェットティッシュを使って寝支度をはじめた。キャンプ場ではこれが風呂代わりだ。ジーンズを着たまま寝るのは窮屈だから、スウェットパンツを持参している。夏なら上はTシャツだが、この季節になるとスウェットシャツを着込む。スウェットの上下と寝袋があれば、ヒーターをつけなくてもあったかく眠れる。分厚い靴下を履《は》いて寝袋に潜り込み、必要なものがすべて手元にあることを確認する。ライフル――よし。ブーツ――よし。ピストル――よし。安全面はこれでよし。

ライトを消すと漆黒《しっこく》の闇だ。心を鎮めるために大きく深呼吸をした。やがて闇に目が慣れれば、ごくかすかな光が見えてくると経験ではわかっているのに、今夜にかぎって闇が生きているような気がする。闇が押し寄せてくるようだ。耳を澄ませ、深く息を吸い込む。知らぬ間にうとうとしていたらしい。遠くでゴロゴロと雷鳴がしてはっとなり、腕時計の文字盤に目をやった。十二時十三分。まったく。ラティモアの駐車場まで馬で戻るあいだ天気が崩れないことを願っていたが、前線は予定どおりに進んできているようだ。大気の変化を感じる。力と電気エネルギーを溜め込んでいるのだ。木立を吹き抜ける風が低いむせび泣きのようだ。

聞こえるのは風の音だとばかり思っていた。狭い寝袋の中でなんとか寝心地よくしようと体を動かす。いつもは快適な寝袋が今夜は脚に絡まる。ため息をつき、じっとしなさいと自分に言い聞かせた。少しでも眠っておかないと。

また聞こえた。アンジーは呼吸を止めた。全身の筋肉が凍りつく。耳を澄ます。心臓の鼓動が倍の速さになる。熊？　とっさに手を伸ばしてライフルを掴む。滑《なめ》らかな木の感触に、鼓動が落ち着いてきた。

頭を倒し、耳を澄ました。

いいえ、熊ではない。風の音でもなかった。人の声。たしかに人の声だが遠すぎてなにを言っているのかわからない。声の鋭さから口論しているのだとわかった。理由はわからないが、デイヴィスとチャドが口論をしているのだ。というより、狩りがこんな形で終わったことで、デイヴィスがチャドを責めているのだろう。それにしても——

こんな時間に？　どうして？

苛立ちが恐怖を押しのけた。それで男の沽券《こけん》が守れるなら殴り合おうがどうしようが知ったこっちゃない、と思う自分がいた。ほんの十分でもいいから眠っておかないと。でも、そ知らぬ顔で眠ることはできそうになかった。

ぶつぶつ言いながら寝袋から出る。あかるすぎるからライトはつけたくなかった。脱いだままのフランネルのシャツで懐中電灯をくるみ、スイッチを入れた。ほら、ちょうどいいあかるさだ。これで手元が見える。あかるすぎると目が冴えて眠れなくなる。

ブーツに足を突っ込んで紐を結び、上着に腕をとおした。十一月にしてはあたたかいとは言え、やはり十一月だし、ここはモンタナだ。山の気温は夜になると急激にさがる。手早くフラップのファスナーを開け、ほんの二秒間、ライフルかピストルを持って行くべきか悩んだ。ピストルのほうが扱いやすいが、ライフルのほうが威力がある。ライフルにしよう。なぜ懐中電灯を消したのか自分でもわからない。左手に懐中電灯を、右手にライフルを持ってテントを出た。

左側にふたりのテントがあり、話し声もそちらから聞こえてきた。しばらくそうやって暗闇に目を慣らした。懐中電灯の淡い光でも夜間視力を阻害するからだ。暗さに目が慣れてテントの輪郭がぼんやり見えてきたので、声のするほうに向かった。

稲光に空いっぱいの雷雲が浮かびあがる。雷鳴が轟く。先陣を切って吹く風に髪が巻きあげられた。チャドのテントは暗かったので通り過ぎる。デイヴィスのテントにはライトがついていた。が、話し声は調理場のほうから聞こえる——そう遠くはないが、木立の向こうだ。大粒の雨が頭を叩き、地面を叩いた。ああ、もう。回れ右してレインコートを取ってこようか、それとも口論の仲裁に入り、本降りになる前にふたりをテントに連れ戻すか。このまま進むことにした。仲裁に入るなら早いほうがいい。ほっておくと、ふたりともますます頭に血が昇って殴り合いに発展しかねない。

また稲妻が閃《ひらめ》き、間髪を入れずに雷鳴が轟いた。囲い柵の中で馬たちが動き回り、不安げにいなないていた。サムソンは嵐に動じないが、あたらしい馬たちがどんな反応を示すかわからなかった。山の雷は谷とはちがう音がする。それだけ嵐の心臓部にちかいから、稲光はよりあかるく、雷鳴は頭のすぐ上から聞こえる。男たちを落ち着かせたら、馬たちの面倒をみてやらなければ。

デイヴィスのテントを回り込むと、木の間越しにあかりが見えた。稲光に一瞬、ふたりの男が浮かびあがったが、ふたりとも嵐にも周囲のことにもまったく注意を払っていない。足音も荒くふたりにちかづいていった。

「――盗みやがって！」デイヴィスが悪意たっぷりの低い声で言った。

「ねえ！」彼女は叫び、向こうからこっちが見えるよう懐中電灯をつけたが、稲光の白熱光にはとてもかなわない。「いいかげんにしてよ。あすまで言い争いをつづけるつもり！」

デイヴィスがこっちを向いた。歯を食いしばる。「うるさい――」そのとき、鋭い音が響いて彼の言葉を呑み込んだ。その音が、今度はすさまじい雷鳴に呑み込まれて、いままで封じ込められていた雨が怒濤《どとう》の流れとなって落ちてきた。

デイヴィスはよろめいて倒れた。彼女の持つ懐中電灯の光が雨の帳《とばり》を突き抜け、彼の上で躍った。ぐにゃりと妙な格好に曲がった体が見えた。動かない。目を見開いたまま、彼は動かなかった。懐中電灯を振りあげると、ピストルをこっちに向けたチャドの姿があった。馬が甲高い悲鳴をあげた。彼の手が動いて、引き金を引いた。

10

アンジーは左に飛んで地面を転がりながら、必死で懐中電灯のスイッチを切った。ライフルを体に引き付けて持とうとしたが、なにかに当たって手から離れた。ライフルはそのままにして転がりつづけた。そうしなければ死んでしまう。稲妻が閃くたび、銃弾が飛んでくる。その光にこっちの姿が浮かびあがるからだ。木の陰かなにかに隠れないと――

またピカッと光り、大地が震えた。ちかくに雷が落ちたのだ。雷鳴が耳をつんざく。すさまじい光の中にチャドがいた。ピストルを持ったままだが、いまはテントのほうを向いているので、彼女の姿は目に入らない。囲い柵の中では馬が大暴れしていた。いまにも柵を破りそうだ。チャドは懐中電灯を右に左に向けながら彼女を探していた。どこにも行けない。物陰に隠れることができないまま、アンジーは濡れた地面に顔を伏せてじっとしていた。雨が彼の視界も遮ってくれることを祈るばかり、願うばかりだ。

雨が無数の小さなハンマーとなって体を叩く。地面は瞬時にして泥沼と化し、幾筋もの流れが山肌を洗う。

いま見たことを、この三十秒の出来事を、現実のものとしてなんとか理解しようとした。こんなことが起きるわけがない。チャドがデイヴィスを撃つなんて、彼女を撃つなんて。あの彼がなぜ？　なにが起きたのか、なにか見落としていたのか。

通り過ぎてゆくチャドの姿を目の端で捉えた。懐中電灯の光をテントに当てている。テントとテントのあいだに、彼女がうずくまっているとでも思っているのだろう。一瞬、顔をあげると、雨の中に転がるライフルが光って見えた。三メートル、五メートル、いや三十メートルほど先かもしれない。ライフルを落としていなければ、反撃できていたのに。彼は斜めむこうを向いて立っている。ライフルに飛びつこうとすれば、彼は気づくにちがいない。足元はぬかるんでいるから、ライフルまで辿り着く前に転ばないともかぎらない。

馬の一頭が、おそらくサムソンだろう、柵を蹴り倒そうと必死だ。チャドはそっちに向かっていった。いまは完全にむこうを向いている。アンジーは両手を突いたまま膝立ちになり、ブーツの踵《かかと》を泥に食い込ませ——

——つぎの稲光に木立から出て来た怪物の姿が浮かびあがった。巨大な黒い塊が体を揺らしながらやって来る。頭をさげ、まるで骨を砕くようなおぞましい音をたてながら。チャドは振り返ったとたんそれに気づき、悲鳴を喉にひっかけたまま馬に向かって突進した。

頭から血が引いてゆく。ブンブンとうなる音がする。絶え間なく稲妻が光ってあたりはあかるいのに、視界が洗い流されて色を失ってゆく。まるで理解を越えた速さで色褪せてゆく写真を見ているようだ。顔から地面に突っ伏そうかと思った。でも、ちょっとでも動けば、熊は気づいて襲い掛かってくるだろう。だからスターティング・ブロックに足を載せたランナーみたいに身じろぎもせず、怪物がチャドに襲い掛かってガチガチいう顎で食らいつくのを待った。

だが、怪物は巨大な前足をあげてデイヴィスの体を払った。鼻面でその体を転がす。デイヴィスの脚と腕がぬいぐるみのようにパタパタ動いた。熊は彼のまわりを歩き回り、前足で小さく跳ねた。テントの背後から棒が倒れる音がした。耳慣れたその音を聞いて、なにが起きたかわかった。蹄が地面を叩く。馬の一頭の背中には黒っぽいものがしがみついていた――チャドが馬を、それも四頭とも連れて逃げ出したのだ。

彼女を熊のそばにひとり残して。

永遠とも思えた数秒間、パニックで麻痺《まひ》した脳みそは動きを停止していた。それからゆっくりと状況を分析しはじめた。熊との距離は……おそらく……二百五十メートルか三百メートル？　熊はそれほど目がよくない。聴覚は鋭く、嗅覚はそれに輪をかけて鋭いが、横殴りの雨は熊のいる方角からこっちに叩きつけている。熊は彼女の匂いに気づいていない。デイヴィスの死体に注意が向いている。雨のせいでよけいに視界は悪いはずだ。

本能が、動くな、熊の注意を引くな、と叫んでいるが、どうしてもライフルが必要だった。そのためには熊のほうに向かって五メートル這い進まなければならない。見つかりませんようにと祈るだけだ。ゆっくりと泥から右手を抜いて先に伸ばした。つぎは左膝だ。それから懐中電灯を握ったままの左手。右膝。おなじことを繰り返す。ゆっくり、ゆっくり、口で息を吸い込み、力を入れずにそっと吐き出す。音をたてなければ、熊に気づかれずにすむかもしれない。

ライフルの銃床に手が触れた。熊が死体に気を取られていることを確認する。絶え間ない稲光のせいで、ストップモーションの画像を見ているようだ。熊はデイヴィスの腹に食い付き、力強い頭の動きで肉を引き千切る。そのたびに死体が揺れる。あたらしい玩具を与えられた猫のように、巨大な熊が死体に飛びかかる。あたりを揺るがす雷鳴などまるで気にしていなかった。

熊はこちらに背中を向けていた。いまだ。アンジーはライフルを引き寄せた。泥が吸い付いて持ちあがらない。両手が震えた。泥を拭い落とそうとして、現実に打ちのめされた。掃除をしないかぎり発砲できない。機械が泥にまみれている。

泣きそうになった。絶望のあまり泥に突っ伏してしまいそうになった。声をかぎりに泣き叫びたい衝動を堪えられたのは、熊がいまデイヴィスにしていることを彼女にもするだろうと思ったからだ。静かに。声を出してはならない。

ゆっくりと慎重に、這い進んできたのとおなじ要領で、ライフルを引き摺りながら這い戻った。熊とのあいだに木立を挟むまで後退をしつづけた。稲光に浮かびあがるおぞましい光景を、もう見なくてすむ。木の幹に摑まってなんとか立ち上がった。すすり泣きに胸が上下する。声には出さない。

考えなさい！ 自分に言い聞かせた。考えなければ、死ぬ。パニックに陥ってはいられない。この数分が生死の分かれ道だ。だったらよい決断を下さなければ。

ここにはいられない。熊をべつにしてもチャドがいる。彼が人殺しをするのを目撃した。彼は発砲してきた。熊はほっておいてくれるかもしれないが、チャドは舞い戻って来る。かならず。

つまり、ここを離れなければならない。歩いて山をおりなければならない。真っ暗闇の中、めったにない大嵐の最中に。雷に打たれるかもしれないが、熊に食われるよりはましだ。それに、腰抜けチャドが馬をみんな連れて行ってしまった。彼女を始末する手間を熊がはぶいてくれることを願ってのことだろう。熊がデイヴィスの遺骸を食い尽くしてしまえば、彼が撃たれて死んだことはわからずじまいになるのだろうか？　捜査は行なわれるのだろうか。それとも、現場を見れば明々白々、熊に襲われたで一件落着となるのか。彼女が三人目の犠牲者となったら——人食い熊は撃ち殺され、殺人者はのうのうと生きつづけるのだ。

そんなことをさせてなるものか。

テントから必要なものを取ってこなくちゃ。本能は、走れと言う。死に物狂いで逃げろと言う。頭は、食料と水が必要だと言う。体をあたためる服が必要だ、使い物になる武器が必要だと言う。すべてテントの中だ。

可能なかぎり木の陰に隠れ、稲光が消えた隙に走る。空が光ったらその場でじっとしている。そうやってなんとかテントに辿り着いた。ずぶ濡れだった。スウェットパンツはスポンジのように水を吸い込み、重く垂れ下がっていまにもずり落ちそうだ。髪は頭にへばりつき、体の熱が逃げてゆくのを感じる。テントに潜り込むと体が激しく震えて立っていられなかった。熊の目が悪くてほんとうによかった。

オーケー、なにが必要？　サドルバッグ。乾いた服が必要で、サドルバッグに入れておけば濡れない。レインコート。服はびっしょり濡れているが、レインコートが体温を保ってくれるだろう。雨もしのげる。ピストル。熊をやっつけられなくても、チャド・クラグマンを撃退することはできるし、熊を警戒させることはできる。

ほかには？ 食料。プロテインバーを摑んでサドルバッグに押し込む。水のボトルも。一本では足りないが、水は重い。重い荷物は体力を奪う。懐中電灯。

濡れたスウェットパンツを脱いでジーンズに着替えようかと思ったが、どうせ濡れるのだからやめた。服をサドルバッグに突っ込み、予備の弾の箱も入れた。重くても必要だ。サドルバッグのストラップを留める。濡れた上着の上にレインコートを羽織り、泥に浸かったライフルをケースにおさめて肩に担いだ。

テントのフラップを開き、闇の中に踏み出す。

走らなかった。熊と距離をとらなければならないし、チャドとも距離をとらなければ。それには慎重にやらないと。懐中電灯をつけられないから一歩ずつそろそろと踏み出した。いちいち考え込んではいられなかった。どちらの殺し屋に対しても〝いったいどうして？〟と疑問を抱かずにはいられないが、どうしてこんなことになったのか分析している暇はない。ここから逃げ出すだけだ。足場を保ち、つねに熊の風下に回り、落ちて来る木の枝が頭にぶつからないよう、雷に打たれないよう意識を集中することだ。考えるべきことは山ほどあった。〝どうして？〟のほうはあとで考えればいい。

ラティモアの駐車場まで長い道のりだ。彼女がキャンプ場にいなければ向かう場所はひとつだと、チャドはわかっている。殺戮現場から、目撃現場からひたすら逃げるしかない。スピードよりも慎重さのほうが大事だけれど……もっとスピードをあげないと。走りたい衝動を必死で抑えつける。何時間も走りつづけられないし、真っ暗な中、ぬかるみを走ろうなんて愚の骨頂だ。

デア・キャラハンのキャンプ場がちかい。ラティモアの駐車場よりはるかにちかい。でも、必要なのは雨風をしのぐ場所ではなく助けだ。しかも、キャンプ場は閉鎖されているだろう。たとえ辿り着けても中に入れない。だめもとで向かうのは貴重な時間の無駄遣いだし、助けも求められない。チャドが追ってくるのだから、一秒たりとも無駄にはできない。

雨が降っていなければ、立ち止まって音に——熊と男、両方がたてる音に——耳を澄ますところだが、雷鳴を伴う雨音がすべての音を凌駕《りょうが》していた。叩きつけるような降り方だ。風もうなっている。唯一の救いは、こっちに音が聞こえないなら彼らにも聞こえないこと。悪天候は動きの邪魔になるけれど、獰猛な懐《ふところ》に彼女を包み込んで守ってもくれる。

まっすぐにくだっていくことにする。ほかに行くところがある？　踏み分け道を行くわけにはいかない。歩きやすくても、チャドが使っている可能性が高かった。足場が悪くて滑りやすいから、枝でも垂れ下がった幹でも岩でも手当たり次第に摑まった。

風向きが変わった。感触でわかる。足を止めて熊の位置を思い浮かべる。雨が降っていようといまいと、この方向に進めば熊に匂いを嗅ぎつけられてしまう。でも、方向を変えるとラティモアの駐車場から離れていく。そもそも、熊をこの目で見ているわけではないので、あの場所にじっとしているか、移動したかもわからない——西へ向かって彼女から遠ざかっているのか、もっと高いところを平行に動いているのか、あるいは跡をつけて来ているのか。

いずれにしても動きつづけないことには。左足を伸ばして足場を探るとぬかるみだった。体勢を整えようと枝を摑んだものの、踏み出した途中の左足がずるっと滑った。右足で体重を支えようとしたものの、突いたところが穴だった。真っ暗だからなにも見えない。前につんのめってバランスを失う。落ちる、と思った。なす術もなかった。不甲斐ない。怖くなって両手を伸ばし、落下のスピードを緩めようとしたが、腕をぴんと張らないだけの分別は残っていた。腕か鎖骨を折ったら目も当てられない。どすんと落ちて全身の骨がきしんだ。ぬかるみに茫然と横たわったまま、それでも全身をチェックした。

全身の骨と筋肉に衝撃が走ったが、大丈夫だ。右足以外は。穴に爪先を取られて捩《ね》じったのだ。痛みに体が悲鳴をあげる。ブーツの中で足首がズキズキいっている。

雨に背中と頭を打たれながら、じっと横たわっていた。体の下を水が流れてゆく。心臓が激しく鼓動して濡れた地面を叩く。敗北感に打ちのめされる。ああ、寒い。動きたくなかった。怪我の程度を知りたくなかった。足首が折れていたら、死んだも同然だ。しばらくじっとしていれば、痛みは和らぐだろう。前に足首を捻挫《ねんざ》したときは、激しい痛みが数分つづいただけで和らぎ、なんとか歩けるようになった。

でも、数秒でもじっとしている贅沢は許されない。サドルバッグを置き、ライフルのケースを肩からはずしてサドルバッグに立てかけ、ゆっくりと上体を起こして両手で足首を摑んで穴から引き抜いた。ブーツを脱ぐわけにはいかない。二度と履けなくなる。どこをどう痛めたのか目で見ることはできないし、できたとしても手当てのしようがなかった。骨が折れているならブーツが添え木代わりになるから、履いたままのほうがいい。

かじかむ指で足首を押して骨が折れていないかたしかめた。触れても痛みがひどい場所はなかったが、足首を回そうとしたら激痛が走り、気を失いそうになった。「わかった、やめておいたほうがいい」そうつぶやく。折れているとは思えない。わずかにひびが入っている程度だろう。おそらくひどい捻挫だ。実際問題として、どちらであろうとおなじだった。肝心なのはこの足首で歩けるかどうか。

歯を食いしばって左足に体重をかけ、若木に摑まって上体を起こした。木にしがみついてゆっくりと体を引きあげる。樹皮がレインコートに引っ掛かり、擦れる。バランスをとりながらなんとかまっすぐに立つ。風向きをチェックし、大きく息を吸い込む。木から手を放して足を前に出した。意志の力で痛みを堪え、歩く。右足を突くと激痛が走る。踏ん張りきれずにまた大の字に倒れた。今度は手を突く間もなく、顔から泥に突っ込んだ。

泣きたかった。ぬかるみを拳固《げんこ》で叩いて泣き叫びたかった。悪運を呪ってやる！　こんなことになるなんて、あたしがなにをしたっていうの？　商売はうまくいかず、家と土地を売らねばならない。おまけにデア・キャラハンとげす野郎のデイヴィス、殺人鬼のクラグマン、ああ、それに、クソ忌々しい熊。そのうえ足首を折るなんて。捻挫かもしれないけど。殺人鬼クラグマンや怪物熊にやられる前に、できるだけ早く山をおりなきゃいけないっていうのに。これ以上悪くなりようがない。

山を歩いておりるのは好天の日でも難行苦行だが、いまそれができないとどうなる？　ここにじっとしてて、クラグマンか熊に見つかるのを待つ？　ライフルはあるが掃除しないと使い物にならない。でも、ピストルがある。クラグマンがやって来たら対処できるが、熊となると……どう考えてもクラグマンよりあの巨漢の怪物のほうが恐ろしい。

ここにじっとしていたら、いずれ熊に見つかる。

クソッたれ熊に！

不意に怒りが湧いてきた。怒りなんてなまやさしいものじゃない。激怒だ。自分を哀れみながらここにじっとして、死ぬのを待つなんてぜったいにいやだ。どうしてこういう目に遭うのか理由なんてどうだっていい。諦めたら死ぬ。アンジー・パウエルは決断力が乏しいだの頑固だのって、誰にも文句は言わせない。這ってでも山をおりてやる。

起き上がり、ライフルのケースを肩にかけ、サドルバッグを手に持った。二度目に顔から突っ伏したとき口に入った泥を、ペッペッと吐いた。膝と肘を立てて這いはじめる。痛めた足首がなにかに引っ掛からないよう注意する。そんなことになったらどれだけ痛いか。でも、どれほど痛かろうと歯を食いしばって進むだけだ。

ゆっくりと地面を這い進んだ。惨めな気分だけれど、それでも進んだ。右手が空を摑み、あやうく亀裂に転げ落ちそうになった。息を喘《あえ》がせ、後退する。さて、どうする？ この亀裂は幅がどれぐらいあるのだろう？ それとも崖っぷちにいるの？ つぎの稲光を待って数秒がすぎ、嵐の中心が過ぎ去ったことに気づいた。雷の激しさと頻度が変わっている。懐中電灯をつけようか。目の前になにがあるのか見るあいだだけ。それだけの価値がある？ いまのままなら誰からも見えない。チャドは彼女の居所がわかっていないが、懐中電灯をつければそれが目印になる。でも、前方にどんな障害が待っているかわからないかぎり、動くに動けなかった。

決心をつける前に、稲妻が閃き、親切にも景色を浮かびあがらせてくれた。目の前の亀裂は深さは三十センチ、せいぜい一メートルほどだ。右足に体重をかけないようにしておりるのは大変だが、こんな亀裂ごときに足止めを食わされてたまるか。

サドルバッグを落とすとバサッと音がした。つぎにライフルのケースを肩からはずしてそっと滑らせる。お腹を中心にして体の向きを変え、亀裂に両足をおろしていいほうの足で地面を探った。足が地面に着くまで両手で体重を支えた。バランスをとりながら足で立ち、深呼吸する。速く動けなくても、正しい方向に動いてはいる。下に向かって。

足元の泥が動き、底が抜けた。なす術もなく落ちてゆく。泥の中を滑り落ち、転がり、なんでもいいから摑もうとしても、触れるのは泥とたまに岩だけだった。左足の踵を泥に埋めようとし、指で地面を摑もうとしたが、滑って転がるばかりだ。岩があるからしがみつこうとしても、あっという間になくなってしまう。そんな岩の端で掌を切り、べつの岩に頭をぶつけそうになった。

それから、動きが止まった。横たわったまま息を喘がせ、再度体をチェックする。どこも折れていない。頭のてっぺんから爪先までガタガタだけれど、足首以外は機能する。どれぐらい落ちたの？　いまいる場所の勾配はそれほどきつくないが、斜めであることに変わりはない。ライフルもサドルバッグも——懐中電灯とピストルとプロテインバーが入っている——上のほうに残したまま。

よじ登るか、這いおりるか、ふたつにひとつ。荷物を取りに戻るか、このまま進むか。いずれにせよたいしてよい選択肢ではないが、一方のほうがよけいにひどい。サドルバッグは必要だ。食料とピストルは必要だ。ライフルも。武器を置きっぱなしにはできない。

足首を痛めた姿で山をおりるのも充分に大変だったが、登るのは拷問だ。遅々とした動きに全身の筋肉が悲鳴をあげる。落ちるのはあっという間だったが、登るのは重力に逆行する行為だ。

落ちるのは数秒だけれど、登るのは大変な時間がかかる。どれぐらいかかるか考えないことにしていた。ただ登るだけだ。一分一秒が貴重だけれど、ほかにどうしようもなかった。ただ這い登るのではない。じりじりと自分の体を持ち上げるのだ。左足で足場を探り、踏ん張る。血まみれの両手で岩にしがみついてずり落ちないよう体を支えた。泥に指を食い込ませて、じりじりと這い登る。レインコートの中にもスウェットパンツの中にも、ブーツの中にも泥が入り込んできた。冷たい雨が体を叩く。考えるのはゴールだけだ。ライフルに懐中電灯、ピストル、食料。

やらなければ死ぬ。

やらなければ死ぬ。

やってみせる。

茂みがあった。摑まることができる。体をもちあげると、そこにあった。足元で崩れ落ちた小さな岩棚が。歓声をあげたいが声は出さない。落ちたときも悲鳴をあげなかった。生存本能が音をたてさせなかったのだから——たまにゴツンとなにかに当たる以外——いまもたてない。祝うのは山をおりてからだ。

荷物に手が届く。また滑り落ちないよう左足を踏ん張ってから、サドルバッグとライフルの回収にとりかかった。彼女が作った穴から五十センチほどのところに、どちらも無事に転がっていた。勝利感に酔いながらライフルを摑んで肩に掛け、サドルバッグに手を伸ばした。ガイドとしては成功しなかったかもしれないけれど、かんたんに諦める人間ではない。いまだって諦めていない。休みたいのは山々だけれど、ここで音をあげたりしない。

荷物をしっかり持って態勢を整え、山腹を滑りおりた——今度は尻をつき、なかば座る格好でおりていった。このほうがコントロールがきく。そう、コントロールをきかせながら滑りおりてゆくのだ。ライフルが泥まみれにならないよう掲げ持ったが、これ以上泥まみれになりようがない。

勾配を滑りおりると、あとはまた腹這いでいくしかなかった。

やらなければ死ぬ。

雨が降りだす前に雷鳴を聞いていた。デアが熟睡から目覚めたのは雷鳴のせいだった。寝袋の中でぬくぬくしながら、ちかづいてくる嵐に耳を傾けた。おれはここでなにやってるんだ？　嵐の中では釣りはできない。雨は一日、二日は降りつづくのか？　二日もキャンプ場に閉じ込められて、手持ち無沙汰に自分の愚かさを呪うわけだ。

　ハーランの言葉に耳を傾けた自分が馬鹿だった。家にいるべきだった。自分のベッドで寝ていたら、雨の音は不吉ではなく心安らぐものだったのに。だが、家にはいない。ここにいる。もしやり直しがきくなら……クソッ、やっぱりここにいるだろう。

　眠らないと。まともな状況にいるなら、嵐は好きなほうだ。室内は真っ暗だった。稲光がときおり鎧戸《よろいど》の桟《さん》を浮き上がらせる。雨音に心が安らいで眠れると思った。だが、アンジーのことを考えずにいられなかった。彼女が借りているキャンプ場のテントは、嵐に持ち堪《こた》えられるほど丈夫だろうか？　そうにきまっている。ここらでは雷雨は珍しくもないし、彼女が借りているキャンプ場はよく使われている、だが、それでも……テントと嵐は好ましい取り合わせとは言えない。

　鋭い音が山に響きわたり、デアははっとして起き上がった。雷鳴ではない、ピストルの銃声だ。小火器の音は耳に慣れているから聞き間違えるわけがなかった。

　銃声がまた轟き、さらに一発。鎧戸が閉まっているし雷鳴が轟いているが、銃声はたしかにアンジーのキャンプ場のほうから聞こえた。いったいなにがあったんだ？　ライフルが発射されるのはそう珍しくないが、ピストルとなると……それもハンティング・キャンプで。考えられる合理的な理由は、なにか異常事態が発生して、ライフルが手元にない場合だ。

アンジーのキャンプ場で、どんな異常事態が発生しうる？忌まわしい可能性が頭に浮かんだ。

すぐさまあかりをつけた。乾電池式のランタンは二階部分全体を照らすのに充分なあかるさだ。服を着替える。レインコートと帽子、衛星電話とライフル。頑丈な懐中電灯を摑んでスイッチをいれ、ランタンを消す。二発目の銃声を聞いてから二分後には、梯子をつたって馬房におりていた。

手早く鞍をつけると馬がいなないた。ライフルをケースにおさめ、衛星電話をサドルバッグにしまう。町の誰かに、ハーランか保安官に電話しようかと一瞬思ったが、それで、なんて言うんだ？　銃声がした。それもアンジーのキャンプ場のほうから。屁の役にもたたない。貴重な時間が無駄になるし、真夜中に誰がやって来るものか。いや、おれがここにいる。おれの役目だ。

大きなダブルドアを開いて馬を出した。ダブルドアを閉じて差し錠をかけるあいだ、馬は不安そうに動き回っていたが、彼が乗ると少し落ち着いた。帽子を目深にかぶり、懐中電灯を木立のあいだの細い道に向け、アンジーのキャンプ場へと向かった。

横殴りの雨がまるで硬い壁のように立ちはだかる。足場が悪いから馬を歩かせるしかなかった。稲光は道を照らしてくれるが、馬を不安にもさせる。手綱と膝の締め付けで馬を安心させる。五十メートルほど先に雷が落ち、大地が揺れた。手綱を引いて馬を落ち着かせた。「心配するな、いい子だ」声の調子と首筋に触れる手で、大丈夫、なにも怖いことはない、と馬に教えてやった。

ゆっくりと行くしかなかった。雨が視界を遮る。馬の動揺が伝わってくる。懐中電灯で照らしていても、でこぼこの道は危険だ。馬のペースで行くしかないのはわかっているが、つい悪態をつきたくなる。歩いていくほうがずっと速いとわかっているからだ。

ああ、なんであかるいうちにアンジーのキャンプ場に乗り込まなかったんだ。姿を見せて彼女の客たちに睨みを利かせておけばよかった。たとえ彼女を怒らせることになっても。彼女がひとりではないとわかれば、真夜中に発砲騒ぎなんて起きなかっただろう。

それより心配なのは、数発の銃声のあとの静寂だ。誰が撃ったんだ？　アンジーか、ほかの誰かか。彼女がピストルを持っているかどうか知らないが、ライフルを持っているのはたしかだ。誰かがピストルを撃ったとして、それにつづいてライフルの銃声がしなかったのはどうしてだ？　撃ち返して当然だろうに、それがなかったから心配なんだ。

銃声が一発だけなら、ラティモアが話していたふたりの客のうちの〝役立たず〟が、誤ってピストルをぶっ放したんだと思っただろう。だが、短時間のあいだに数発というのは……誤射ではない。アンジー・パウエルが痛い目に遭っていない説明をなんとか考え出して自分を納得させようとしたが、なにも思い浮かばなかった。

さっきは家にいればよかったと思ったが、いまはせっかくここまで来ているのに、彼女を助けようにも助けてやれない自分がもどかしかった。

アンジーになにかあったら、きっとハーランは彼を殺そうとするだろう。

アンジーになにかあったら……ハーランに殺されるほうがましだ。

11

チャド・クラグマンは吐くにちがないと思った。動悸が激しすぎて息を吸い込めないのだ。こんな雨ははじめてだった。顔を打つ雨の激しいこと、まるで石をぶつけられているみたいだ。懐中電灯を持っているのに行き先が見えない。絶え間のない稲光もなにも照らしてくれない。それほど激しい降りだった。乾電池の無駄遣いだから、懐中電灯のスイッチを切ってコートの内ポケットに入れた。

それでなくても手いっぱいだった。裸馬にまたがりつつ三頭の馬を引き——乗り慣れた馬にまたがっているとはいえ大変だ——熊とライフルを持った女に目を光らせるのだから、並大抵の苦労ではなかった。それでも馬たちは落ち着き、熊からも遠く離れた。最初、馬たちが怯えるのは嵐のせいだと思ったが、そうではなかった。熊に怯えていたのだ。

無理もない。彼だってあれには肝を潰した。

デイヴィスを殺すのは覚悟のうえだった。生き延びるためにはそうするしかない——それは問題ではなかった。だが、まさか怪物がデイヴィスの死体にかぶりつくのを目にするとは、思ってもいなかった。あれはでかかった。ミッチェル・デイヴィスを殺したことはまったく後悔していないが、あんなふうに食い千切られるなんて——胸糞が悪い。それに恐ろしかった。最悪の敵でも、あんなふうになっていいとは思わない。そう、ミッチェル・デイヴィスは最悪の敵だった。

ああ、忌々しい！　すべてが悪いほう悪いほうに転がっていった。アンジー・パウエルが踏み分け道のちかくで死体を発見して、朝になったら通報するため山をおりると言い張るものだから、ハンティングの最中にデイヴィスを殺す機会がなくなってしまった。そうしていれば、死体の発見は困難を極めたはずだ。アンジーの死体もだ。彼女も殺す計画だった。ほかにどうしようもない。多少は後悔するだろうが、計画に支障をきたすほどではない。ふたりがいないことに誰かが気づいて捜索隊が組まれ、山中で死体が発見されるころ、彼は姿をくらましている。

計画では、ＳＵＶを駐めた駐車場まで戻り——姿を見られないよう暗くなってから——馬を放って車で逃げる。駐車場の数キロ手前で馬を放ち、あとは歩いておりてもいい。計画を思いついたときから乗馬をはじめた。去年、はじめてハンティング・ツアーに参加したすぐあとのことだ。農場主が朝になって駐車場に出てみると、ＳＵＶは消えているという寸法だ。

アンジーのトラックとトレーラーはそのままだから、ハンターのひとりが先に帰り、アンジーはもうひとりと残っていると思うだろう――どっちの客が残ったのか、農場主は知る由《よし》もない。一週間してもアンジーが現われないとなって、ようやくおかしいと思うだろう。

そのころには、チャドは高飛びしている――まずカナダに行き、それからメキシコへ。メキシコに着いたら姿をくらます。そうできるだけの金がある。北アメリカ大陸とちがって、容易に姿をくらませる国はいくらでもある。ビュートの郵便局で私書箱止めのパスポートを受け取る。口座番号とパスワードを記した書類もだ。ふたりの死体が発見される前なら、たやすく受け取れるはずだ。

この特別なツアーのガイドとして、アンジーは申し分なかった。彼女の装備は最新のものではない。衛星電話も持っていなかった。どちらも救助隊が死体を見つける役にたつのに。おそらく金詰まりなのだろう。願ってもないことだった。

だが、すべては完璧な計画の中でのことで、いまや彼の計画は台無しだ。アンジーに弾が命中したかどうかもわからず、豪雨の中で馬に乗り、三頭の馬を引きながら山をおりていた。馬たちはこの状況に不満なようだし、彼にしても自分がどこに向かっているのかわからなかった。こんなふうに真っ暗な中で馬に乗っていたら、いつ首の骨を折らないともかぎらない。馬がつまずいただけで人馬ともに坂を転がり落ち、揚句に四頭の馬の下敷きということもありうる。

ゆっくりと手綱を引く。馬たちはみな不安げに足を止め、彼が引いている馬三頭はうろうろし、彼が左手に持つ引き綱をぐいっと引っ張った。何度か深呼吸し、深く息を吸い込んでから肺が抗議するまで止めたままにした。そうやってパニックを抑えつけた。こっちが怯えているとわかれば、馬たちはますます扱いづらくなる。

つぎからつぎに稲妻が閃く中、遮るもののない戸外で馬に乗っているなんて愚の骨頂だが、どこに向かえばいいのかまったくわからなかった。木陰に身を潜めるのはもっと愚かだ。雨があがれば、稲光に突き出す岩やなにかが浮かびあがるのだろうが、この雨では三メートル先になにがあるのかわからない。

そんなことを考えているうちに、雨脚が弱まった——一気にとまではいかないが、つぎの稲光で前方の岩の配置が目に入った。うまくすれば岩陰に隠れられるかもしれない。馬はなにかに繋いでおけば嵐を耐え抜くだろう。放牧されているときに雨が当たることもあるだろうから。

ゴールが見えたらパニックがおさまった。いやがる馬の顔を岩のほうに向けて歩かせた。三頭の馬はひとつにかたまることがいやなようだし、嵐も気に入らないしで、動こうとしないものだから、彼が引き綱に引っ張られて落馬しかけた。それでもなんとか馬たちを従わせた。悪態をつきながら、いっそここで放馬してしまおうかと思ったが、何事であれ早まった真似はしたくなかった。じっくり考える余裕はないし、四頭の馬が必要な理由も考えつかないが、落ち着いて状況を吟味したら、やはり必要だということになるかもしれない。

岩にちかづき、稲妻が光るたびにどこにどんな岩があるか調べた。最初はたくさんの巨礫《きょれき》がただ転がっているだけに見えたが、調べながら進むうち稲光に黒っぽいものが浮かびあった。ちかづいてみると岩棚だった——その懐は浅いが雨をしのげるだろう。

懐中電灯をつけて端から端まで照らして、ほかに身を寄せているものがいないことを確認した。強力なLEDライトは、母なる自然が見せる光と音のショーに比べれば地味だが、ちゃんと仕事はしてくれた。岩棚の下には彼以外になにもいないことを教えてくれたのだ。

慎重に馬をおり、革の引き綱を握り直してから歩き出した。馬たちはおとなしくついてきた。岩棚の下には灌木《かんぼく》が生え、岩や羊の糞らしきものが散らかっていた。灌木はありがたい。馬を繋いでおける。だが、馬は四頭いるのに手は二本しかない。懐中電灯を持って馬たちを一頭ずつ灌木に繋いで回るには手が足りなかった。

手綱を落としたとたん馬が逃げ出したら?

知ったことか。

そう思ったら呼吸が楽になった。乗って来た馬の手綱は持ったままで、三組の引き綱は落とした。馬を灌木へと引いてゆき、手早く手綱を結んだ。

意外や意外、三頭の馬は動かなかった。疲れているのだろう。彼とおなじように、雨の絶え間ない攻撃から逃れられてほっとしているのかもしれない。あるいは、人の世話になることに慣れているので、ほかになにをしていいのかわからないのか。理由はなんであれ、馬たちは逃げなかった。一頭ずつ灌木に繋ぎ、岩や糞を足で払って座る場所を作った。腰をおろし、ごつごつした岩に背中をもたせた。

居心地がいいとは言えない。稲光はいまもディスコのミラーボールのように世界を照らし、雷鳴が轟いて大地を震動させていた。彼は濡れねずみで震えているが、雨はしのげるし、避雷針のように剝き出しの感じはもうしない。休むことができる。考えをまとめることができる。

はじめのうちは座って呼吸しているだけだった。肉体労働よりパニックのほうが人を疲労させる。タイミングと場所は計画どおりではなかったものの、デイヴィスを撃ち殺すところまではうまくいっていた。だが、嵐がやって来てアンジーの姿が見えなくなり、彼女に怪我を負わせたのか、殺したのか、まるっきり狙いをはずしたのか見届けられなかった。彼女はライフルを持っているから、へたにちかづくと撃たれかねない。そこへもってきて熊が登場し、デイヴィスに食らいつき、それから――

悪夢のような光景を思い出し、また呼吸が速くなった。呼吸をゆっくりにして、あの光景を頭から追い出す。考えなければ。

アンジーは撃ち返してこなかった。つまり、彼の弾が当たったということだ。死んだか、負傷したか、だろ？　もしそうなら、熊はデイヴィスを平らげるとアンジーに向かった——彼女の怪我が浅く、走って逃げられたらべつだが、怪我が浅いのなら、彼と熊を撃っていたはずだ。銃声はまったく聞こえなかった。アンジーのことは心配しなくていいのだ。

だが、確証はないのだから、たしかめなければならない。彼は馬を連れて逃げた。雨音と雷鳴と馬の蹄の音、耳の奥でガンガンいう鼓動、キャンプ場までの距離を考えたら、数分後に銃声を聞き取ることができたかどうか。耳をつんざく雷鳴と重なっていたとしたら？　答はノーだ。アンジーは負傷しても熊を殺すことはできただろう。

彼女は未処理のままにしてはおけない大問題だ。時間が必要だ。逃げる時間、姿をくらます時間。必要なのはそれだけだ。計画の邪魔をする彼女が憎くてたまらない。物事が計画どおりに運ばなければ命が危ない。

彼の名前が監視リストに載る前にメキシコに逃げられれば、警察は恐れるに足りない。警察なんて屁でもない。ほんとうに危険なのはデイヴィスの仲間だ。だから、名前を替えて姿をくらます必要があるのだ。だが、それも悪くはない。チャド・クラグマンとして築いた人生に未練はなかった。チャドとして生きるのも有益な手段ではあったし、仮面の下の顔に誰も気づかなかったことにひねくれた満足を覚えたものだ。それだけ彼の腕がたしかだったということだが、人生をやり直す覚悟はできている。チャド・クラグマンは消えてなくなる。〝まぬけ〟が服を着ているような名前ではなく、かといって目立ち過ぎない名前で人生をやり直すのだ。控えめで男らしい名前がいい。整形手術を受けるのも手だ。いいアイデアだ。顎と頬骨を移植し、もっと意志的な鼻にする。目立たないうすのろでいる必要はないのだ。彼ほどの金融の才能があれば、可能性は無限大だった。

会計士を侮《あなど》ってはいけない。

デイヴィスは侮った。みんなが侮った。アンジー・パウエルでさえも。彼女は誰よりもやさしくしてくれた。そんな彼女の死を確認しなければならないと思うと、いやな気分だが、それがどうした。べつに彼女はこっちに気があったわけじゃなし。彼女がやさしくしてくれたのは、彼が客だったからで、彼を好きだったからではないのだ。

デイヴィスのことでは少々誤解があり、彼を怒らせてしまった。厄介なろくでなしのことはなんでも理解しているつもりだったが、それでもみくびっていたのだろう。デイヴィスほどの地位に昇る男は、生来の冷酷さ以外に、それなりの知性としたたかな狡猾さを備えているものだ。予想以上にことが早く進む可能性も考慮して、準備をしておくべきだった。

デイヴィスはアンジーの家のインターネットで帳簿をすべて調べ、数字を比較していたのだ。敵もさるもの、夕食後、アンジーに家から追い出されると、ポーチに座って検索をつづけた。あそこならＷｉ‐Ｆｉが繋がるからだ。

問題は、デイヴィスがほかの誰かに——彼が取引をしている誰かに——警告を発したかどうかだ。自分ひとりで片付けようと思い、誰にも知らせなかった可能性もある。チャドを雇ったのは彼なのだから、自分の沽券にかかわる。だが、彼が事前に問題を見つけて処理していたら、損害を蒙《こうむ》ることもなかった。デイヴィスが誰にもあかさずに、まずは金がいくらなくなったのか突き止めようとした可能性のほうが高い。

チャドの計画の要《かなめ》——デイヴィスを殺すこと——は遂行されたが、場所と状況は予定とちがっていた。そこが心配だ。嵐は予測不可能な要因だ。アンジーが死体を発見したこともそうだ。彼にはどうしようもなかった。それでも、計画の大幅な変更にも対応できるよう、準備しておかなかったのはまずかった。そのせいでアンジーは不確定要素のままだ。もっとうまくやるべきだった。

ただし、時間をかけて創り上げた人格のおかげで命拾いできたのだから、満足していい。デイヴィスは彼を脅威とはみなしていなかったので、片を付けるのはハンティング・ツアーが終わってからにしようと思ったらしい。アンジーがいるから、へたに動けないと判断したのだろう。チャドはそんな制約は設けなかった。アンジーが死体発見の報告に山をおりると言い張って計画をめちゃめちゃにしたとき、チャドはすぐさま行動に移すことにした。デイヴィスと対決してその場で殺す。そのあとでアンジーを片付ける。

デイヴィスは己の評判を信じていたがため、最後にはそれが命取りになった。デイヴィスから金を盗んで、無傷で逃げおおせる者はいないと、高を括っていたのだ。無傷なんて生易しい。ミッチェル・デイヴィスから金を盗んで、生き延びられる者はいない、だ。相手が予想以上に頭が切れて、彼の寝首を掻かないかぎり。チャドがピストルを持っているとは、デイヴィスも予想していなかっただろう。会計士に人が殺せるとは思っていなかった。自分より素早く人が殺せるとは。そこが重大な誤算だ。

クラグマンが一ポイント、デイヴィスはゼロ。それがファイナル・スコアだ。

いますべきなのは、アンジーの死を確認し、五日か六日の猶予《ゆうよ》をもって逃げ出すことだ。ぱっとしない会計士の行方を捜そうと誰かが動き出す前に、彼は安全な場所に逃げ、別人になっている。

そのためにはどうすればいいか考えなければ。落ち着いて脳みそを働かせさえすれば、妙案が浮かぶにちがいない。この事態を自分の都合のいい方向にもっていけるはずだ。馬を四頭とも連れてきてしまったのだから、怪我していようといまいと、アンジーは馬で山をおりることはできない。馬を連れて逃げれば安全が確保できると思ったが、そうではなかった。逃げる前に彼女の生死をたしかめておくべきだった。真っ先にそれをすべきだった。

ある意味で残念なことだ。彼女を好きだった。アンジー・パウエルはいい人間だ。彼のことをとびきりの大まぬけだと思っていたとしても、やさしく接してくれた。彼を翻弄《ほんろう》せず――よほどやけっぱちになっていなければ、女は彼のような男を翻弄しないが――作り笑いも浮かべず、体裁も取り繕《つくろ》わなかった。礼儀正しく接してくれた。そんなことはめったになかった。残念なことに、いい人間は警察に駆け込む。だから彼女を生かしてはおけないのだ。

何年もかけて練った計画を、彼女に邪魔させるわけにはいかない。せっかくひと財産貯め込んだのだ。アンジー・パウエルにもほかの誰にも邪魔はさせない。殺人者や拷問《ごうもん》者やドラッグ・ディーラーといった人間のクズを相手にあぶない橋を渡り、せっせと金を貯め込んだのだ。残りの人生を遊んで暮らす権利がある。

さて、それでどうする？　どんな可能性がある？　最善のシナリオと最悪のシナリオは？

最後の問の答はかんたんだ。熊がアンジーを殺す、というのが最善のシナリオだ。そうすれば、彼女の死をチャドに結び付ける証拠はなにも残らないうえに、デイヴィスの死もその線で片付けられる。アンジーの死体も見つかれば、捜査の対象は熊になり、デイヴィスが撃たれた証拠が残っていたとしても、見逃す可能性が高くなる。デイヴィスの死体を熊がどこまで食い尽くすかにもよる。捜索隊が熊を仕留めたとして、消化器官の中身まで調べるだろうか？　熊が弾を呑み込んでいたとして、糞と一緒に出るまでどれぐらいかかる？　それを言うなら、弾はデイヴィスの体に残ったのだろうか、貫通したのだろうか？　チャドのピストルは九ミリだが、知っているのは扱い方だけだ。弾道のことは調べなかった。狙って撃つ、それだけだ。それ以上なにを知る必要がある？

アンジーが負傷せず、熊からも逃げおおせて、全速力で駐車場に戻る、というのが最悪のシナリオだ。

猛威をふるう嵐に耳を傾け、可能性を検討する。いや、真っ暗闇でこの天候だ。彼女は山をおりようとはしない。ライフルを持っているから、熊をそれほど恐れていないだろう。熊をもう撃ち殺しているかもしれない。それでキャンプ場に残る？

いや、彼の居所をアンジーは知りようがない。

興奮が胃の中でとぐろを巻く。急いで国外に逃亡する必要がなかったら、知恵でアンジーに対抗してほんものの人間狩りをしてやるのに。彼女はこの山とそこに住む動物に精通しているが、彼にとって大きなプラス要素は、彼女がほかの人間たちと同様、彼を過小評価していることだ。

シナリオに戻ろう。彼女がどこかに身を隠し、嵐がおさまってから山をおりるとしよう。

彼の強みは相手の行き先を知っていることだ。

だが、弱みもある。自分がいまどこにいるのかわからない。意識を集中し、嵐も落ち着きのない馬たちも頭から締め出した。アウトドア派ではないが、方向感覚は人並みにある。彼とデイヴィスはキャンプ場の奥の左側のテントを使った。熊が現われたのもそっちからだった。キャンプ場を逃げ出したとき、熊から逃げようと右側に向かった。つまり北に向かったのだ。戻るとしたら南に戻って、それから東に方向を変えればいい。どれぐらい馬に乗っていたのか憶えていないが、キャンプ場からせいぜい三キロぐらいだ。

キャンプ場に到着してから、あたりの地形を脳裏に焼き付けておいたので、必要とあらばキャンプ場を探し出せるはずだ。必要なのか？　アンジーの生死をたしかめることが、ほんとうに必要なのか？　それより、できるだけ早くラティモアの駐車場に戻り、国を出るべきなのでは？　彼は馬で移動し、彼女は徒歩だ。彼女より少なくとも一日先行している、そうだろ？

一日あれば充分なんじゃないか？

なんとも言えない。計画の上では一週間だった。

そのときふと、恐ろしいことに気づき、声に出してうめいた。クソッ！　なんて馬鹿だったんだ？　頭が混乱して、パニックに襲われて……馬鹿にもほどがある！　キャンプ場に戻らなければ。アンジーを始末するなんてどうだっていい。

SUVの鍵を持っていないのだ。

デイヴィスが持っていた。彼の服のポケットかテントの中のどこかにあるはずだ。いずれにしても、鍵を手に入れないことには、計画そのものが雲散霧消し、彼はでっかい糞の山の上に取り残されることになるのだ。

キャンプ場に引き返し、アンジーがいるかどうか様子をうかがう。彼女がいれば、片付ける機会を狙い、それから鍵を探す。デイヴィスのテントの荷物の中にあることを願うばかりだ。服のポケットではなく……熊の腹の中でもなく。

12

アンジーは這い進んだ。岩を越え、茂みを越え、川を越えた。嵐のせいでせせらぎは急流となり、氾濫する一歩手前だった。そんな川を渡るためには、常識を遠くに置き去りにする必要があった。命綱もつけずに急流を泳ぎ渡るなんて、愚か者のすることだ。でも、そんなことはたいした問題ではなかった。流れに呑まれようと、わずか五センチのぬかるみで溺れ死のうと、熊に襲われズタズタにされて死ぬよりはましだ。うすのろのチャド・クラグマンに出し抜かれるよりはましだ。

だから、ぜったいに溺れないと自分に言い聞かせた。この苦難を乗り越えるには、いま目の前にあることに意識を向けるしかない。ラティモアの駐車場まで距離はどれくらい、とか、辿り着くまでに何時間ぐらいかかる、とか、寒い、とか、足首が痛い、とか考えてはならない。彼女の頭の中に、そんなことを考える余地はない。生き延びることに集中しなければならないからだ。

雨の匂いが好きだった。雨は爽やかさを運んでくる。命あるものに恵みを与え、再生を約束する。屋根を叩く雨音が大好きだった。夜の雨は眠りへと誘ってくれた。雨の中の作業は楽しいものではないが、天候に関係なく家畜の世話は休めない。それが生活の一部であり、苛立って時間や労力を無駄にしたことはなかった。

これはちがう。また雨を楽しむことができるだろうか。

じりじりと進んだ。難行苦行だ。足首の痛みに動けなくなることもあった。そんなときは歯を食いしばって苦痛に耐えた。両手はうまく動かない氷の塊だ。かじかんで感覚がなくなった。それでも、寒さのせいで傷口からの出血は滞り、雨が血の匂いを洗い流してくれた。

生き延びる。

生き延びてみせる。なにがあっても。自分にそう言い聞かせた。

そして、進みつづけた。

一秒がつぎの一秒につながる。一センチ前進できれば勝利だ。呼吸のひとつひとつが勝利だ。

ろくでなしチャド・クラグマンに出し抜かれてたまるか。

稲光が閃くたび、顔をあげてあたりを見回し、自分の向かう方向とこれまで来た道のりを確認した。前方に穴が開いていないか、障害物はないか確認した。懐中電灯をつけるわけにいかないから、稲光が閃かなければ文字どおり手探りで進むことになる。それに、なにか動きがないいか、クラグマンや熊の姿がないか目を光らせた。これまでのところ、風に激しく揺れる木々が見えるだけだった。

稲光はこっちの命令どおりに光ってはくれない。前方を見る必要が生じたときには動きを止め、つぎの稲光を待った。

うまくカモフラージュできていることに、だんだんと気がついた。懐中電灯をつけて居場所を知らせないかぎり、チャドにはこちらが見えない。全身泥まみれで地面すれすれを這い進んでいるので、地形の一部になっていた。泥と水が匂いをある程度ごまかしてくれるから、熊の鋭い嗅覚からも守られていた。

恐怖は長つづきしない。恐怖を抱けばエネルギーを消耗《しょうもう》する。しばらくすると肉体は恐怖を押しやり、目の前のことに集中しはじめた。這い進む一センチ、一センチに世界が集約される。一センチが十センチとなり、一メートルとなり、百メートルとなる。いずれ目的地に辿り着ける。諦めないことだ。

ゆっくりとしか進めないと思うと気持ちが挫けるので、なにも考えなかった。彼女の最大の強みは生きる意志だ。きっとやり抜ける。嵐と寒さと苦痛を乗り越えられる。捻挫にしろ骨折にしろ、痛めた足首そのものが命取りになることはないが、熊かクラグマンと出くわすようなことになれば、足を引っ張ることはたしかだ。これほど無防備だと感じたことはなかった。肉体的苦痛もだが、無防備だと感じるのもいやでたまらない。

泥と闇を味方につけて大地の一部となる努力をしてきた。

どれぐらい経っただろう——一時間、一生——嵐の中心は去っていった。雨は降りつづいているが、勢いはおさまっていた。体を強打するようだった雨脚が大降りぐらいになった。雷に打たれて唐揚げ状態にならずにすむのはひと安心だが、稲光は進む方向を知る手掛かりだったから——あの茂みまで、それからあの岩まで這い進む、とか——それがなくなると、あとは手探りで行くしかなかった。しかもその手の感覚が麻痺しているから、さらにゆっくりになる。

すべてをくっきりと、白黒で描き出す鮮明な稲光がなくなり、すべてが闇に沈んだとたん、針の先ほどの光が目に留まった。左前方だ。筋肉の動きを止め、地面と一体化する。クラグマン。この嵐の中、懐中電灯を持ってうろついているのは彼以外にいない。捜しに来たのだ。

非現実感に押し流されそうになった。彼はアンジーを脅威とみなしていない。それがわかって侮辱されたと思うべきか、ほっとすべきかわからなかった。足の怪我も、ライフルが泥をかぶって使い物にならないことも、彼は知るはずがないのに、懐中電灯をつけて自分の居所を知らせながら、彼女を捜しているとは。

どこまで間が抜けた男だ。そんな男に舐められるとは、自分も落ちたものだ。

彼は馬を持っている。馬は必要だが、よほどの幸運に見舞われないかぎり、馬を取り返せる見込みはなかった。ピストルは持っているが、ちかくの標的を狙うものだ。つまり、クラグマンが間近にやって来ないかぎり使えない。動きが制約されているから、彼を追い詰めることはできないし、おびき出して仕留めることもできない。でも、目の前に来たらためらわずに撃つ。

うまくカモフラージュできているとわかっていても、それほど安全だとは思えなかった。木陰へと這ってゆき、幹にもたれかかって懐中電灯の光から身を隠した。泥まみれのサドルバッグを引き寄せる。懐中電灯のおかげで熊でないことがわかるだけでもありがたい。クラグマンが相手ならピストルは威力を発揮する。キャンプ場に現われてデイヴィスを食ったような大きな熊が相手だと、ピストルは煩《うるさ》がらせるだけだ。

おぞましい記憶がよみがえり、体が震えた。生き延びることに必死だったら、あの光景を締め出しておけたけれど、いまそれがよみがえって胃がむかむかしてきた。恐怖がじわじわと忍び寄り、自制心を破壊しようとしていた。

深呼吸して、もう一度恐怖を締め出す。パニックに駆られてはならない。そうなったら生き延びられない。

木の幹に頭を休め、弱々しい光がちかづいてくるのを見守った。サドルバッグからまだピストルは出さない。すぐに使わないのだから濡らすのは意味がない。その代わり、サドルバッグに手を突っ込み、凍えた掌をグリップに当てた。こうしていれば、必要となったら瞬時に取り出せる。

じっとしていると疲労の波が押し寄せて、手足が震えた。木陰に身を隠してはじめて、疲れていることに気づいた――というより、すでに気づいてはいたが、疲れを感じることを自分に許さなかったのだ。許したら最後、苦痛に身を任せ、這う努力をやめてしまっただろう。疲れというような生易しいものではない。細胞のひとつひとつが弱り果てていた。息をすることさえ億劫になる。懐中電灯の光が揺れているのは、疲労のあまりまっすぐにものを見ることができないせいだろう。

それに寒い。心底寒かった。全身ずぶ濡れだ。十一月にしてはあたたかいといっても夏ではない。雪が積もっていないだけの話だ。嵐になるぐらいあたたかい。だが、雨と濡れた服が体温を奪い、発熱機能を低下させ、動いていないいまは生きるか死ぬかの瀬戸際だった。すでに低体温症にかかり、自力では体温を保てなくなっていた。這って山をおりることもだが、雨をよけ、あたたかくして体を乾かさなければ。でもどうやったら、その両方が達成できるのかわからない……チャド・クラグマンを殺し、彼の馬を……ちがう、自分の馬を取り戻さないかぎり。

気を引き締め、幹の向こうに目をやった。懐中電灯の光は上下しながら、まっすぐこっちにちかづいてくる。その動きからは、クラグマンが歩いているのか馬にまたがっているのかわからない。彼がこのままちかづいてくるのかどうか、じきにわかる。

心臓の鼓動が速くなり、吐き気がする。生まれたときから狩猟に馴染んできた。ライフルの腕はたしかだし、ピストルの扱いもなかなかのものだ。食べるために狩りをしたこともあった。だが、人間を撃つことになろうとは、夢にも思わなかった。でも、ここでピストルを握り、ついに今夜、いままで考えたこともない一線を越える時を、じっと待っている。生き延びるためには、やるべきことをやる。死ぬのが自分自身であろうと、クラグマンであろうと、ためらいはしない。

命を奪うことに疑いを抱くだろうと思っていたが、こういう状況になってみて……いいえ、疑いは抱かない。

いまはこっちが有利だ。クラグマンがやって来ることがわかっている。懐中電灯が彼の居所を教えてくれる。でも、向こうはこっちの姿が見えていない。悪いときに稲妻が光って姿が浮かびあがらないかぎり、彼が捜し回るあいだ、ここに身を潜めていられる。夜が明けるまでは安全だろう。問題は、それまで持ち堪えられるかどうかだ。夜が明ける前に、低体温症になってしまうだろう。

じっと待った。体は重く、空っぽだった。沈み込みそうでいて、浮いているような、不思議な感覚だ。こっちから仕掛けることはできない。やり返すだけ。その力が残っていることを願うだけだ。漆黒の闇が長くつづいた後で、稲光が空を染めた。アンジーは木の向こうに、クラグマンに目をやり、正確な位置を知ろうとした。彼はそれほど上手な乗り手ではないから、片手に懐中電灯と手綱を握り、もう一方の手にピストルを持つのは無理だろう。とくに……熊がキャンプ場に現われてから、クラグマンが馬を連れて逃げ出すまでの恐ろしい記憶がよみがえる。彼には馬に鞍をつける時間はなかった。裸馬に乗っていったのだ。懐中電灯を持った手で手綱をさばくことなどできるはずがない。片手にピストルと懐中電灯を持って、もう一方の手で手綱を持つことも、やはりできるはずがない。

それより、こんな嵐の中で、馬に乗ろうとするだろうか？　片手に懐中電灯、もう一方の手にピストルを握って、歩いて来ているのではないか？　それをたしかめなければ。

稲光は一瞬で消えたので、彼の位置を知るまでにはいたらなかった。顔を覗かせたまま目を凝らすと、また懐中電灯の光が見えた。ちかづいてくる光を見つめたまま、待った。数秒後に稲光が閃いたとき、馬上の人影が浮かびあがった。写真のネガのようにくっきりと。稲光が消えると、なにも見えなくなった——目がもう一度闇に慣れるまでのことだ——が、いま目にしたものだけで充分だ。角度が悪いのと、木々が邪魔で乗り手の見分けはつかないが、手に懐中電灯を持って、馬にまたがり、それも鞍を置いた馬に……二十四時間前、キャンプ場に連れて行ったどの馬ともちがう馬に。

べつの誰かが嵐の中をうろついている。いったいどうして？　クラグマン以外に追ってくる人間がいるとは思えなかった。こっちの知らないところでいろいろあり、何者かがクラグマンを捜しに来たのだろうか。でも、嵐の中、しかも夜中に捜索を行なうなんて常軌を逸している。とても考えられない。それともくたびれ果てた脳みそが、なにか見落としているのだろうか。

その可能性はあった。疲労困憊《こんぱい》で筋道立って考えられないから、間違った結論に飛びついたのかもしれない。乗り手に見つかったとして、知らない相手だったら……はたして撃てるだろうか、撃つべきだろうか？　わからない。誤った判断をくだしたくないから、体を低くして地面に融け込もうとした。見つかりさえしなければ、判断をくだす必要もない。

通り過ぎてくれることを念じて、じっと待った。ふっと意識が遠のいたのだろう。疲れた体がつかの間死んでいたのだろう。そのつぎの瞬間、目の前に乗り手がいた。少し下ったところにいた。稲妻がまたあたりを白く染めたとき、彼女の頭から血の気が引いた。

乗り手の顔は見えなかったが、見る必要はなかった。鞍に座るその姿勢は見慣れたものだったそれに、クソ忌々しい帽子も。デア・キャラハンは、真夜中にこんなところでなにをしてるの？

とろくなった脳みそをなんとか働かせようとした。理由はどうであれ、彼は熊のこともクラグマンのことも知らない。懐中電灯で自分の居場所を示すなんて、もってこいの標的だ。

心臓が肋骨を激しく叩き、声にならない悲鳴が喉の奥で形作られた。

どうすればいいの。さっきまで木の幹にもたれかかっていたのに、いまは這い進んでいる。筋肉と足首が悲鳴をあげる。彼に声をかけなくちゃ。思い切り肺に空気を吸い込んで、声を、どんな声でもいいから声を出そうとした。喉に引っ掛かるのを無理に押し出すと、かすれたうめき声が洩れた。彼の名前ですらなかった。

彼は目の前を通り過ぎようとしていた。だめ。だめよ！

必死で地面を掻き回し、石を掴んだ。投げた。というより投げようとした。投げるだけの力は残っていなかった。石は手から落ちて数メートル先に転がった。

泥を探って枝を見つけ、それで地面を叩いた。雨音と遠ざかる遠雷に、その音が掻き消される。

光に向かって、デアに向かって這った。辿り着けないかもしれない。そんな思いが脳裏をよぎった。諦めるものか、屈するものかと思う先から気持ちがくじける。彼がここにいる。

もうひとりではない。彼は長く暗いトンネルの先の、文字どおり光だ。その光が遠ざかっていこうとしている。

必死でべつの石を探したが、見つからなかった。

「デア」

ささやき声が喉に引っ掛かる。

彼は馬を回して、懐中電灯の光であたりを払った。馬は不安そうに動き、この状況に大いに不満そうだが、手綱を摑む強い手に従った。馬と乗り手が向きを変えた。

アンジーは自分の位置を見定め、彼がキャンプ場に向かおうとしていることに気づいた。彼は自分のキャンプ場にいたにちがいない。そこで銃声を聞いて様子を見に来たが、真っ暗闇と悪天候で方向がわからなくなっているのだ。やって来た理由がなんであれ、キャンプ場でなにが待っているか、彼はまったく知らない。

だめ。行ってはだめ。

彼女は叫んだ。声が飛び出した。ひと言、彼の名前が。「デア!」しゃがれ声だった。寒さに声がしゃがれ、疲労困憊だった。でも、届いた。彼は手綱を引いて、懐中電灯であたりを照らした。彼がガラガラ声で呼び返した。

「アンジー?　いったいどこにいるんだ?」

そう、たしかに彼だ。泣き虫なら泣き崩れる場面だ。

彼は馬を進ませ、まっすぐこっちにやって来た。震える腕をあげたら顔から泥に突っ伏しそうになった。ああ、彼の姿を見て嬉しくてほっとして、ほんとうに泣きそうだ。信じられない。彼がここにいるなんて信じられない。デア・キャラハンを見て、嬉しいと思うなんて——それを言うなら、歓喜に踊り上がるなんて——信じられない。これって、あたしの負けってことなんじゃない？

彼が呼びかけながらちかづいてきた。「どこにいる？　話しかけろよ、クソッたれ。なにか言えよ」

「ここよ」さっきより声が出た。木の幹に摑まって立ち上がろうとしたら見事にしくじり、泥にお尻をついた。雨が頬を流れる。笑おうとした。「あたしはここよ」

13

デアは腸が縮まるのを感じながら、懐中電灯を前後に揺らし、アンジーの居場所がわかる動きがないかと目を凝らした。だが、視界は悪く、強風のせいでまわりのものすべてが揺れ動いているので、ちょっと動いたぐらいでは見分けがつかなかった。アンジーの声は弱々しすぎて、声を頼りに位置を知ることができない。雨が彼女を呑み込んでしまう。雷の音で、べつの暴風雨がちかづいていることがわかる。早く彼女を見つけ出して、雨宿りしなければ。

キャンプ場を出た瞬間から雷に祟《たた》られつづけた。嵐の最中に馬で出掛けるのは馬鹿のやることで、つまり彼は馬鹿だということだ。そんなことわかっている。常識のかけらでもあれば物陰に避難している。だが、彼は馬と喧嘩しながら進みつづけた。つまり、馬のほうが常識があるのだ。若い馬を嵐に慣れさせ、落ち着かせることがますます難しくなっていた。馬を抑えることに注意をとられるので、捜索に集中できなかった。もう一度懐中電灯を左右に動かしながら、目に入る雨をまばたきして払い、悪態をついた。そのとき、地面ちかくの淡い輝きが目に留まり、懐中電灯をさっと下に向けた。泥だらけの小さなものがいた。動物だろうか——よく見たとたん、怒りと驚きにわなわな震えた。

いや、動物ではない。アンジー。彼女はそこに背を丸めて座り、歪《ゆが》んだ表情を浮かべていた。まさか笑みを浮かべようとしてるのか？　ぜったいになにかがおかしい。ふつうなら、彼女が笑いかけてくるなんて、ぜったいにありえないのだから。

手綱を強く引くと、馬は腹をたてた。デアがまたがって嵐の中へと駆り出した瞬間から、クソッたれ馬はなにかにつけて腹をたてていたから、いまになっておとなしくなるはずがなかった。アドレナリンが噴出し、体は一気に戦闘モードになった。ケースからライフルを引き抜いて馬をおりる。馬は怯えてアンジーに近寄ろうとしないので、低く垂れた枝に手綱を巻き付けた。大丈夫だと馬の首を叩いてやり、四歩でアンジーのところまで行った。

「どこをやられた？　どうしてこんなことに？」彼は言い、片膝をついた。懐中電灯の光をまず彼女の頭にあて、じょじょにおろしていった。血は出ていない。だが、泥まみれだから、動脈から血が噴き出したのでなければ見分けはつかない。彼女のかたわらに膨らんだサドルバッグがあり、彼女はライフルを胸に抱きしめていた。泥まみれのライフルは、火器というより棍棒だ。これじゃ撃ちたくても撃てなかっただろう。

彼女は歯の根も合わないほどガタガタ震えているのに、彼の懐中電灯を摑んでスイッチを切った。「ここにいてはまずい」細くてかすれた声だが力はあった。「光……居所がばれる」〝居所〟のひと言で、彼の中のスイッチが入った。厄介な事態だとわかる。心臓の鼓動が速くなったが、頭はすっきりと澄みわたっていた。即座に三百六十度の脅威評価を行ない、泥の中を二キロちかく這わされた原因を探した。

見えるのは、風と雨に打たれる木々と岩と泥だけだったが、五感は高度の警戒態勢に入っていた。問題はないように見えるからといって、安心はできない。五感と本能は戦闘で鍛えられていた。長く戦場を離れていても、本能は錆《さ》びついてはいない。きっと死ぬまで、体の一部はなにかあれば即座に反応するだろう。その一部が、彼女の言葉を即座に理解したのだ。何者かが、おそらくは、あの銃声を発した何者かが、彼女を狙ってこのあたりにいる。銃を撃ったのがアンジーであることを願っていたが、彼女は狙った的ははずさないから、彼女が標的にされたと考えるほうが理に適《かな》っている。

彼の研ぎ澄まされた感覚は、見張られているときのムズムズ感をすくいあげていないが、岩だらけの地形なうえに視界が悪いから、よほどちかくにいなければ懐中電灯の光は見えないだろう。この天候で人の跡を追うのは至難の業だし、彼女は踏み分け道を通っていない。もっとも、踏み分け道といってもほかよりは障害物が少ないという程度だし、雨で浸水していたから彼自身も道をはずれ、引き返して来ざるをえなかった。だが、そうしてよかった。

その前にやるべきことがある。最初に声をかけたとき、彼女がすぐに応じなかったのが気にかかる。それに、いまにも倒れそうなほど横に傾いているのも気がかりだ。片方の腕を彼女の体に回し、立てた膝にもたれさせた。「撃たれたのか?」

彼女はつっかえながら息を吸い込んだ。限界まで自分を追い込もうとするときの呼吸だ。彼女が頭を振る。「いいえ。右の足首」

「折ったのか、捻挫?」

またしてもつっかえながら呼吸する。「わからない。捻挫だといいけど」

いずれにしろ彼女は歩けない。キャンプ場に連れ帰るまで、なにもしてやれない。早速状況評価をはじめた。やるべきことはいくつかあるし、すべてをほとんど同時に行なう必要があった。だが、優先順位の筆頭は、彼女を馬に乗せることだ。彼女を安全な場所に移したら、状況を把握し、足首の手当てをして、衛星電話で助けを呼ぶ。もっともこの嵐では、衛星電話は使えない。

「いいか、まずきみを馬に乗せる」彼はやさしく言い、ライフルのストラップを肩に掛けて両手を自由にした。左腕を彼女の膝の下に滑り込ませ、右腕を背中に回して抱きあげた。まっすぐに立とうとしたとき、不意に頭皮がチクチクしてそれが全身に広がった。まるで数百のクモにたかられたみたいで、身の毛がよだつ。「クソッ!」声が口から洩れたときには、アンジーを下敷きにして濡れた泥の上にうつ伏せになっていた。それでも稲妻からなんとか彼女を守ることができた。

光の爆発が耳を聾《ろう》する。光と音が同時だった。純粋なエネルギーの爆発は、まるでボディースラムだ。巨人が大地を踏みしめたかのようで、地面が揺れていた。ぼんやりと心地よさを感じ、それで焼け焦げずにすんだとわかった。耳鳴りがして、オゾン臭に鼻がツンとなった。それでも、馬の恐怖のいななきが耳に入った。

「やばい！」アンジーから体を離した。落雷の衝撃で頭はガンガンいっていたが、なんとか体を動かした。馬は恐怖に白目を剝き、竿立ちになって手綱を振りほどこうとしていた。デアは最初の二歩は手をついたまま、そこでようやくバランスをとって上体を起こした。貴重な二秒の遅れが高くついた。災厄が木の枝に形を変えてやって来たのだ。それほど大きな枝ではなかったが、突風に吹き飛ばされた枝は、ぱちんこで飛ばした石のように馬の腹と首を強打した。

馬は暴れた。デアが首に飛びついて頭絡《とうらく》を摑む前に、首をひねって手綱を茂みから解き放ち、走った。馬がよくやるように数メートル走って止まることはしなかった。恐怖に正気を失って突っ走り、数秒のうちに闇に消えた。

「なんてこった！」デアは吠えた。「バカ野郎が！」自分に言ったのか、馬に言ったのかわからないが、こうなると歩かなければならない。しかも衛星電話はサドルバッグの中だ。天候が回復しても助けを呼べない。馬は百メートル先で止まったのかもしれないが、この暗さと天候では見ることができなかった。だが、おそらく止まっていまい。あれだけ怯えていたのだから、もう走れなくなるまで走りつづけるだろう。つまずいて首を折らないことを願う。

むしゃくしゃして息があがる。手綱をしっかり結んでおかなかった自分が腹立たしく、帽子をかぶらずにすむ状況なら、投げ捨てて踏み潰してるところだ。自分が悪い。馬がびくついているのはわかっていたのだから、手綱を枝にただ巻き付けるのではなく、結び付けるべきだった。アンジーのそばに早く行きたくて注意がおろそかになった。そしてこの様だ。彼女は怪我しているし――

声をたてない。

背筋が寒くなった。冷たい雨のせいでも嵐のせいでも、この窮状のせいでもない。雷電流が地面を流れて彼女を襲うなんてありえない。だったら彼も感電しているはずだ。だが、彼女を地面に叩きつける格好になった。ちょうどそこに岩があって頭をぶつけたとか……ゆっくりと顔を巡らせる。恐ろしくて吐き気がする。

彼女はなんとか起き上がろうとしていた。ごろんと横向きになり、両手をついて上体を押し上げようとしていた。レインコートのフードが落ちて頭が剝き出しだ。黒い髪は頭皮にへばりつき、雨と一緒に流れ落ちている。でこぼこの地面を、いったいどれぐらい這い進んできたのか。それでもまだ動こうとしている。勝負を投げていない。

胃がねじれた。馬が逃げ出したことで、さぞがっかりしているだろう。馬がいれば、一時間ほどで彼女を安全な乾いた場所に連れて行くことができた。こうなったら彼女を抱えて行くしかない。徒歩でキャンプ場まで戻るのにどれぐらいかかるのか。荷物を担いでいても、平坦な道なら一時間に六・五キロのペースで歩けるが、人を抱えて、この地形だと？　無理だ。崖から足を踏み外し、ふたりとも死ぬのがおちだ。あかるくなってからなら、なんとかキャンプ場まで辿り着けるだろう。夜が明けるまで数時間ある。そのあいだ彼女の足首の手当てはできず、あたたかくして乾いた服に着替えさせてもやれない。

彼女のかたわらに戻って膝をつき、起き上がるのに手を貸した。「大丈夫か？」

「わからない」彼女はぼうっとした顔であたりを見回した。「なんだか……変な気分。どこに……落ちたの？」彼女は震えていたし、息も荒く声は弱々しいが、ヒステリーの兆候はみられなかった。ありがたい。いつか話すこともあるだろう。彼女が冷静でいてくれたことに、どれほど感謝したか。戦闘でヒステリーを起こした男を何人も見た。男でも女でも、生きるか死ぬかの瀬戸際でヒステリーを起こすと、生き延びる確率はぐんと低くなる。

「それほどちかくなかった。おれたちが死ななかったんだからな。大事なのはそのことだ」

稲妻はいまも閃き、雷鳴が金属的な響きを聞かせながら山を横切っていく。至近距離の落雷を生き延びたからといって、つぎも大丈夫という保証はない。危険を脱したとはとても言えなかった。

「馬がいなくなった」彼は事実だけを告げた。

彼女はこくんとうなずいた。

怒りの集中砲火を浴びるものと覚悟した。アンジー・パウエルが、彼を馬鹿呼ばわりする機会を逃すわけがない。ところが、ただ座って震えている。震えなんていう生易しいものではなく、ガタガタと激しく震えて息をするのもやっとだ。ようやく言葉を発した。

「チャド……クラグマン……デイヴィスを殺した」そこで息を喘がす。「あたしを……撃った。馬を奪った」これ以上震えようがないぐらいの激しい震え方だ。彼は啞然《あぜん》とするばかりだ。彼女が責め立てないのがよけいに恐ろしい。こんな嵐の中を馬で出掛けた自分を、馬鹿だクソだと自分で責め立てたものの進みつづけた。真夜中の銃声に不吉なものを覚えたからだ。彼なりに想像してみたが、まさかここまでとは思っていなかった。いまなにより大事なのは、雨宿りをすることだ。そのことに専心しよう。体を休めることができれば、戦略を練り、可能性を検討する余裕が生まれる。

彼女はまだなにか言おうとしたが、言葉にならなかった。寒さと疲労のためだろう。あるいはほかに理由があるのか。痛みがひどすぎるのかもしれない。彼女の体に腕を回して抱き寄せた。肉体で支えることで、彼女に力を与えられるような気がした。戦場でもやってきたことだ。体が触れ合うことは、いつだって助けになった。やがて彼女は力を掻き集めて言葉を発した。「熊」

熊？　言葉はどこからともなくやって来た。彼はパッと顔をあげて鋭い視線をあたりに配り、右手はすでにライフルを構えていたが、四本脚の脅威は見当たらなかった。視界が悪いからなんとも言えないが、いまは目に見えるものを頼りにするしかない。顔をしかめて彼女を見つめる。「どういう意味だ、熊って？」

「熊が……キャンプ場のまわりをうろついていたにちがいないの……馬たちが大騒ぎしてた。熊は……デイヴィスの死体に食らいついた。大きかった。あんな大きな熊、見たことない……あたしはその場にいて、地面に――」

彼女は言葉を切ったが、それ以上聞く必要はなかった。デアは歯を食いしばった。熊が人間の死体を食らうのを間近で見るのは、たとえ死んでいるとわかっていてもひどいトラウマになる。それに、彼女は熊のことを知っている。匂いを嗅ぎつけられたらどれほど危険か、彼女は知っている。

上等じゃないか。殺人鬼に追われているだけじゃない。人食い熊も勘定に入れなきゃならない。質問があとひとつだけあった。もっとも大事な質問だ。「グリズリー、それともクロクマ？」

「クロクマ」

まずい。すでに充分まずい事態に最悪のひねりが加わったようなものだ。グリズリーは攻撃的だ。毛皮をまとった丸鋸みたいなものだが、それなりの理由があって攻撃する。人間が縄張りに侵入したとか、仕留めた獲物にちかづきすぎたとか、驚かせたとか。なにより恐ろしいのは、母熊と小熊のあいだに割り込んだ場合だ。クロクマはちがう。グリズリーとちがって、なんのきっかけもなく人間に襲いかかる。襲われるのは人間のほうに非がある、と熊愛護家は言うが、熊が生息する地域に住む住人はもっと分別がある。少なくともクロクマに関しては。

ここから離れなければ。人食い熊が出没するなら、できるだけ早くキャンプ場に戻るにかぎる。

「行くぞ。おれのキャンプ場まで長い道のりだ。最初はどういう態勢で行きたい？　背中におぶさるか、肩に担がれるか」

彼女は頭を振った。「あたしを抱えてはいけない。遠すぎる」

「最初からごちゃごちゃ言うな」忍耐力に自信があるほうじゃない——というか、ないほうだ。それに、彼女の言ってることはあまりにも馬鹿げている。いつからあまのじゃくになったんだ？「きみが歩けるなら這って来なかったはずだし、たとえおれの支えがあっても、こんな足場の悪いところ、何キロも片足跳びで行けるわけないだろ。もう一度言う。おんぶがいいか、肩に担がれるのがいいか。選べ」

また稲妻が閃き、彼女はすくんだ。震える手で顔を拭う。彼女が限界ぎりぎりだということに、デアはあらためて気づいた。「あなたはどっちが楽なの？」彼女がかんたんに折れたことが、疲労困憊ぶりを雄弁に物語っていた。

「楽かどうかは関係ない。だったらおれが決めてやる。まずはきみを肩に担いでゆく。右手が自由になるからライフルを持てる。必要なときに撃てるように。きみのキャンプ場から充分に離れられたら、おんぶしてゆく。ライフルはきみが持ってくれ。ちゃんと起きてて、必要なときに撃てるか？」

青白い顔の中で、大きな目が黒い穴のようだ。「あら、もちろんよ。起きてられる」

14

デアは彼女の両手を引っ張って立ち上がらせ、足に血が回って生じる苦痛に、彼女が歯を食いしばって耐えるあいだ、ウェストに腕を回して支えつづけた。彼女が少しリラックスしたので、回した腕の力は抜いたが、その体重をずっと支えてやった。体が震えているから、右足を地面につかなくても、いつ倒れるかわからない。

「オーケー、さあ、こうやっていくからな」彼女のサドルバッグの片方が背中に、もう片方が胸に垂れるよう左の肩に掛けた。彼女の泥まみれのライフルのストラップを右肩に掛ける。自分のライフルは右手に持った。「きみを左肩に担いでいく。左腕をおれの腰に巻きつけろ。おれは左腕できみを支える。それでかなり安定する。くたびれてて寒いだろう。休みたいだろうが、右手で懐中電灯を持って行き先を照らしてくれ。できるか？」

ときおり非現実的な稲光に照らされる暗闇の中だからはっきりとは言えないが、彼女はにやりとしたようだ。「懐中電灯を持てですって？　ええ……それぐらいならできるわ」

まぬけな質問だった。山を這っておりてきた女なら、懐中電灯ぐらい扱える。馬鹿な質問しないでよ、と言い返して当然なのに、今夜の彼女は、デアをやっつける絶好のチャンスを摑もうとしない。そこが引っ掛かる。頭を怪我してるんじゃないのか？

さてさて。つきとめる手段はひとつ、尋ねることだ。「なにかに頭をぶつけなかったか？」

「いいえ」

そういうことか。安全な場所に辿り着くまで、胸にしまっておくつもりだ。救助人を怒らせたら大変だ。彼のことを高く評価しているわけじゃないし、思ってることを口にしたら、この場に置き去りにされると心配しているのだろう。

「それじゃ、出発だ。さあ、懐中電灯」彼女が懐中電灯を摑むと、デアは屈み込んで彼女の腹に肩をあてがい、左腕を彼女の腿に回して立ち上がった。素早く無駄のない動きだった。彼女は体を硬くし、両手を彼の背中に当てて突っ張った。それから体の力を抜いて彼にもたれかかり、左腕を彼の腰に巻き付けた。レインコートを着ていなければ、ベルトに摑まってもらうことができるのだが、彼女には自分の筋力で体を支えてもらうしかなかった。

彼女は懐中電灯を下に向けてスイッチを入れ、斜めにして彼の前方を照らした。「これでいい？」

「もうちょっと下向きに」

彼女は黙ってそのとおりにした。明るいLEDライトが足元を照らす。彼女は懐中電灯を彼の脚に当てて固定した。いざ出発。

嵐の中、それも夜中に、人を担いで片手が塞がっている状態で山道を歩くのは、負傷しやすいという点で戦闘と大差ない。懐中電灯がなかったら、最初の三十分でふたりとも死んでいただろう。いま自分に課している任務がどんなに大変か、なんて考えないことにしていた。岩陰に身を潜めて嵐が去るのをまったほうがいいかも、なんて考えない。彼とアンジーには大きな強みがあった。彼女を殺そうとした男は、ちかくに人がいたことを知らない。デアのキャンプ場のことも場所も知らないし、そもそもキャンプ場があること自体を知らないだろう。うじうじ考えてその強みを無駄にするつもりはなかった。

それに、嵐がデアの足跡をついた先から消し去ってくれる。雨が降っているあいだにどれだけ遠くまで行けるかが鍵だ。

アンジーは痩せぎすだが、筋肉はしっかりついているから見た目よりも重かった。しかも、サドルバッグには五、六キロの荷物を詰めていた。だが、デアは彼女よりずっと重い鹿を担いで山をおりたこともあるから、嵐も、ライフルを肩に掛けるのではなく手に持たねばならないことも、彼女の足首にぶつからないよう注意しなければならないことも、たいしたことではなかった。

彼女がおとなしいのが心配だった。頭を下にしてぶらさがるのは苦痛だろうに、文句を言わないのは偉いと思うが、それにしても静かすぎる。体の緊張が伝わってこなければ、意識を失っているのかと思うところだ。それに、懐中電灯が彼女の手から落ちたりもしなかった。

三十分ほどして、彼は尋ねた。「耐えきれそうか？《ハング・イン・ゼア》」

彼女の胸がちょっと動いた。その動きを背中で感じた。「ああ……ええ。文字どおりぶらさがって《ハング》るものね」

彼女が笑った？　冗談を言ったつもりはなかったが、そうとってくれたのは嬉しい。笑えるなら大丈夫だ。

それとも、息を吸おうと喘いだのか。

彼女の体の震えはおさまっていた。低体温症にかかったのかもしれない。しばらく黙って歩いたが、片側がわずかに窪んでいる岩が目についたので、そこを利用することにした。三十分ごとに休憩をとるのも悪くない。疲れると馬鹿な間違いをするものだ。彼女の状態を知るためにも、休憩は必要だった。

「ここでひと休みしよう」ライフルを岩に立てかけ、彼女をそっと肩から地面におろした。ライフルを取り、彼女と一緒に小さな窪みに潜り込み、懐中電灯をつけた。電池がなくなる心配はなかった。ＬＥＤライトはふつうに使って数カ月もつし、乾電池はあたらしい。キャンプ場に予備の乾電池があるが、いまのところこれで充分だ。たとえ電池が切れても、アンジーの懐中電灯がサドルバッグに入っているから安心だ。

彼はため息をついた。雨をしのげるだけでもどんなにほっとするか。ブーツは防水だが、ジーンズの膝から下がぐっしょり濡れているので、ブーツの中まで水が入り込んでいた。靴下は完全に濡れてはいないが、じきにそうなる。

両手が冷たかったが、彼女の手ほどではない。肩に腕を回して彼女を抱き寄せ体でくるんでやり、彼女の両手を摑んで自分の首に押し当てた。小さな音をたてたのは、抗議の声を呑み込んだのか、安堵のため息だろうか。

「震えが止まったな。あたたかくなったのか?」

彼女がゆっくりと頭を振った。

まずい。してやれることはたいしてなかった。着火装置を持っていたとしても、この雨では火を熾すのは無理だ。山小屋には小さなヒーターがあるが、それがなんの役にたつ。

急いでレインコートを脱ぎ、彼女のレインコートを脱がせにかかった。彼女は抵抗しなかった。寒がる理由がわかった。レインコートの下に着ているコートがずぶ濡れだった。これでは体温を奪われるはずだ。

「クソッ、こんなの着てちゃだめだ」彼は言い、レインコートを脱がせた。

彼女は顔をしかめた。なにをされているのか理解できないと言いたげに。だが、抵抗はしなかった。窪みは狭く、肘が岩に当たった。ノンストップで悪態をつきながら、レインコートと重いコートを脱がした。それがすむと、もう一度レインコートを着せた。つぎに自分のコートのファスナーをおろし、彼女を膝に乗せ、前をはだけたコートで包み込んだ。彼女のレインコートの水が染み込んできて、彼は思わず息を呑んだが、さらに彼女を抱き寄せてコートとレインコートで彼女を包み込み、その上から彼女の濡れたコートでくるんだ。

してやれるのはこれだけだった。毛布と熱いコーヒーと焚火にはかなわないが、彼の体温が彼女を瀬戸際から引き戻してくれるだろう。

首筋に埋めた彼女の鼻は仔犬の鼻のように冷たかった。懐中電灯を消し、暗闇の中、彼女をしっかりと抱き寄せた。ふたりとも裸にならないかぎり、これ以上くっつくことはできない。

十分が経ち、彼女がまた震えはじめた。やった、と彼は思った。彼自身も少し震えていたが、体が冷えきってはいなかった。また歩き出したら体はあたたまる。無理をしすぎなければじわっと汗ばむぐらいだ。

腕時計を見て、あと十分休むことにした。これを三十分ごとに繰り返す。しばらく休憩して彼女をあたため、担ぎ方を変える。これからは彼女もそんなに寒くはなくなるだろう。休憩をとることで、疲れて愚かな真似をせずにすむし、担ぎ肩を変えることは双方にとっていいことだ。

「さあ、行くぞ」十分後、彼は言った。「今度はおんぶだ。いいな?」

彼女はしぶしぶ立ち上がったが、自分でレインコートのファスナーをあげることができた。彼が手を貸してコートを着せた。コートを外に着込むことで寒さ避けになるし、体を冷やすこともない。理想的な解決法とはいかないが、これでいくしかなかった。

ふたりともレインコートのフードをかぶった。デアは岩陰からしのつく雨の中に出て行った。アンジーが左足で立っていられることを確認してから、膝をついて彼女をおぶった。

これならなんとかなる。

やるしかなかった。

東の空が白みはじめるころ、丸木小屋が見えてきた。この十五分ほどであたりがだんだんあかるくなってきたので、懐中電灯の助けがなくてもものが見えるようになった。嵐は過ぎ去ったが、雨はまだやまない。横殴りの雨が顔を叩いて首筋を流れ、レインコートの下の服を濡らした。アンジーはすでにびしょ濡れだ。オイルドレザーのサドルバッグはもっているが、彼の帽子を含めてほかのすべてのものから水が滴《したた》っていた。泳ごうと思えば泳げるほどだ。

アンジーは肩にぶらさがっていた。休憩のたびに担ぎ方を変えたが、この格好のほうが彼女は楽みたいだ。だらんとしていられるからだろう。

休憩のあいだは低体温症から回復しても、じきに元の木阿弥だった。前の休憩からこっち、彼女はだらんとしたままで、いっさい口をきかなかった。

二時間前、そろそろ警戒を解いてもいいだろうと判断し、すぐ撃てるよう手に持っていたライフルを肩に担ぎ、両手を自由にした。アンジーがふっと眠り込んで懐中電灯を落とすことが度重なり、彼が持つことにしたのだ。彼女は落とすたびはっとなって謝ったが、もう限界にきていることは傍目《はため》にもあきらかだった。

自分でも意外だが、彼女が口汚くののしってくれたらいいのにと思った。へまばっかりして、このドジ間抜け、と食ってかかってほしかった。どうして馬を失ったの、なぜもっと早く見つけてくれなかったの、キャンプ場にやって来て、その存在を見せつけてくれたらよかったじゃないの、と。あとのふたつは言いがかりだが、いまはそんなことどうでもいい。彼女がシャキッとして、悪態をつきまくってくれるなら。彼がやることすべてに文句をつけてほしかった。黙り込む彼女は気に入らなかった。

話しつづけさせろ。負傷兵にはそうしたものだが、アンジーは一キロ手前で彼の問いかけに答えなくなった。彼女はトラウマを負い、低体温症にかかり、おそらくショック状態に陥っている。この一時間、休憩をとらなかった。十分の休憩よりも、彼女を安全な場所に連れて行くことのほうが大事だからだ。

気を紛らすものがないので、考えたくないことに思いが向かった。彼女が話してくれたことはそれだけで充分にひどいが、まだ話していないことがあるような気がしてならなかった。デイヴィスとクラグマンのようなクズ野郎ふたりを、女ひとりで案内する危険について、彼はハーランと話した。

彼女はレイプされたのか？　彼女の話とは食い違うが、それがすべてを語っているとはどうしても思えなかった。ほかにもなにかあったんじゃないのか？

長いこと、人を殺したいと思ったことはなかったが、いまなら、喜んでクラグマンに弾を撃ち込むだろう。

これまでの長い道のり、彼が目を光らせたのは武器を持った男と人食い熊だけではなかった。クソッたれ馬の姿も探していた。河原毛色の馬が彼の匂いを嗅ぎつけて戻って来てくれることを、あるいはキャンプ場に戻ってくれることを願っていた。馬は群れの動物だ。ひとりぼっちを嫌う。だが、馬の姿はどこにもなく、前方に見えてきた山小屋のまわりにも、その姿はなかった。

勝手にしやがれ。探してなんてやらないからな。戻ってこられなかったら――あの馬にとってはじめての山歩きだったから、まずそうなるだろう――デアたちは歩いて山をおりなければならない。アンジーの足首が折れていたら、彼ひとりで山をおりて助けを呼ぶつもりだ。あほんだら馬が逃げ出しさえしなければ、衛星電話で助けを呼べたのに。

彼はいま殺人鬼と人食い熊と、負傷した女とともに山の中にいて、容易に抜け出せない。これだけしっちゃかめっちゃかになってるのに、雷に打たれなかったのが不思議なぐらいだ。まあ、そんなことになったら、ほかの心配なんてしていられなくなっただろう。

デアは集中力に優れていた。声に出さずに愚痴を吐き散らしたあと、苛立ちをひとまずおさめ、なにをなすべきかに意識を集中した。アンジーの面倒をみることが第一だ。山小屋で服を着替えさせ、あたたかくして、足首の具合を見て――彼女が言わなかっただけで、ほかにも怪我しているかもしれない――食事をさせる。生き延びるための基本中の基本だ。治療、食事、水、睡眠。

病院もレストランも提供できないが、必要なものは揃えてある。彼女の世話が終わったら、つぎにどうするか考える。

「もうじき着くぞ」彼は言い、アンジーを揺さぶって目を覚まさせた。「大丈夫か?」

彼女はようやく返事をしたが、声はか細く震えていた。「そればっかり」

「ああ、きみが静かすぎるもんだからな」

彼女がなにかつぶやいたが、デアには聞き取れなかった。

「なんだ？」

彼女が顔をあげた。その動きを見るのではなく、体重の動きで感じ取った。「悪態ばっかりついてるのね、って言ったの」彼女の声は弱々しく、体は木の葉のように揺れていたが、彼を批判するだけの力は出てきたようだ。

ちょっとばかり嬉しくなった。世の中、まんざら捨てたもんじゃない。

15

山小屋に戻った。これで雨に打たれずにすむ。安堵に体を震わせ、荒らされた形跡はないかと馬房に懐中電灯を向けた。出掛けたときのままだ。なにもいないことを確認してからドアを閉め、重い掛け金をおろした。こういう造りにしたので、山小屋は頑丈な要塞《ようさい》となった。ここを訪れるたび、そのことに満足を覚える。

疲労困憊だった。日頃から体は鍛えているが、彼だってスーパーマンではない。ゆうべは雷鳴で目が覚め、銃声を聞いて雨の中に飛び出したからろくに眠っていなかった。この数時間はそうとう無理をしてきたから、ここが限界だった。山小屋があと百メートル先だったら、はたして辿り着けていたかどうか。

だが、まだ休めない。アンジーを抱えて梯子をのぼらなければならない。彼女の世話をするのに必要なものはすべて二階にあるし、二階のほうが安全だ。

梯子を見上げて考えた。一度ですべてを運びあげるか、アンジーだけ先に運びあげるか。

後者のほうが楽だが、はたしてもう一度梯子ののぼりおりをする体力が残っているだろうか。のぼっている最中に彼女を落としてしまったら元も子もないから、選択肢はひとつだけだ。まずアンジーを運びあげ、つぎに荷物を運びあげる。懐中電灯を棚に置き、二丁のライフルを馬房に立てかけた。「きみを立たせるから」彼は言い、両手で彼女のウェストを摑んで体重を移した。「といっても片足で、だが。できそうか?」

アンジーはしばらく考えてから言った。「わからない」

聞きたくない言葉だったが、正直だ。彼女を肩からおろし、自分の体に添わせるように床におろした。彼女を梯子のそばに立たせると、バランスがとれるまで支えてやった。彼女は梯子にもたれかかり、片足に全体重をかけた。

一階は暗かったが、二階の窓から射し込む光で彼女が全身を震わせているのが見えた。激しい雨が、彼女の体を覆っていた泥をあらかた洗い流していたが、それでも惨憺たる有様だ。薄闇の中で見る顔は蒼白、黒い目は大きく虚ろで、目のまわりには疲労の隈《くま》ができていた。揺れながら、震えながら立ち、好奇心のかけらも浮かばぬ目で彼をじっと見つめている。つぎになにをしろと言われるのか待っているのだ。

左肩からサドルバッグをおろして置き、梯子を見上げた。彼女をどうやって二階にあげるか、いくつもの方法を思い浮かべる。おんぶするのがいちばん楽だが、彼女に摑まっていられる力が残っているとは思えない。この方法はだめだ。彼女を押し上げるようにして梯子をのぼらせるのは、彼女の負担が大きすぎるし、やはりそれだけの力はないだろう。残るはひとつ。帽子を脱いでサドルバッグの横に放った。「もう一度おれの肩に乗っかれ」

彼女はなにも言わなかった。デアは深呼吸して体力を掻き集め、彼女のウェストを摑んで肩に担ぎ梯子をのぼった。彼女だって頭から落ちたくないだろうから、ゆっくりと確実にのぼる。二階まで長いのぼりだ――正確には十四段。左腕で彼女を支え、右手で梯子を摑む。膝で彼女の足首を押し上げて落とさないよう慎重を期した。

最後の二段からが大変だった。目の高さに支えとなるものがなくなる。いつもならなにも考えずにのぼるのだが、アンジーを担いでいるから動きのひとつひとつを考えて、それでいいとなったら慎重に実行に移した。疲れ果てていたから、筋肉の記憶ですらあてにならない。

ようやく二階に立ち、彼女をそっとおろして支えた。摑んでいなければ床に崩れ落ちるだろう。彼女の膝がガクガクするのは足首のせいばかりではない。疲労困憊だからだ。

仕切り壁のひとつに彼女の手をあてがう。「ちょっとじっとしていろ。できそうか?」

彼女は黙ってうなずいた。

急いで濡れたコートを脱がせ、床に落とす。レインコートのファスナーをおろしておなじように床に落とした。自分のレインコートとコートも脱いだ。山小屋の中はあたたかくないが、あたたまる前に体が乾いていないとまずい。

マットレスと寝袋を敷いてある小部屋に入り、プロパンのキャンプヒーターをつけ、LEDのランタンをつけた。狭い空間を照らす白すぎる光は、稲光に似すぎて不気味だが、そこまで劇的ではない。一瞬、アンジーが怯えた表情を浮かべたが、疲労がその表情を洗い流した。

「オーケー、もっと楽にしてやるからな」彼は言い、濡れないようマットレスから寝袋を取り去った。彼女のところに戻ると抱きあげた。彼女がケンケンでマットレスまで行くのを待ってはいられない。膝をついてそっとベッドにおろし、慎重に右足をつかせた。彼女は震え、それからため息をついて目を閉じた。

「ありがとう」呂律《ろれつ》が回らない。

「荷物を持ってあがる。すぐに戻るから」

彼女は返事をしなかった。デアは梯子をおり、アンジーの泥だらけのライフルも含めすべてを持ってあがった。荷物を床に放ると梯子を引きあげて横にして置いた。これで人も獣も侵入できない。

アンジーはマットレスに横たえたときのままだった。すぐに眠りに落ちたようだ――体はまだ震えていた。

起こしたくはないが、そうせざるをえない。「さあ、眠り姫、起きてくれ」彼女の服を脱がせにかかった。「濡れた服を脱がないとな」

なにがどうなっちまったんだか。彼女がこう言うのを聞きたいと思うなんて。「冗談はしてよ。あなたに裸を見られるぐらいなら、低体温症で死んだほうがまし」

だが、彼女はそんなこと言わなかった。なにも言わなかった。眠っているのか、それとも意識を失ったのか。

クソッ。

持って来た服を選り分けるのに時間はかからなかった。彼女には大きすぎるものばかりだが、贅沢は言ってられない。彼女のサドルバッグの中身はまだ調べていないが、着替えが入っていたとしても濡れているだろうし、ジーンズで眠りたい奴はまずいない。そうだろ？　フランネルのシャツとズボン下を選んだ。大きすぎるが、あたたかいし快適だ。それに着せやすい。救急箱とウェットティッシュも用意して、マットレスのかたわらに腰をおろす。食事と水を与えるより、体を乾かしてあたたかくするのが先決だ。それに足首の怪我の具合をみること。捻挫であってほしい。捻挫なら扱えるが、骨折は手当てをするのにすさまじい痛みを伴う。

「さあ、起きろ」彼女の肩を揺すった。

彼女はぎこちなくその手を払った。「ほっといて」もごもご言う。

「それはできない。さあ、起きるんだ。濡れた服を着たままじゃ死んじまうぞ。すでに低体温症にかかってるんだから。体を乾かさないとあたたかくならない。おい、起きろ」軍隊にいたときの命令口調で言った。

彼女は腫れたまぶたを少し開けた。真面目な兵隊みたいになんとか起き上がろうとしたが、筋肉が言うことを聞いてくれずに倒れた。

「できない」

「いや、できる。手を貸してやるから」背中に手を滑り込ませてやさしく起こし、サドルバッグを背中にあてがった。濡れているが、枕代わりになるのはこれしかない。「体を拭《ふ》いて乾いた服に着替えさせるあいだ、起きていろよ。それだけでいい。あとはおれがやる」

「はい」

彼女はマットレスの端を摑んで揺れていたが、倒れなかった。生真面目な黒い目で彼をじっと見つめる。「見ちゃだめ」

「よく言うぜ。きみを裸にしといて、見ずにすむと思ってるのか？」見ないと約束すべきなんだろうが、それじゃ嘘になる。彼女にもわかっているだろう。彼は男だ。見るにきまってる。

「きっと笑う。胸がペッタンコだもの」

意識が朦朧《もうろう》としているにちがいない。あの彼女がそんなこと言うわけがない。デアは笑うまいと頬の内側を噛んだ。彼女の感情を害してはならない。いまは喧嘩している場合じゃない。協力してもらわないと。「気にするな。おれのナニもそうとう小さい」平気で嘘がすらすら出た。

彼女が眉をひそめた。低体温症で疲弊した脳みそをなんとか動かして、慎みや不安を脇に押しやろうとしているから、しかめ面になるのだろう。

小さくうなずき、彼が服を脱がせることを許した。

いやらしいことは考えまい。気持ちがそっちに向かうのはいかにもたやすいから、気を引き締めてかからないと。せっかく彼女が信頼を寄せてくれたのだから、それに応えないといけない。手元の仕事に意識を向けた。そうする理由を忘れてはならない。いやらしいことを考えるのはあとまわしだ。

彼女は許可を与えるとまた無感覚状態に落ちてゆき、濡れた服を剥ぎ取ってもなんの反応も示さなかった。背中に手を回してブラのホックをはずしたときも、それは変わらなかった。こんなものはブラとも呼べない、ただの布切れだ。ほかの服ほどではないが、レインコートとシャツの下まで染み込んだ泥と水のせいで、ところどころ濡れていた。彼はそれを濡れたほかの服の山に放った。

アンジーの裸を想像したことがなかったとは言わない。想像した。何度か。いや、百回かそこら。でも、こんな状況で彼女の裸を見ることになろうとは、想像もしていなかった。小さくて丸い乳房と引き締まった乳首から視線をそらすのに、こんなに苦労するとも思っていなかった。彼女が言ったことは嘘だ。彼女の胸はたいしたものだ。小さくて高い位置にある美しい胸だ。彼女はおそらく、ブラジャーを、必要だからというより、つけるのがふつうだからつけているのだろう。キュッと引き締まった乳首は、まさに彼の好みだったが、彼がそうさせたからではなく、寒さのせいでそうなっているのはいただけない。肌に血の気がないのもいただけない。自力で起きていられないのもまずい。なんとも頼りなく、危険な状態にあることがわかったら、自分がしたいことをするのではなく、必要なことをする力が湧いてきた。

上半身に怪我を負っていないか調べる。擦り傷やあざはそこかしこにあったが、どれも心配するほどではない。切り傷や刺し傷はなかった。ウェットティッシュで顔から下へ向かって拭いてゆき、つぎにタオルで全身を擦ってからフランネルのシャツを着せてボタンをとめた。

それがすむと彼女をマットレスに横たえ、ブーツを脱がしにかかった。つい弱気になって左足から脱がせた。右足を脱がせるには覚悟が必要だ。ブーツを切ってしまえば楽だが。ひどい捻挫の場合はブーツが必要になる。まずブーツの紐をほどいてできるだけ緩め、そっと脱がせた。アンジーは即座に体を硬くして、喉の奥で悲鳴をあげた。「ごめん」広げた隙間に指を差し込んで足首を支えたが、足と足首を多少は曲げないことにはブーツは脱げない。彼女は拳を握り締め、歯を食いしばり、目をぎゅっと閉じて耐えている。

ようやくブーツを脱がせた。足首は青く腫れているが、骨が皮膚を突き破っていないし、見たところ不自然な角度に曲がってもいない。レントゲン検査ができるわけもないが、おそらく挫いたか、単純骨折の類だろう。いずれにしても、冷やして固定し、動かさないようにする以外にとれる処置はなかった。

だが、その前にやっておくべきことがある。残りの服を脱がせること。濡れたスウェットパンツのウェストバンドに指を引っかけ、下着も一緒に脱がせた。彼女はまたしても体をすくめたが、声は出さなかった。フランネルのシャツは彼女にはブカブカで腿の半分まで覆っているので、スケベ心を出さずにすんでいた。あくまでも、いまのところは。だが、当然というか、黒い恥毛がちらっと見えたとたん、心拍が倍に跳ねあがった。まいった。いつまで持ち堪えられる？

できるだけ。っていつまでなんだよ。

うならんばかりの勢いでウェットティッシュを袋から引っ張り出し、目につく泥を拭い、タオルで拭き、防寒用ズボン下を手早く、かつ足首に響かないようそっと穿《は》かせた。ようやく乾いた服に包まれて、彼女は安堵の声を発した。デアは思わずうなったが、彼女が服に包まれたのが残念なのか、ほっとしたのか自分でもわからない。最後に左足に靴下を履かせた。右足は手当てをするのでそのままだ。

オーケー、だいぶ進んだぞ。つぎは髪をタオルで乾かす。レインコートのフードで守られていたとはいえ、体のほかの部分と同様、濡れていた。それがすむと両手に移った。

腫れて、傷だらけで、ひどいもんだ。掌はズタズタだった。なるべく痛がらせないようやさしく拭く。傷口が開いたままの手で這いずって来たのだから、感染症の危険があった。泥を落とし、薬箱から消毒パッドを出して袋を破き、傷口に破片が入り込んでいないか調べながらそっと拭った。親指の付け根の切り傷に刺さった棘を抜き取ったときは、さすがに彼女も顔をしかめたが、声は出さなかった。抗生剤入りの軟膏をすべての傷口に塗り、ガーゼで覆って包帯を巻いた。

さて、足首の手当てだ。彼女と並んでマットレスに座り、問題の左足を見やすいように膝に載せた。できることはあまりなかった。アルコール除菌ティッシュを腫れた部分に当てて冷やし、弾力包帯で足と足首をしっかり固定するぐらいだ。

そのあいだ、アンジーは気持ち悪いほど静かで、気持ち悪いほどじっとしていた。心配になって肩をちょっと揺すってみる。彼女がわずかに目を開いた。「大丈夫か?」

「寒い」また目を閉じる。「眠い」

「その前に食べて飲まなけりゃな。それから寝袋に入れてやる」

彼女はうなずいたが、それすらも大儀そうだった。

ひと晩中動き回り、ただただ横になって七、八時間ぶっとおしで眠りたかったから、ここに備えてあるキャンプストーブを出してお湯を沸かすことまで気が回らなかった。それで熱々のインスタント・コーヒーを飲める。お湯に砂糖を入れただけでも充分だ。へたにカフェインを摂《と》って眠れなくなるより、砂糖入りのお湯のほうがずっとよさそうだ。

プロパンのキャンプストーブを鍵のかかる収納容器から取り出し、火をつけた。キャンプ用のパーコレーターもあり、ハンティング・パーティーを案内して来るときにはそれでコーヒーを淹れるが、いまはパーコレーターにボトル二本分の水を注ぎ込んで火にかけ、砂糖ふた袋をぶっ込んだ。これでよし。

お湯が沸くあいだに食料を出して、彼女を起こし、座らせた。彼女が憤慨してため息をつくのを、よい兆候と受け止めた。

「気分はよくなったか?」

「少し」疲労で声はまだか細く、まだ体を震わせていたが、それもよい兆候だ。

「砂糖入りのお湯を沸かしている。数分で沸く」マットレスの上に座って腕を彼女の体に回し、支えとぬくもりを与えた。「それまでこいつを食ってろ」パワーバーが二本あったから、袋を破って食べやすい大きさに千切って彼女に与え、自分も食べた。ふたりともカロリーを摂取する必要があった。くたびれきった体を燃やすエネルギーが必要だ。

パワーバーがなくなるころにお湯が沸いた。キャンプストーブを消し、お湯をふたつのカップに注ぎ、カップを持ってまた彼女のかたわらに座った。「こいつを持ってられるか？」

そう言ってカップを彼女に差し出す。

「たぶん」アンジーはカップを受け取ると小さく喜びの声をあげた。冷たい指先から熱が伝わってきたのだ。震える手でなんとかカップを口元に持ってゆき、お湯をすすった。腰をおろす前に出しておいたアスピリン二錠を渡すと、彼女はなにも言わずに受け取った。彼女も馬鹿じゃないから、アスピリンぐらいわかる。彼女と並んで砂糖入りのお湯を飲む。ぬくもりが全身に広がり、脚を伸ばすとようやく少しリラックスできた。

「ありがとう」黙ってお湯をすすっていた彼女が言った。

「どういたしまして。コーヒーじゃなくてごめん、だが——」

「お湯のことじゃないわ」声に少し力が戻っていた。食べて、熱いものを飲んだせいだ。

「ここに連れて来てくれたことや、ほかにもいろいろ」

デアは鼻を鳴らした。「おれがどうすると思ったんだ？　きみをほっぽり出したままにするとでも？」そもそも嵐の真っただ中、しかも夜中になにをしていたんだ、と尋ねるところまで頭が回らないのはありがたい。

彼女は手の中のカップをじっと見つめた。「いいえ、でも……こんな面倒なことになって、おまえはなんて馬鹿なんだって言われても仕方ないもの。ウェットティシュを投げてよこして、あとは勝手にやれって言われても仕方ない。あなたなら……」

「おれならそうしてもおかしくないか」

「ええ」ため息ともとれる短い返事だった。

「きみは馬鹿じゃない。きみのせいでこうなったんじゃない、とばっちりを食ったんだ。しかもきみは、自力で抜け出そうとした。体を拭いてやったことに関して言えば、自分でできそうなら、ほっといただろうな。だが、きみには無理だとわかったから手を貸した。それだけのことだ。なんてことない」彼女にはわかっていないだろう。前に肘鉄を食った女の服を脱がせて体を拭くことが、男にとってどれだけ面倒か。だが、そんなことは言わぬが花だ。

「あたしの命を救ってくれたんだもの、すごいわ」

彼は顎を揉《も》んだ。そんなこと言われるとこそばゆい。もともと口が達者なほうじゃなかった。無愛想だし、すぐにカッとなるし、忍耐強いほうではけっしてない。その三つともが揃ってるんだから、口のたつ男が生まれるわけがなかった。「いくらでもいやな奴になれるんだぜ」ぶっきらぼうに言う。「いい人ぶっても長つづきしない」

彼女がふっと笑みを浮かべるのを見て、デアはわが目を疑った。「そうかもね」

よし、それでこそアンジーだ。瞬時に彼を怒らせることのできる人間にお目にかかるのは、彼女がはじめてだったんだから。でも、彼女がほほえんでくれたのはすごく嬉しいから、こっちを怒らせるような言葉は、口にしてほしくなかった。安堵のレベルがさらに数段あがった。まだ予断を許さぬ状況だとはいえ、言い返すだけの元気は出たようだ。足首にひびが入っているかもしれないが、複雑骨折ではないから緊急にどうこうする必要はない。雨風をしのぐ屋根があり、食べ物と水もあり、あたたかだ。辿り着くまでは大変だったが、これでもう大丈夫だ。

ふたりともお湯を飲み干した。「それじゃ、少し休もう」帽子を脱いで横に置く。マットレスに泥がついていたので――気をつけたつもりだが――拭き取り、寝袋をその上に敷いてアンジーを寝かせた。彼女は足首をぶつけて顔をしかめたものの、寝袋の中で体を伸ばし頭まですっぽりとくるまった。

「疲れた」彼女がつぶやく。

「だったら眠れ。おれも乾いた服に着替えたら、きみと並んで眠るよ」

彼女は喉の奥で音をたて、まぶたを閉じた。

デアは濡れた服を脱ぎにかかった。アンジーに見られているんじゃないかと気になり、ときどき目をやったが、カメみたいに寝袋の中に引っ込んでいて、見えるのは頭のてっぺんだけだった。ほかのときなら、自尊心が傷ついただろう。ああ、きっと。

あすの――いや、もうきょうだ――計画をたてなければと思うのだが、頭が働かない。もう夜が明けたのに、雨はまだ屋根を叩き、ここに辿り着いたころから少しもあかるくなっていなかった。あたたかいし、食べ物もあるし、いまは疲労の波に身を任せよう。

プロパンのキャンプヒーターを、誤って蹴倒さないぐらいの距離をとって足元に置き、ランタンを消し、彼女と並んでマットレスに横になった。足がマットレスから出る。ダブルサイズのマットレスといっても、彼の基準からすれば小さすぎるが、ここの個室に合わせるとこれがせいいっぱいの大きさだった。だから、ひとりで寝るときは対角線上にマットレスを敷く。汚れた服を丸めて足を載せれば疲れがとれるとわかっているが、いまは起き上がる元気もないから、足がマットレスから出ようと知ったこっちゃない。

いっぱつで眠れると思っていたが、そうではなかった。疲労困憊なのに、アドレナリンがいまも全身を駆け巡っている。任務は終了した。ここなら安全だし、まあまあ快適だ。だが、長い目で見ればなにも片付いていないのだ。殺人鬼はうろつき回っているし、熊を始末しなければならない。嵐は去ったが、雨は降りつづいているから、なにをするにしても厄介だ。いつまでかかろうと、晴れるまでここを出たくはなかった。

「デア」彼の名が闇に浮かぶ。彼が眠っているなら起こすつもりはないけれど、ちょっと声をかけてみた、というようなささやき声だった。

「なんだ?」まいった。彼女が用を足したいのだとすると困ったことになる。簡易トイレは小屋の裏手で、雨が降っていることもだが、彼女を担いで梯子をおりたりのぼったりしなければならない――勘弁してくれよ。こうなったら、カップに出してもらうしかない。

だが、彼女は用を足したいわけではなかった。「体があたたまらないの。すごく寒い」

「砂糖入りの湯をもっと飲むか?」彼の中のすべてが、起き上がることを拒否していたが、無理に体を起こした。

「いいえ。あたし――」彼女は言い淀《よど》み、沈黙がつづいた。震える息を吸い込む。「あの……よかったら一緒に寝袋に入ってくれない? あなたはとてもあたたかいし、あたしは寒くて体が痛いくらいなの」喉の奥深くで発せられたため息は、うめきにも喘ぎにも聞こえた。

それから、ただひと言。

「お願い」

16

もし十時間前に、一緒に寝袋に入ってくれないかとデアに頼んだらどうだ、と誰かに言われたとしたら、それがどんな状況であろうと、その誰かはあきらかに常軌を逸しているから施設に収容すべきだと思っただろう。こっちが正気でいるためには、そうしてもらわないと困る。でも、ほんの八時間前まで、彼女はキャンプ場で平和な眠りについており、忌まわしい事件は起きていなかった。

あれからいろいろなことがあった。これで命運尽きたと思ったことが何度かあったが、それでも前進しつづけるしかなかった。デアが見つけてくれてからも、苦痛と惨めなまでの寒さは途絶えることがなかった。ただひとつちがっていたのは、ひとりではないということだ。強くて、けっしてへこたれない彼がそばにいてくれた。それでも、生き延びることに必死になっている脳みその端っこのほうで、寒さと雨と絶え間ない努力が、いずれは彼をも疲弊させるとわかっていた。

あまりの恐怖に、自分の魂の一部が修復不可能なほど変形してしまったような気がした。自分でもまだよくわかっていない。体が粉々になり、持てる能力のすべてが、うちに引っ張り込まれて生き延びるために酷使され、ようやくいまになって心と体が正常な形に戻ろうとしているような感じだ。

それでもまだ現実感に乏しいから、一緒に寝袋にくるまってあたためて、とデアに頼むことができたのだろう。彼がまったくためらわなかったことに、驚きもしなかった。

「じっとしてろ」彼が言い、膝立ちになって寝袋のファスナーを開き、平らに広げた。「きみはなにもする必要はない。おれが寝袋を引き抜く」

彼女は小さくうなずき、彼が寝袋を引き抜くあいだじっとしていた。伸縮性のある包帯でしっかり巻かれていても、動きのひとつひとつが、足首に響いた。包帯を巻くあいだ、彼は無言だったし、アンジーもなにも尋ねなかった。でも、いまは脳みそがまた回転しはじめている。彼がそっと右のふくらはぎを手で包んで持ち上げたので、思い切って尋ねた。「骨が折れてるの?」

彼がちらっとこっちを見た。疲れているだろうに、その目は鋭かった。「わからない。折れているとしても、単純骨折かひびが入った程度だ。重傷ではない」

いいんだか、悪いんだか。骨折のほうが、ひどい捻挫よりも治りが早いとはよく言われることだ。あすになって少しでもよくなっていれば、捻挫だとわかる。いずれにしても、いまさらどうしようもなかった。

　彼が寝袋を彼女の上に広げた。ダウンの重みを爪先で受けられるようもぞもぞと足を動かすと、足首がズキズキ痛んだ。もう、なんでこんなに痛いのよ。「自分の不甲斐なさがいやでたまらない」言ってしまってから、しまったと思った。不平を言うなんて。

「ああ、そうだろうな」彼は取りつく島もない。おしゃべりする気も、同情する気もないのだろう。そのほうがありがたい。彼は何時間もおぶって歩いてくれたのだ。痛めた足首が痛いだの不自由だの言うべきではなかった。「オーケー、きみの足首にいちばん楽な方法を考えよう。横向きに重なる格好を試してみよう。左を下にして」

　理に適《かな》っている。左に寝返りを打ち、できるだけ小さく丸まり、右足をそっと左足に重ねた。デアが寝袋に潜り込み、彼女にぴったりと体を添わせ、右腕を彼女の腰に回した。何時間も体を密着させていたので、それがなくなると頼りない気持ちがした。いままた彼を背中に感じ、お尻から脚にかけて彼の腿が触れるのを感じると、体の奥深くのなにかがほっと緩んでいった。自分でも気づいていなかった欲求が満たされたような感じだ。

　寒くなくなればそれでいい。震えながら寝袋を頭の上まで引きあげ、重ね合った体からぬくもりが伝わってくるのを待った。ドライヤーがあったら髪を乾かせるのに……濡れた髪のせいでよけいに体があたたまらない。疲れ果てていたからただもう眠りたかった。それなのに寒くて眠れないなんて、惨めすぎる。

彼が疲れたため息を洩らした。腰に乗った彼の腕が重くなる。彼のほうは難なく眠りに落ちたようだ。体の震えが彼の眠りの邪魔をしないよう、なるべくじっとしていた。うまくいかなかったようだ。しばらくして彼がつぶやいた。「いいから、歯をカチカチいわせてみろ。そのほうが早く体があたたまるぞ」

そうした。全身をガタガタ震わせた。歯がカスタネットみたいにカチカチいった。つぎからつぎへと震えの発作が起きた。ほっとするのもつかの間、すぐにつぎの発作が起きる。そのあいだずっと、デアはしっかり抱いていてくれた。発作の間隔が広がるにつれ、体が熱を発しはじめた。デアの体熱のおかげでダウンの寝袋の下はぬくぬくの天国となった。寒さが消えてなくなり、だるさが全身をとろかし、意識が遠のいていった。

眠りに落ちる刹那《せつな》、デアの眠そうなだみ声が聞こえた。「勃起して目が覚めたとしても、おれのせいじゃないからな」

「かまわないわよ」アンジーはつぶやいた。「心配になるほど大きくないみたいだから」本人がそう言ったんじゃなかった？　そのまま顔をマットレスに擦りつけ、まるで崖から足を踏み外すみたいに一気に眠りに落ちた。

チャド・クラグマンは岩棚の下で惨めに体を丸め、灰色の雨の帳を眺めながら、いつかやむときがくるのだろうか、と思っていた。夜のあいだに雷が遠ざかっていったので、嵐は去ったと思いはじめたとき、またしても稲光が閃いた。二度目の嵐は最初のよりひどかった。その嵐が山を駆けおりてゆくまで、馬たちを落ち着かせるのにおおわらわだった。

そんなふうにして夜が明けた。嵐は去ったと思うとつぎのがやって来て、雨は降りつづけた。日は昇ったものの夜と大差はなかった。ものが見えるようにはなったが、たかが知れている。山を流れる水は幅と嵩《かさ》を増すばかりだ。細流が急流になり、小川が渦巻く川になる。山腹は見渡すかぎりぬかるみ、木々も岩も呑み込んでいつ崩れ落ちないともかぎらない。

寒かった。馬がそばにいてくれてよかったとは思うが、狭いところで四頭の馬とひと晩過ごすのは、そう楽しいことではない。馬は小便をし、糞をし、屁をひる。あまりの臭さに鼻毛が燃えるかと思った。だが、馬から離れると寒くてたまらない。いくら臭くても、大量の熱を発散するからそばにいるしかなかった。チャドには自分で決めた惨めさの尺度があり、これはかぎりなく十点満点にちかかった。いったい誰のせいでこんなことになったのか。書き留めておいてやりたいと思うことじたい、正気を失いかけている証拠だ。巡り巡って自分の尻に食らいついてくるようなことを、いままでに書き留めたことはなかった。

こんなことになったのは、ミッチェル・デイヴィスとアンジー・パウエルのせいだ。ふたりで寄ってたかってこんな目に遭わせやがって。恨んでも恨み足りない。もっともデイヴィスはもう死んでいるが。彼が、アンジーの家のポーチならＷｉ‐Ｆｉが繋がることに気づきさえしなければ、財務報告書を調べようとも思わなかっただろうし、計画どおりにふたりを始末できたはずだ。なにがなんだかわからないうちに、ふたりは死ぬはずだった。アンジーがいまどこでなにをしているか、案じる必要もなかった。雨の心配をしなきゃならないのはおなじだが、少なくとも夜のあいだはテントの中でぬくぬくしていられただろう。食料も水も確保できたし、囲いにいるべきクソッたれ馬たちのおならで、窒息しかかることもなかった。

この雨では当分太陽は拝めなそうにない。いいような、悪いような。雨が降りつづくかぎり、アンジーは歩いて山をおりられないが——この目でたしかめないかぎり、彼女がまだ生きていると仮定して動くしかない——彼もまた動くに動けなかった。どこもかしこもぬかるんで足場が悪すぎるし、キャンプに馬で戻るあいだに低体温症にかかるだろう。そのうえ昼間だというのに視界が悪いから、百メートル先にキャンプがあったとしても見えないにきまっている。それも、いま自分がどこにいるかわかっていればの話だ。

だが、ほかに道はない。悠長に待っていられる状況ではなかった。ＳＵＶの鍵を取ってきて国を出ないことには、警察に連絡がいって捜索がはじまってしまう。雨があがるのを待ってはいられない。一刻一秒を争う事態なのだ。

馬をどうしよう。水と餌をやるべきなんだろうが、ひと晩こいつらと一緒に過ごしたいまは、どうとでもなれという気がしていた。栗毛だけには餌と水をやらないと。天気が回復したら、こいつで山をおりるつもりだからだ。ほかの三頭はどうでもいい。ただし、アンジーに乗られるのは困る。彼女がまだ生きていて、馬に乗れる状態だと仮定して。

水は問題ない。どこもかしこも水だらけだが、隠れ場所から出たくなかった。レインコートはないし、ゆうべの雨で上着は濡れていた。馬でキャンプ場に戻るまでにどうせ濡れるんだから、いま濡れてもおなじことだ。キャンプ場に戻れば着替えられる。根がやさしいから、水も飲ませずに馬を放すことはできなかった。

雨の中、水が飲める場所まで一頭ずつ引いていった。食《は》む草はあまりないが、馬が食べたそうにすれば立ち止まり、雨の中で背中を丸めて待ってやった。また濡れねずみになったのは言うまでもない。岩を踏み台にして鹿毛の背にまたがるころには、徳を施した気になっていた。

ほかの三頭は岩棚の下に繋いできた。手綱を振りほどいてさまよい出ないでくれればいいが。馬の居場所を確実に知っておきたかった。そうすれば、アンジーが馬を見つけて助けを呼びに行ったかどうかもわかる。馬たちはそうとわかる道にいるわけではないし、夜通しつづいた雨が足跡を洗い流してくれた。よほどの奇跡でも起こらないかぎり、アンジーが馬を見つけることはないだろう。

栗毛はぬかるむ不安定な足場が気に入らないようだ。踵で突かないとすぐ止まろうとする。肩をすぼめて雨に打たれていると、気は滅入るばかりだった。神に見捨てられた山奥から逃げ出したあとどこに行くにしても、そこは一年中太陽が燦々《さんさん》と降り注ぎ、どの道を行けばどこに行くかわかっている場所にする。太陽が出ていれば方角がわかるのに、分厚い雲に隠れているものだから、頼みの綱は自分の方向感覚だけだ。なにか目印でもなければ、それも怪しいものだ――岩や木々や茂みを〝目印〟と呼べるかどうかはべつにして。自信を持って言えるのは、のぼっているか、くだっているかだけで、それは役にたつ。この山脈は南北に走っていて、いまいるのは東斜面だから、南に行きたければ高いほうを右に見ながら進めばいいわけだ。

視界が届くぎりぎりのところに目印を見つけ、そこに向かってまっすぐに進むことだ。目印に辿り着いたら、またつぎの目印を見つけて進む。そのやり方で問題なのは、前夜、パニックに駆られて逃げ出したとき、まっすぐの道を通らなかったことだ。だが、山をのぼったか、くだったかぐらいは憶えているのでは？　ところがどっこい。どれぐらいの時間、馬を走らせたかも憶えていなかった。あてずっぽうでいくしかない。

鍵を必要としなければどんなにいいか！　熊さえ現われなければ、窮地に立たされることもなかった。アンジーを追い詰めて始末し、鍵を手に入れ、ひと晩ゆっくり休むことができたのに。悪天候はどうしようもないとしても、雨がやむのを待つ余裕はあったはずだ。熊はもういないにちがいないが、仕返しに尻に一発撃ち込んでやればさぞスカッとするだろう。

キャンプ場に辿り着いたのはまったくの偶然だった。木々もろとも山肌を洗い流す泥流に行く手を阻まれ、馬の向きを変えて六十メートルあまりのぼると、泥流が途絶えたので横切ろうとした。ところが、栗毛は急に尻込みして動こうとしなくなった。いくら踵で蹴っても梃子《てこ》でも動かない。どうとでもなれと馬に任すとぬかるむ足場をものともせず、せっせとのぼっていった。

雨に顔を打たれうつむき加減になる。帽子すらなかった。これほど肉体的に惨めな思いをしたことはない。それでも、この一年で乗馬の腕をあげていたので、なんとか裸馬にまたがっていられた。さもなければ、ぬかるみを歩いていただろう。

左前方、やや上のほうにオレンジ色のものを目の端で捉えたときには、興奮のあまりアドレナリンが一気に噴き出し、吐き気を覚えたほどだった。キャンプ場のテントはくすんだオレンジ色だった。安全上の理由からだろう。狩猟用ベストと同じ色だから、誰も撃とうと思わない。見回すと、あたりの地形に見覚えがあった。

あそこで馬が止まらなければ、なにも知らずに通り過ぎていただろう。馬はキャンプ場の場所を知っており、餌にありつけると思ったにちがいない。

鼓動が一気に速くなった。アンジーがあのテントのひとつにいて、武器を構え、彼が戻って来るのを待ちかまえているかもしれない。濡れることのない快適な場所で。それにひきかえ彼は四頭の馬と一緒に岩棚の下に押し込められ、ひと晩中、糞の臭いを嗅がされつづけた。テントの裏に回り込んで、弾を撃ち込んでいったらどうだろう——彼女をおびき出すために。

だが、ピストルに装塡してある以外に予備の弾はないので、無駄にはできない。むろん、テントには予備の弾があるが、それまでは慎重に行動しなければならない。

ゆっくりと馬をおりたとたん、馬糞に足首まではまった。しつこくへばりついてきて、うまく足を運べない。ブーツの紐がゆるんでいたら中まで染み込んできただろう。馬がびくつくのも無理はない。垂れ下がった枝に手綱を結び、馬の首を叩いてやさしく声までかけた。

まいった。手元にあるのはピストルだけだ。一方のアンジーは、彼を吹き飛ばすだけの威力のあるライフルを持っている。彼女に不利なのは視界が悪いことだけだ。

ピストルを手にゆっくりと前進する。頭の一部は、踵を返して逃げろと言うが、逃げることは選択肢になかった。だから、意識を恐怖に向けるのではなく、狩りに向けた。デイヴィスを始末する計画は、ある意味スリリングだった。いままでみんなに見くびられてきた。こんな入念な戦略をたてられるとは、誰も思っていない。行動に移し、引き金を引いた結果もたらされた満足感。アンジー・パウエルを狩ることには、べつの意味のスリルがある。デイヴィスとちがって、不意を衝《つ》くことができないからだ。

ただスリルを味わいたいからといって、焦って姿を現わして返り討ちにあうような真似はしない。

深い茂みのはずれで足を止め、キャンプ場の様子をうかがった。たいして見る物もないが、配置には工夫が見られる。それは認めてやろう。テントは低い台の上に立っているので、乾いて居心地がよさそうだ。しっかり固定されているので風に持っていかれてもいない。だが、人気《ひとけ》はないようだ。動きはないし、コーヒーの匂いも料理の匂いもしない。だからといって誰もいないとは言えない。アンジーはプロだ。そう易々と居所を明かすわけがない。

恐ろしい熊の姿もなかった。熊は餌を探してキャンプ場を漁るので有名なんじゃないか？テントは無傷だ。アンジーはぬかりがなかった。キャンプ場から離れた場所で、五メートルほどの高さに紐を渡し、袋に入れた食料を吊るした。それが功を奏したのだろう。

しばらく耳を澄まして様子をうかがったが、雨音以外はなにも聞こえなかった。なにも動かない。聞こえるのは風と雨の音だけだ。撃った弾がまぐれで彼女に当たったなんて幸運があるものだろうか？　彼女はすでに死んでいるのか？　彼女が邪魔をしないでくれるなら、弾に当たって死のうが、熊にやられようがどっちでもいい。

いま彼がやっているように、彼女もこっそり忍び寄ってこないともかぎらない。ゆっくりとライフルを構え、スコープを覗き……狩られるのはちっともスリリングではない。彼女が背後に迫っているかも、左後方、右後方……テントの中にいて、彼が姿を現わすのをいまかいまかと待っているかもしれない。心臓の鼓動が激しくなる。ピストルを握り締めた。でも、彼女がこっちに気づいていたら、もう撃ってきてるんじゃないか……そうだろ？　ひとつだけたしかなことがある。夜になるまで待ってはいられないこと。インスピレーションとか幸運が訪れるのを、ただ待っているわけにはいかない。

キャンプ場のまわりをゆっくりと回る。そのあいだもアンジーのテントから目を離さなかった。肉体的な惨めさも、寒さも濡れていることも空腹も吹っ飛んでいた。興奮と恐怖がずっしりと居座り、不快感をすべて洗い流してしまったのだ。興奮と恐怖を切り離すことは不可能だ。息が荒くなり、胃がでんぐり返るのは、どっちのせいかわからない。

ようやくアンジーのテントの裏手に辿り着き、耳を澄ました。しんとしている。彼女が中にいるとして、筋肉ひとつ動かしていない。眠りこけているのかもしれない。彼を待って夜通し起きていたので、くたびれ果てているのだろう。かわいそうに。濡れねずみで岩棚の下に馬四頭とともに押し込められ、馬の体温のおかげで凍えずにすむという理由から、必死で彼らを落ち着かせようとするのがどんなに大変か、おまえにわかるか？　意地悪な期待感に胸が締め付けられる。彼女をおなじ目に遭わせてやりたい。

テントの入口のファスナーを開くときが、いちばん無防備になる。うずくまって、片手でファスナーを開き、その音で彼女が目を覚ましたら――いや、待て。頭が回らない。ファスナーは外からは開かないようになっている。彼女が中にいるなら、ファスナーを開くことはできない。それはつまり彼女が中にいるということだ。テントが自分でファスナーをおろすわけがない。

そのことに気づいて心が躍った。彼女のようなアウトドア派ではないが、彼女よりは一枚上手だ。まわりからはとろい奴と思われているから、みんなの裏をかける。彼女だっておなじだろ？

そろりそろりとテントの表側に回った。

ファスナーは閉まっていなかった。入口のフラップは開いたままだ。

心臓がバクバクいう。彼女は足音を聞きつけ、テントを出たのか？　彼がキャンプ場全体を見渡せる位置までちかづく前に。それとも、中に隠れているのか？　彼の姿が見えるようフラップを開いたままにして——

落ち着くんだ。前に考えたことを思い出せ。彼女には撃つチャンスがあったのに、なぜ撃たなかった？　彼は会計士だ。論理的にものを考える。演繹《えんえき》的推理ができる。彼女に撃つことができるなら、彼はすでに死んでいる。死んでいないのだから、彼女には撃つことができない。

元気が出てきた。膝は震えていたが、テントの中に頭を突っ込んだ。空っぽだった。よし。いいだろう。彼女はいない。彼が自分のテントは調べないと見越して、そっちに隠れているのか？　いや、彼がテントに着替えに戻るとわかっているから、待ち伏せるにはいちばん適した場所だと考えるだろう。つまり、彼にとって、自分のテントにちかづくのはもっとも危険だ。

アンジーのテントから頭を引っ込め、もう一度あたりを見回した。もう、どうとでもなれだ。乾いた服はぜったいに必要だ。自分のテントに向かった。ぬかるみに足を取られる。こっちのほうがぬかるみが深いようだ。

さっきとおなじことをやった。立ち止まって耳を澄ます。永遠とも思えるほどの時間、耳を澄ましたが、テントの中からはなんの物音もしなかった。勇気を奮い起し、さっと中を覗く。アンジーはいない。出たときのままだった。

残るはデイヴィスのテントだ。SUVの鍵がどうかデイヴィスのテントにありますように。アンジーはいませんように。いたとしても、遺体でありますように。でも、なぜデイヴィスのテントに這い込んで死ぬんだ？

なぜなら、彼女を最後に見たのが、デイヴィスのテントのちかくだったから。

背筋が寒くなった。寒さのせいでも濡れているからでもない。クソッ！ どうしてもっと前に気づかなかった？

落ち着け、落ち着くんだ。だからってなにが変わるわけでもない。やっぱりほかのテントを調べないといけないし、静かに慎重にやらないとだめだ。ここでもシナリオはおなじだ。彼女がテントの中にいるなら、入口はファスナーがおりている。

デイヴィスのテントの入口は開いていた。念のため中を調べ、それから周囲に注意を配った。いったい彼女はどこにいるんだ？ 熊が引き摺っていったのか？ 確信する方法はないものだろうか。彼女はどのテントにもいなかった。よって、彼女は死んだか、歩いて山をおりようとしたかだ。歩いていったのなら、それほど時間は稼げない。だが、彼女がどこかをうろうろしているなら、一刻も早く鍵を見つけて国外に脱出しなければならない。この山の道をすべて知っているわけではないが、彼女が向かった方向はわかる。それに、彼女の目的地は彼のとおなじだ。

つまり、無駄にしている時間はないということ。デイヴィスのテントに入り、顔にかかった水を手で拭い、捜索を開始した。デイヴィスの荷物は多くなかった。ＳＵＶに着替えや装備は残し、キャンプ場にはサドルバッグと小さなダッフルバッグに入るものだけ持って来ていた。両方の中身を空ける。ない。もう一度、今度はゆっくりと探してみた。服のポケットはすべて探り、膨らませて使うマットレスの下や寝袋の中も調べた。

鍵はここにはない。

マットレスに腰をおろし、大きく息を吸い込んだ。なんとしても鍵を見つけないと！　キャンプ場では必要ないから、デイヴィスが鍵をポケットにしまっておくことは考えられない。だが、探すとしたらあとはそこしかない。食いかけの死体を探すなんて、考えただけで震えがくる。サメとおなじで、熊も鍵や服を呑み込むとしたら、お手上げだ。

クソッたれ。デイヴィスの死体を丹念に探している時間はない。アンジーの車の鍵でもかまわない。計画とはちがうが、アンジーのトラックがなくなっていれば、農場主のラティモアが疑いを持つだろう。だが、冒す価値のある危険だ。テントから飛び出した。雨にも気づかずアンジーのテントに向かった。

彼女のダッフルバッグの中身を空け、邪魔なものは蹴飛ばしながら、サドルバッグを探した。サドルバッグがない。念のためもう一度探してみたが、サドルバッグはなかった。

また心臓がバクバクいいはじめた。つまりはこういうことだ。彼女は死んでいない。数時間も先に山をおりたのだ。まずテントに戻って必要なものを揃えたのだろう。あらためて調べてみると、レインコートとライフルもなくなっていることがわかった。

彼女より前に山をおりなければ。どんなに胸糞悪かろうがSUVの鍵を見つけ出さねばならない。熊はもう遠くに行っているだろうが、念のためほかの武器も持っていこう。つぎに意を決して調理場に向かった。自分に腹がたって仕方がない。アンジーに先を越されてしまった。計画をめちゃくちゃにされかねない。慌てふためいて馬を盗み、怯えた少女みたいに逃げたりせず、彼女が死んだかどうかちゃんと確認すべきだった。なにもかもうまくいかない。デイヴィスを撃ったところをアンジーに見られるとは思っていなかったし、熊が現われるなんて思ってもいなかったし――誰が想像する?――自分がパニックに陥るとは思っていなかった。言い訳はできない。気を引き締めないと、事態は悪いほうへ悪いほうへ転がっていく。

気を取り直して木立を抜けた。それほど遠くなかったはずだ。せいぜい三、四十メートルだったろう?　そうそう、あそこだ。ふたりであそこに立っていたんだ。だが、デイヴィスの死体はなかった。ちかづいてみると、ぐちゃっとするものを踏んづけた。悪臭に吐き気を覚えた。下を見る。それが馬糞でないことに気づくまで間があった。馬糞ではなく、食い千切られた腸だ。「クソッ！」パッと横に飛び、もう我慢しきれなくなった。抑えようにも抑えきれない。激しく嘔吐し、胆汁が込み上げて喉が詰まった。この数時間、なにも食べていなかったので、空嘔《からえずき》に苦しんだ。まいった！　あたりに飛び散る殺戮の残骸は、とても人間のものとは思えない。ましてミッチェル・デイヴィスのものだとは。雨が血の大部分を洗い流していたが、なにものをもってしても、この惨状を洗い流すことはできない。

吐き気がなんとかおさまると、目元と口元を拭った。デイヴィスの残骸を踏まないようにして進んだ。雨が降っていても、悪臭はすさまじかった。鼻からではなく口で息をしたが、それでも臭う。また胃が暴れ出し、空嘔に襲われた。体をふたつ折りにして堪えようとすると、鼻汁が流れ落ちた。シャツの破片と並んでいるのは手の一部だろう。ああ、あれは指だ――ひどい有様だが判別はついた。

最初の恐怖が去ると、脳みそが目で見ているものを受け入れはじめたのか、反応することをやめてしまったようだ。上体を起こし、なんとか呼吸できるまでになった。ゼーゼーとまるで百歳の老人みたいだが。なんとか殺戮現場に立ち向かうことができた。肉体の破片はどれもおなじだ。デイヴィスのことは忘れよう。熊に襲いかかられたとき、彼はすでに死んでいたのだから。

気持ちが落ち着くと空き地を見回し、デニムの切れ端が目に留まった。そばまで行き、肉体の破片には目を瞑《つぶ》り、布地だけを見るようにした。よく見ると、ズボンの脚の切れ端だとわかった。なんの役にもたたない。ほかにも青い布の切れ端はあちこちにあり、なかには小さすぎてなんだかわからないものもあった。鍵が地面に落ちたとすると、このぬかるみでは見つからないだろう。クソッたれデイヴィス。どうして鍵をテントに置いておかなかった？　そもそも、なぜチャドに運転させなかった？

ここにはなにもない。がっかりしつつあたりをぐるっと見回した。空き地の向こうの茂みになにか引っ掛かっている。青くないが、あれは――ちかづいて灌木を押しのけ、棘で掌をザックリやられ悲鳴をあげた。

ぐっと唾を呑み込み、しゃがんでじっくり見る。引き裂かれて血が滲むジーンズの残骸。デイヴィスの一部をいまも包み込んでいる。また吐き気に襲われた。気を引き締めて手を伸ばし、ポケットに手を突っ込んで鍵を探した。ポケットの内側もベタベタしていた。目を閉じ、ただのジーンズ、ただのポケットだと思い込もうとした。指がポケットの底に達した。鍵はない。

クソッ！　怒りに駆られ、死体の一部を蹴った。さあ、どうすればいい？　考えるんだ。考えろ！　デイヴィスは鍵をどうした？

思わず額を叩きそうになった。なんて馬鹿だったんだ。デイヴィスは右利きだから、むろん鍵は右ポケットの中だ。彼が探ったのは左ポケットだった。

ブーツの先で死骸を蹴って転がした。「もう一度」つぶやいてポケットに手を突っ込んだ。今度はそれほどびくつかなかった。どうしても鍵を手に入れなければ。熊に食べられてしまったのなら、どうしようもない。つぎの町まで馬で行き、車を盗み、逃げる……その計画がうまくいく可能性はかぎりなくゼロにちかい。

指が金属をかすった。鍵を握り、引っ張り出し、切った掌に握り締めた。ワッと泣き出しそうになった。

鍵を握り締めたまま、目を閉じてしばらくじっと立っていた。あまりにも嬉しくてほっとして、ほんとうに鍵を見つけたことが信じられなかった。なにもかもうまくいかず、惨めな夜を過ごしたあとだからよけいにだ。

助かった。これで命拾いした。まだなんとかなる。アンジー・パウエルがうろうろしていようと、彼には馬がある。計画がある。必死で練り上げた計画を、女ひとりに台無しにされてたまるか。

この先、彼女に出くわすかもしれない。彼女を殺すチャンスを摑めるかもしれない。彼女を捜すつもりはなかった——時間がかかりすぎる。最優先事項は逃げることだ。だが、彼女に出くわしたら、ためらわずに撃つ。死んだことを見届けてから逃げる。鍵を手にしたのだからもうこっちのものだ。運命をふたたび自分の手に握った以上、誰にも邪魔はさせない。

17

熊は目を覚ました。満腹になると、倒木の陰で雨風をしのぎ、夜通し眠った。

この数日は充分に食っていた。嵐が来る前に、食べ残した死骸はすっかり片付け、そこでべつの人間のあたらしい臭跡を嗅ぎつけた。辿って行くと、そこは大きな獣の匂いに混じって人間の匂いがする場所だった。それから新鮮な血の匂いが鼻の中で爆発し、待ちきれなくなった。獲物がそこにいる。肉はまだ熱くて新鮮で、血はまだ流れつづけている。この獲物は逃げ出しもしなかったから、難なく捕らえた。

たっぷりと眠った熊は、隠れ場所ですっかり満足して丸くなっていた。音が聞こえるが、この天気だし、腹は膨れているし、わざわざ調べに行くこともない。ふたつほど興味を惹かれる匂いがしたが、眠いし、雨の中に出て行くほど強烈でも、魅力的でもなかった。

食べきれなかった遺骸は掻き集めておいたから、腹がへったらあそこに戻ればいい。匂いはまだ残っているはずだ。

18

アンジーが深い眠りから一気に目覚めると、足首に激痛が走った。つい声をあげていたらしい。お腹の上の大きな手が、なだめるようにトントンと動いた。

「足首が痛むのか？」デアのしゃがれ声が耳元で聞こえた。眠そうな声だ。

「動かすとね」呂律が回らない。頭に霧がかかっていて、うまく言葉を形作れないのだ。疲労で体は重く、筋肉はヌードルみたいにぐんにゃりしている。なんとか薄目を開けると、ぼんやりと薄闇が見えるだけだ。どこにいるのかわかっているが、何時頃なのかわからない。黄昏時《たそがれ》？　夜明け前？　昼夜ぶっとおしで眠ってしまった？

「何時間ぐらい眠った？」ため息交じりに尋ねた。目を瞑って心地よいぬくもりに沈み込む。

「二時間」

「それだけ？」

彼はうなった。背後で動きがあり、寝袋に冷気が流れ込んできた。思わず肩を丸める。彼が起き上がったのだ。顔をしかめ、薄目を開けて様子をうかがうと、彼は小さなプロパンヒーターをつけるところだった。あら、いいのに。いまでも充分にあたたかいから、燃料の無駄遣いはしないほうがいい。

まぶたが落ちてきて薄闇を締め出した。雨はまだ降っているけれど、服は乾いているしあたたかいから、ついうとうとしてしまう。デアがまた背後に潜り込んできて、ぴたりと体をつけた。重たい腕がもといた場所、ウェストの上に戻ってくる。まるで彼にすっぽりくるまれているみたい。お尻を動かして居心地のいい場所を探しだし、また眠りに落ちた。

「痛ッ！」と言ってまた目が覚めた。足を彼の足にぶつけてしまったのだ。寝ぼけ眼《まなこ》で起き上がり、フクロウみたいに目をぱちくりさせてあたりを見回す。でもよく見えない。デアがうなって寝返りを打ち、光を遮ろうと腕で顔を覆った。

アンジーは目を閉じ、立てた左膝にもたれかかった。足首の痛みは引いていたからとくになにをやるでもなく、ぼんやりとしていた。言うことをきかない足首を睨みつけたくもなるが、それもしんどいので、ただぼうっとしていた。なんだかむしゃくしゃする。「目が覚めた？」デアがじっと動かないので、ささやきかけた。眠っているなら起こしては悪い、でも、起きているなら……なんで言葉をかけたのか、自分でもわからなかった。

「きみに殴られたから？　ああ、起きてる」彼がうなるように言った。

身に覚えのないことで責められたのだから、怒るべきなんだろうか。でも、怒るだけのエネルギーを掻き集められない。「殴ってないわよ」たぶん。殴ってないと思う。膝に頭を載せたまま顔を横に向け、目を少し開いた。「でも、蹴ったかもしれない。足首が痛いから」

「きみは殴った」

まだ眠いし、ふらふらしているけれど、理屈はわかる。「どうやって？　あなたはうしろにいるのよ。どうやればうしろの人を殴れるの？」

「起き上がったときだ」彼は腕をずらして片目で睨んだ。「おれの腹を殴った」

ふたりは睨み合った。眠たいし、苛々する。体が揺れている。ため息をついてまた目を閉じ、彼の言ったことを考えた。「殴ったんじゃない」曖昧な記憶を辿って結論に達し、言い張った。「肘が当たったんだもの。拳骨じゃないわ」

「おれの腹はそうは思ってない。眠ったらどうだ」

「いま何時？」

彼は腕時計を見た。「きみが最後に尋ねてから三十分経過した」

それは困る。足を動かすたびに目を覚ましていたら、ゆっくり休めない。

彼もため息をついた。「オーケー、こうしてみよう」彼は寝袋をまくって脇にどけた。「仰向けに寝てみろ」

「ちょっと！」寒気に曝《さら》され、寝袋に手を伸ばした。

「すぐに掛けてやるから。ほら、おとなしく横になったらどうだ」彼は有無を言わさずアンジーを両腕で挟むようにして仰向けに寝かせた。つぎに右腕を彼女の膝の下に差し入れて脚を持ち上げ、彼女を取り囲むように横向きに寝て、彼女の脚を自分の腿に載せた。「これでどうだ？」

たしかに快適だった。とりあえずいまは。「いいわ」

彼は寝袋を引き寄せ、彼女の足が窮屈にならないようふわっと全体に掛けた。彼が深いため息をついて体を落ち着かせた。苛立ちのため息ではなく、リラックスしたため息だ。右腕を枕代わりにして、石が暗い水に落ちるようにストンと眠りに落ちた。

この瞬間が、この状況が、彼女の脳裏に刻み込まれた。彼の顔が見えるところまで頭を動かした。これだけちかいと、薄闇の中でも濃いまつげや、鼻梁を横切る小さな傷痕や、力強い骨格の細かなところまでよく見えた。ハンサムとは言えないが、男そのものの顔。仕事の多くを奪われたことで恨みを抱いていたけれど、その一方でどうにも抗《あらが》えないものを感じてもいた。彼がそばにいると、その存在を、耳障りなその声を意識しないではいられなかった。肌は磁石、彼は北の方角だ。どうしてもそっちに引き寄せられる。そんな自分の弱さがいやでたまらなかった。

眠れぬままに数分間――ほんの数分間――雨音と重く規則正しいデアの寝息に耳を傾けていた。思いもよらぬ場所にいて――彼と一緒のベッドに、腕の中に――それがあまりに自然だから、自分が目覚めているのかも定かではなくなった。

ちゃんと考えてみないと、でも……それはあとでいい。


彼がそっと脚をおろしたので、アンジーは目を覚ました。「なにしてるの？」彼女は苛立たしげにつぶやいた。この姿勢でようやくぐっすり眠ることができたのだろう。彼女は死んだように眠っていたはずなのに、ふたりのうちのどちらかが動くたびに相手を起こしてしまうよう運命づけられているらしい。

「行かないと」彼は起き上がって両手で顔を擦った。無精ひげがジャリジャリいう。

「行くってどこに？　まだ雨が降ってるんでしょ」眠り足りないのだろう。彼女はまごついたような、すねたような表情を浮かべた。

「どこに、じゃなくて、ただ行って来るだけ。つまり用足しに。きみはいいのか？」

ああ、もう。アンジーはうめいた。「言わないでくれればよかったのに」でも、彼は言った。こうなると問題を解決しないかぎり二度寝はできない。手首を回して腕時計を見たが、頭がふらふらして目の焦点が合わない。「時計が見えない」つぶやいて、腕をマットレスの上に落とした。あれだけ雨と泥に曝されたのだから、止まったとしてもおかしくない。「いま何時？」尋ねてから思った。時間がわかったからってどうなるの。

「もうじき正午だ」

どうりで、せっぱつまっているわけだ。自分の状態を考えると不安と諦めが募《つの》る。なんとか起き上がり、片手で上体を支え、気持ちを奮い立たせてあたたかな寝袋から這い出す。空頼みだとはわかっているが、言ってみる。「まさかここに水洗トイレはないわよね」

彼は鼻を鳴らした。オーケー、それで充分にわかった。

「簡易トイレは？」茂みの陰でしゃがまなくてすむ。挫いた足首に体重をかけずに、どうやって用を足したらいいのか、考えたってはじまらない。

「小屋の裏手にある」

ワオ！　つまり、ブーツを履いて、レインコートを着て、梯子をおりて、雨の中、けんけんで出て行くってことね。それでも、茂みで用を足すよりはいくらかましだ。

「用を足す容れ物をみつくろってくる」心もとない口調だ。「ボトルの口に命中させられるか？」

「簡易トイレならなんとかなると思う。あたしをなんだと思ってるの？　小便小僧？　女はそんなこと練習しないの」

彼が口元が歪ませると、頬の小さな傷痕がえくぼに見えた。ほかの男なら声をあげて笑っているところだろうに、デアに笑顔は似合わない。若いころは声をあげて笑ったのだろうか。気難しくて人を寄せ付けない男になったのは、軍隊にいたせいかも。

そう思ったら、はっとなった。おなじことが自分にも言える。若いころはよく笑ったし社交的だった。それから気後れと自信のなさから内にこもるようになり、人付き合いを避けるようになった。でも、そうやって壁を作ってしまうと、隠れているほうが楽になり、無防備な自分を人前に曝すことができなくなった。殻を破って友だちを作るのは大変な努力がいったが、それができてよかったと思っている。彼にはいったいなにがあったの？　壁の中に閉じこもってそのまま身動きができなくなったの？

「そういうことなら、バケツはどうだ？」彼がつまらなそうに言う。「馬の飼い付けに使ってるのがある」

想像したら笑いたくなったが、事情が事情だから真面目に答えた。「いいえ、けっこうです。なんとかするわ」

「だったら、レディーファーストだ。先に行け。おれはまだ我慢できる」

彼女はその気になったが、ぼんやりした頭の中で常識が目覚めた。「お先にどうぞ。スウエットパンツに着替えるわ。どうせ濡れるんだから」

彼は言い返さず、濡れて汚れたスウェットパンツを拾ってマットレスのそばに置いてくれた。ブーツを履き、レインコートを着ると、彼は梯子をおりて視界から消えた。

バケツですって？

ひとりになるとにやりとした。バケツの中身を捨てるといういやな仕事がなければ、彼の提案に乗ってもよかったかも。自分で捨てにいけるなら問題ないが、デア・キャラハンにそんなことはさせられない。

もっとも、彼には裸の胸を見られている——ほとんど全身を。ほかの状況なら屈辱を覚えていただろう。慎み深いからではなく、胸が小さいから笑わないで、と自分から彼に言ったから。あまりにも恐ろしい思いをして感覚が麻痺していなかったら、意志の力だけで——それとも頑固さゆえに——生き延びようと必死になったあとでなかったら、もっと気になっていただろう。人に弱みを見せることがなによりもいやなのに、いまは気にならなかった。胸が小さかろうが、彼が笑おうがどうでもよかった。ああいう経験をするとそうなるのだ。

でも、彼は笑わなかったし、笑うとも思っていなかった。彼は予想を裏切る。彼はまさにヒーローそのものだ。つまり、男を見定める力がやっぱりないということだ。自分を信用できない人間が、どうして他人を信用できる？

でも、そういうことはあとで悩めばいい。いまからこんなに疲れていたんじゃ、簡易トイレまでとても行きつけない。気を引き締め、ぶかぶかの長い防寒用下着を脱ぎ、冷たくて濡れていて汚れているスウェットパンツを穿いた。じっとりした布地が脚に絡み付き震えがきた。ひどい気分だけれど、いっときの我慢だからと自分を慰めた。トイレから戻ったら、見栄えは悪いけどすばらしくあたたかい下着に着替えられる。

問題は足首だ。というより足首に巻かれた包帯だ。これではブーツに足が入らない。包帯が濡れてしまう。こうなったら包帯を取るしかなかった。足首を見て顔をしかめる。いつもの二倍に腫れ上がり、黒と青と緑に変色して不気味だ。包帯の圧迫がなくなると、すさまじく痛んだ。

でも、どうすることもできないから、痛みは無視してブーツを履いた。中も外も濡れている。これも無視することにした。つぎはレインコートだが、羽織っても震えはこなかった。ファスナーを閉じてボタンをかけ、フードをかぶり、これで準備万端。ただし、ここは二階で、長い梯子をおりなければならない。

「千里の道も一歩から」そうつぶやいて、けんけんで梯子に向かった。

梯子に足をかけるのがひと苦労だった。梯子を摑んで腰をおろし、左足を段について腰をあげ、体の向きを変える。それがすんだら上半身の力だけで体を支え、左足をつぎの段におろす。手間はかかるがなんとかなる。

元気をとりもどしていない肉体には、これがひどくこたえた。全身の筋肉が震え、息があがった。最後の段に足をかけようとしたとき、ドアがきしんで開く音がした。

「ファッキング・ニプルス・オン・アイス！」

くぐもっただみ声に梯子から落ちそうになった。ドアが開く音を聞いていなかったら、落ちていただろう。梯子にしがみついて段のあいだから覗くと、裏口の暗がりの中に彼がいた。いま耳にした言葉に目をぱちくりさせる。「はじめて聞いたわ」小声で言う。「独創的」

彼は急いでやって来た。信じられないという顔で、でも怒っているのがわかる顔で彼女のウェストを摑み、梯子からおろした。彼女を立たせておいて、膝の下に腕を差し込み抱えあげ、濡れたレインコートの胸にひしと押し当てた。「首の骨を折ったらどうするんだ！」

「でも、折らなかった」完璧に筋はとおっているけれど、息はあがったままだった。「時間の節約になったし、あなたを消耗させずにすんだでしょ」彼の首に左腕を回して、胸がドキンとした。こうやって彼に腕を巻き付けていることが、あまりにも自然な気がして。

ところが彼はますます怒っている。「きみを抱えて梯子をのぼりおりするぐらい朝飯前だ」

彼女を外に連れ出してくれず、デアはただ突っ立っていた。アンジーのほうは、奮戦したせいで急を要する事態に陥っていた。「あなたの男らしさに疑いをさしはさむつもりはないわ」せっかちに言う。「お願いだからトイレに連れて行って。用を足すのが先決。叱るのはあとにしてちょうだい」

声に出さずにいくつか悪態を吐き散らすと、彼は裏口に向かった。ふつうのドアとはちがい、壁を刳《く》り抜いて蝶番《ちょうつがい》を取り付けたドアで、スチールのブラケットにツーバイエイト材を差し込んで取っ手にしている。「フードを押さえておけ」彼ががなる。「風がまだ強い」

彼女がフードを押さえると、デアは横向きになってドアを抜けた。雨はまるで瀑布《ばくふ》のようにふたりを叩いた。簡易トイレは小屋に接して置かれているからほんの数歩の距離だが、レインコートを着ていなかったらまた濡れねずみになっていただろう。デアは雨に頭をすくめ、トイレのドアを開けて彼女を中におろした。「ここで待ってる」トイレのプラスチックの屋根を叩く雨音に負けじと、彼は声を張りあげた。雨音がまるでドラムの音みたいだ。

馬鹿なこと言わないで小屋に戻って、と伝えようと思ったが、なにを言っても彼は梃子でも動かないだろうから、よけいなことで時間を無駄にしなかった。急いで用をすませ、殺菌ジェルで手をきれいにし、ドアを開けた。あっと言う間もなく、彼に抱きかかえられて小屋に戻っていた。

彼はアンジーをおろして重いドアを閉め、水が滴るレインコートを脱いだ。アンジーも片足でバランスをとりながらレインコートを脱いだ。彼が二枚のレインコートを横木に掛けた。

大きく息を吸うと干し草と馬と飼料の匂いがし、自分の馬たちのことを思い出した。「あのクソッたれ」口が滑る。「あたしの馬を四頭とも盗んでいった。ろくに世話もできないくせに。やっとまたがっていられるって程度だもの」

「だったら、落馬して首の骨を折ってるさ」デアが本気でそう思っているのが口調からわかった。

「そうなるといいけど」彼女も本気だ。

「そのアホンダラが振り落とされて死んでなけりゃ、力ずくでも馬を取り戻してやる。おれの馬も探し出さないと」そう言って両手を彼女のウェストに置いた。「よいしょっと」そのまま肩に担ぎあげる。衝撃で息が止まったが、文句を言うより彼にしっかり摑まった。自分で梯子をのぼらずにすんでよかった。もうへとへとだった。疲れているし、寒いけれど、濡れねずみではない。

彼が背中を向けているあいだに、スウェットパンツを脱いで防寒用ズボン下を穿いた。精も根も尽き果てていたから、彼に見られようとどうでもよかった。最初にズボン下を穿かせてもらったとき、見られているんだし。マットレスに横になると、すぐにうとうとしだした。彼はせっせと足首に包帯を巻いてくれた。そのまま眠ってしまったらしい。気がつくと彼が横に滑り込んできて寝袋を掛け、ぬくもりに包まれていた。

彼に体を寄せると、不思議なことに心が満たされた。彼のそばにいることが、こんなにも心地よいなんて。すっかりバランスを崩しているいまは、それがなによりも必要だった。すべてが片付いたら、判断力が戻ってくるだろうけれど、いまは無理だった。あたたかくて、彼がそばにいてくれたらそれで充分だ。

考えるべきことはたくさんあるのに、考えが意識の表面に浮かびあがってきても、頭が疲れすぎていて摑み取る気にもなれない。眠りが向こうからやって来るのがわかった。気持ちよい無意識の淵へ沈んでいくのがわかる。彼の腕に包み込まれ、安心して沈んでいく。

19

つぎに目を覚ますと、疲れが多少はとれたような気がした。数時間は眠ったにちがいない。外界にはなんの変化もなかった。雨は降りつづき、あたりはうす暗くて、ふたりは寝袋にくるまってぬくぬくしていた。でも、午後も遅い時間だとわかった。デアも眠っていたようだ。彼が起きて動き回っていたら、気づかないはずがない。他人と一緒に寝ることに慣れていないから、ちょっとしたことでも目が覚める。彼が相手でもおなじはずだ。

かたわらに眠る彼は、すっかりリラックスしていた。その体は硬く、あたたかい。ウェストに置かれた腕は重いし、うなじにかかる息は熱い。胸はゆっくりと深いリズムで上下していた。寝返りを打ってその胸に顔を押しつけたいと思う。熱い肌の匂いを吸い込みたい。頭がぼんやりしていたから、ついそうしそうになり、そこで現実に顔をひっぱたかれてハッとなった。

その小さな動きで、むろん彼は目を覚ました。深く息を吸い込んでゆっくりと吐き出し、彼女を抱く腕に力を入れた。これはもうハグと言っていい。そういう関係にあるかないかはべつにして。なんておかしな状況だろう、と思ったら笑みがこぼれた。ふたりして生死の境を潜り抜け、ぴったり体をくっつけ合って眠っているのに、ハグし合う関係ではないのだから。ひとつだけたしかなことがある。もう二度と彼を敵とはみなせない。そんなことできない。彼は敵じゃないもの。そもそも彼は敵ではなかった。でも、自分に自信がないものだから、ありのままの彼を見ようとしなかった。付き合いやすい人だとは思わない。気難しいのはずっと変わらないだろう。でも、鋼のような意志の力で、ふつうの男なら諦めるようなこともやり抜く人だ。

「どうかしたのか?」寝起きだから声がますますしゃがれていた。でも、答を期待してはいないようだ。彼女の頭に頬を擦りつけるとまたリラックスした。眠ったのかと思ったら、そうではなかった。おれのせいじゃないからな、と言っていた例の勃起したものが、お尻を突きはじめたのだから。

腕を払うとかしてやめさせようと思ったものの、セックスは自信が持てない分野のひとつだった。経験から言うと、一害あって百利なし、だ。感情を曝け出していいことはなにもないうえに、完璧とは言えない体と完璧とは言えない判断力というマイナス面があるから、男がそれをどう受け取ろうと、欲望の始末は自分の手でつけるほうがいい。ペニスが与えてくれるクライマックスなんておとぎ話だ。わざわざ人の手を煩《わずら》わすことはない。自分でやるほうがずっときれいだし、面倒なことにならないし、感情的にも楽だ。

べつにデア・キャラハンとセックスするつもりはない。クライマックスに達したいわけではないもの。それは彼だっておなじだろう。セクシーな気分にはまるでなれないし、見た目もセクシーとは程遠いはずだ。彼の勃起で得意になったりしない。ただの朝立ち、彼女とはなんの関係もない生理的な反応にすぎないのだ。たぶん。彼女がいなくたって、こうなるにちがいない。

だったら、じっとして突かれる感触を楽しめばいい。自分が原因ではない現象だとしても。あるいは、まるで気づいていないふりでさりげなく体の位置をずらし、自分から目が覚めたふりをするか。

「そんなに気にするな」彼がうなるように言った。「勝手に勃起してるだけだ。体で応える必要はない」

そんなわけで、彼女の善意は雲散霧消した。デア・キャラハンぐらい頭にくる人間はそういるものじゃない。「あら、これがそうだったの?」やさしくささやく。「てっきりリップクリームだと思った」

彼がおもしろがっているような声を出した。声をあげて笑うタイプだと想定して。彼が大きな手で肩を摑み、やさしく彼女を仰向けにした。それから肘をついて上体を起こした。彼の意図に気づく前に、手を摑まれてジーンズの中の硬い盛り上がりに押し当てられた。「リップクリームが聞いて呆れる」口角がちょっと持ち上がっているから、どうやらほんとうに笑っているらしい。

アンジーは固まった。彼のやったことがショックで頭が真っ白になり、気がつくと地図に載っていない領域にさまよい込んでいた。どうやって入ったのかもわからない。まるで十代の少女みたいに真っ赤になり、手を振りほどいてもごもご言った。「な、なにするの？」誘いかけられた、と彼は思ったの？　誘い方も知らないというのに。めったなことは言えない。「誤解を正さないとな」彼はこっちの問いかけに答えるつもりらしい。「正確に言うとふたつの誤解だな」

こんなに途方に暮れていなかったら、聞き流していた。好奇心に負けることもなかった。「ふたつ？」つい口が滑った。あっという間に状況が変化したことに、すっかりパニックになっていた。

「ひとつ目は、言わなくてもわかると思うけどな」彼は目尻にしわを寄せ、ほんとうに笑った。目の色は鮮やかなブルーだ。もし膝立ちになっていたら、ぐらっときて倒れていただろう。ああ、どうか頻繁に笑わないでちょうだい。まさに必殺の笑顔だった。「ふたつ目は、あとでおしえてやる」

「どうしていまじゃだめなの?」まったくもう! どうなっちゃったの? 相手にしなければいいじゃないの。どうして黙ってられないの? デア・キャラハンが彼女の手をペニスに押し当てたからって、知らん顔してればいいのに。なにも考えず、彼の気をほかに逸《そ》らすべきだ。手を振って前言を撤回した。「気にしないで。なんでもないの」

「それは見解の相違だな。でも、まあ、あとで」彼はあくびをして起き上がり、首を左右に回し、両腕を頭上に伸ばし、肩を回し、ポキポキいわせて顔をしかめた。彼女をここまで運びあげたのは重労働だったのだ。申し訳ない。彼にお礼を言ったけれど、言葉だけでは彼の苦労に報いられない。

「トイレに行かなくていいのか?」彼は尋ね、首を左右にひねった。またポキポキいった。

「いいえ、大丈夫」お手上げの仕草をした。「ごめんなさい」

「なにが?」

「あなたの体をだめにして。動くたびにライス・クリスピーみたいな音がしてる」

「ポキポキ、バリバリ? ああ、毎朝、起きたてはいつもこうだ」

「あたしのせいで悪くなったにきまってる」

「まいったのは泥だな。意識のある人間を担ぐのはそう大変じゃない。死体は重いけどな」

死体を運び慣れている人の、あっけらかんとした言い方だった。ごろんと転がって立ち上がった。筋肉痛とは無縁の身軽さだ。「腹が減った。夕食に食べたいものあるか？　食事には不自由させない。備蓄してるし、持ってきた分もある。かんたんにすませたいならジャーキーかパワーバー。お湯を沸かせばスープかシチューだって――」

「シチュー」彼女はぱっと起き上がった。唾が湧いてきた。夜のあいだの強行軍で消費したカロリーを考えれば、お腹がすくのも無理はない。この二十四時間で口にしたのは砂糖の入ったお湯と、パワーバー一本だけだ。「手伝うことない？」

「手の届く範囲でここを片付けてくれ。けさ散らかしてそのままになってるからな」

申し出を断わられなかったことが、なんだか嬉しかった。楽に動けないのでできることはかぎられるけれど、這って回って散らかった汚れ物を拾い集めた。泥だらけのブーツは脱ぎっぱなし、泥をかぶったライフルとケースは隅に立てかけてあったが、デアのライフルは手の届くところにあった。けさ、お湯を飲むのに使ったカップは床の上、パワーバーの包み紙もそのままだった。

デアは軍人だ。その彼が自分の居所をきれいにしなかったのだから、けさ、彼女を担いで梯子をのぼったとき、どれほど疲れていたか想像がつく。

集めたゴミはゴミ袋に入れ、濡れた服は畳んでおいた。こうしておけば、彼が下に持っており、馬房の仕切りに広げて乾かしてくれるだろう。彼女が掃除をしているあいだに、デアはキャンプストーブを持って来て点火した。暖房にも使うつもりだろう。いまはもう寒くはないが、小屋は冷え切っていた。

「おもしろいデザインね」手を振って小屋を指す。「自分で建てたの?」

「設計はおれがやった。建てるほうは人を雇ってやらせた。忙しくて自分じゃできなかった。それに大工仕事は好きじゃない」それから黙ってパーコレーターに水を注ぎ、彼女をちらっと見た。ブルーの目がキラリと輝く。「べつに裏の意味があって言ってるわけじゃない」

「どの部分が?　あなたのほうは引っ張りだこなのに、あたしはじり貧だって言いたかったことが?　それとも、大工仕事をするあなたを想像させることが?」

茶化した言い方だった。自分でも意外だが、仕事がふるわないことに少しの怒りも湧かなかった。すんだことはすんだこと。きっとなんとかなると思っていた。それに、彼が気を遣ったことがおかしかった。

「最初の部分だ」

彼は困難から逃げない。真正面から向き合って対処する。でも、いまのところ困難に直面していない。これからどうなるかわからないが、ゆうべの彼はまだ余裕があるように見えた。それがいつ限界に達するかわからないが、少なくともいま、ここで、ではないだろう。

「いいの、気にしてないから。それより、小屋のデザイン、気に入ったわ。馬たちが安全に過ごせるもの」

彼はパーコレーターを火にかけた。「おれとしては四輪駆動車を使いたいんだ。速いし、面倒がない。だが、客の多くが、馬に乗って道なき道を行きたがるんでね。そういう要望には応えてやらないと。こういう造りなら、四輪駆動だろうが馬だろうが下に収容できる」

「熊対策ね」その言葉を口にしただけで、記憶が鮮やかによみがえり胃の底が抜けた。苦いものが喉に込み上げ息が詰まった。けっして忘れられない。あの光景を頭から締め出すことはできないのだ。

「ああ」彼が鋭い視線をよこした。表情の変化に気づいたのか、声に出ていたのか。「ゆうべなにがあったんだ？　最初から話してごらん」

左足で床を押してあとじさり、壁にもたれかかって両脚を伸ばした。「どこがはじまりかわからない。ふたりの客にはここに来る前からいざこざがあったみたい。あったにちがいないわ」

「口論していたのか？」

「いいえ、でも、仲良くもなかった。名前はチャド・クラグマンとミッチェル・デイヴィス。前にクラグマンのガイドをしたことがあるの。アウトドア派じゃないけど、去年、仕事関係の客を連れて来て、今年も予約を受けたから、おなじような事情だろうと思ったの。仕事で接待しなきゃいけない相手なんだろうってね」

デアは使い捨てのボウルふたつにシチューミックスを入れ、彼女と並んで壁に寄り掛かった。肩に触れる硬い上腕三頭筋があたたかだ。腿が腿を擦る。「おれも仕事仲間のパーティーのガイドをするが、たいてい仲がいいぜ」

自分が話すことに意識を向けなければ。ぴったりくっついて座っていて、体温を分け合っている大柄の男にではなく。「ミッチェル・デイヴィスはわが家に着いたときから不機嫌だったわ。あたしのやることなすこと気に食わなかったみたい。宿泊施設も料理もキャンプ場もなにもかも。生まれつきいやな奴で、死ぬまでいやな奴のままって人間、いるでしょ？」

「会ったことある」

彼女はため息をついた。「きのう、ふたりを残してキャンプ場を出たの。前に熊の痕跡を見つけた場所に行って、あたらしい痕跡がないかたしかめるためにね。そこでなにか光るものを見つけて、ちかづいてみたらデジタルカメラと格子柄のシャツの切れ端だった」大きく息を吸う。「あたりには熊の足跡があり、大量の血が流れていた。それに、なにかを引き摺った跡も」

「なんてこった」彼は頭を壁にもたせて、信じられないという口調で言った。「まさか跡を辿っていって熊の獲物を見つけたなんて言わないよな」

「思っていたよりもちかかったの。それに気づいたから、なるべくちかづかないようにして、よく見える場所に回り込んだ。獲物が人間かどうか確認するためにね」

彼は呆れた顔で彼女を見つめ、大きなため息をついて頭を振った。「おれもおなじことをしただろうな」

「ライフルを持ってたし、熊避けスプレーもね。物音に耳を澄ませ、あたりに視線を配り、慎重に一歩ずつ進んだわ。被害にあったのは男だった。男だと思う」低い声で言い足した。

「熊は食べかけのまま残して、泥を上にかけていた」

「きみのキャンプ場に現われたのとおなじ熊だな。クソッ」

「ええ、おなじ領域に人食い熊が二頭いる可能性は？」

彼は頭を振った。「農場を賭けるまでもない。おなじ熊だ」

「それでキャンプ場に戻って、クラグマンとデイヴィスに言ったの。あすの朝——つまりきょうね——全員でラティモアの駐車場に戻って通報するか、それともふたりは残って、あたしひとりで山をおりるかどっちかに決めてくださいって。デイヴィスは案の定、いやな顔をしたから、ツアーの代金を払い戻すと言ったわ。それで了解した。あたしはさっさと自分のテントに引きあげた。デイヴィスから離れたい一心で。クラグマンのほうが感じがよかったから、デイヴィスに邪険にされて気の毒に思ってたの。あたしがいかに人を見る目がないか、これで証明されるわ。真夜中に、しゃべり声で目が覚めて、口論をしているようだった。ブーツとコートを着て、ライフルと懐中電灯を持って、仲裁に出掛けた」

彼女はそこで言葉を切り、前夜の出来事をもう一度振り返ってみた。「ふたりは調理場にいた。ガイドをするあいだは眠りが浅いから。そうでなけりゃ、しゃべり声は聞こえなかったと思う。面倒が起きないか、眠っているあいだも警戒しているのね」

「面倒が起きたことがあったのか？」彼が顔をしかめた。アンジーの表情を読もうとしている。顔を巡らすと、驚くほど鋭い彼の視線がそこにあった。

「いいえ、まさか、ないわよ。でも、警戒はしている。あたしは女だから。男とちがって、いろいろ大変なのよ。警戒しないほうがおかしい。でも、それだけじゃないの。あたし……なんて言うか、その、熊が恐いの」気弱な告白だった。

「おれだって、熊には用心してるぜ」

「用心するなんて生易しいもんじゃないわ」すっかり打ち明けてしまったらどう？「熊の夢を見るの。それで、あの死骸を見て、すっかり怯えてしまって。眠れなかったのも無理はないの。それはさておき、ふたりにちかづいて行くと、デイヴィスがクラグマンに向かって、よくも盗んだなとかなんとか言ってた。喧嘩はやめてって、あたし、怒鳴ったの。そしたらデイヴィスがこっちを見て、クラグマンが彼を撃った」

彼女のしゃべり方は単調で、目は遠くを見ていた。「彼は最初から殺すつもりだったのよ。デイヴィスは彼を脅かすような動きはしていない。あたしの見たかぎりはね。それから、クラグマンはあたしを狙って撃った。地面に倒れた拍子にライフルが手から離れた。あたしは転がりつづけた。馬たちは暴れてた。嵐が真上に来ていた。クラグマンがそばを通ったので、顔を伏せてじっとしていたわ。すでに泥だらけだったから、それが身を守るのにいちばんだと思った。それから……熊が現われた」

彼女が何度も深呼吸するあいだ、デアは黙って待っていた。「クラグマンは熊を見ると逃げ出した。馬を四頭とも連れて逃げたの」

「彼は熊がきみを襲うことを願ったんだろうな」

そのことを、アンジーは考えないようにしてきた。そういうシナリオがずっと頭から離れず、いまだに考えると胃の底が抜ける。「彼は馬に鞍をつける手間を省いたから、どこまで行けたかわからない。それほど上手な乗り手じゃなかったもの。あなたを見たとき、クラグマンかと思った。そこで稲妻が光って、鞍をつけた馬に乗っている姿が浮かび、彼じゃないとわかった。そうじゃなきゃ、じっと隠れたままでいたわ」

「間一髪だな」

それでも控えめな言い方だ。アンジーは目を閉じ、頭を彼の肩にもたせた。ひとときでもいい、人と触れ合って安心したかった。それから頭を離し、唾を呑み込んで話をつづけた。

「ライフルが必要だったけど、落とした場所のそばに熊がいたの。デイヴィスの死体を弄んでいた。ズタズタにしていた。熊のほうに這っていくあいだ、稲妻が閃くたび凍りついたわ。熊はこっちに気づいていなかった。あたしがたてる音は雷鳴に掻き消され、熊には聞こえていないと思った。でも、風向きが変わって匂いを嗅ぎつけられたら……デイヴィスの死骸はほっといて、あたしに襲いかかるかもしれない。でも、ライフルが手に入れば、仕留めることができる。ところが、ライフルは中まで泥が入っていて、撃っても無駄だとわかった。テントまで這って戻って荷物をまとめて、歩いてキャンプ場をあとにしたの」

「足首を捻挫したのはいつだ？」

彼女は顔をしかめた。「三十分も経たないころ」

「つまり、何時間も這って進んだのか」口調は穏やかだったが、その言葉から張りつめたものを感じる。

彼女は苦笑した。「ほかになにができる？　諦める？　それはない」パーコレーターを顎でしゃくる。「お湯が沸いたわ。シチューを食べましょう」

20

和やかな沈黙の中で、ふたりはマットレスに並んで座り、壁にもたれかかってシチューを食べた。ドライミックスにお湯をかけて作る〝シチュー〟とか〝スープ〟は、食べられる代物というだけだとずっと思っていた。でも、味の不足分を塩とコショウとケチャップ、それにホットソースで補ったこのシチューは、まあまあの味わいという以上に、あつあつのもので胃が満たされた満足感を与えてくれた。鼻歌のひとつも歌いたくなる気分だ。

使い捨てのボウルとスプーンをゴミ袋に捨てることも含め、後片付けを終えるころにはすっかり暗くなっていたので、デアがLEDランタンをつけた。アンジーは不安げに窓の外を眺めた。「クラグマンにあかりを見られたら?」

「それはないだろう。第一に、彼がここにやって来る理由がない。ここに小屋があることも、おれがここにいることも、彼は知らない。きみがおれと一緒にいることも、知っているはずがない。彼が利口な人間なら、きみのキャンプ場で雨がやむのを待つだろうさ。熊が舞い戻るかもしれないから、ライフルを構えてな」

彼の言うことはもっともだ。その存在すら知らないものを、チャドが探し回るわけがない。アウトドア派ではないといっても、山をくだればいいことぐらいはわかるだろう。横道にそれるわけがない。睡眠と食事をとったおかげで、脳みそがまた働き出し、いくつかの結論を導き出した。そのひとつが彼女の心を掻き乱す。「クラグマンは最初からあたしも殺すつもりだったと思う」

「かもしれない」デアが、そんなのは過剰反応だ、と即座に否定しなかったことが、かえって嬉しかった。「デイヴィスに責められるだろうことを、彼は予測していたんだな。そうでなきゃ、なんでピストルを持ってたんだ？」

「ふたりには、テントを離れるとき、懐中電灯とライフルをかならず持っていくよう注意しておいたわ。クラグマンは、ピストルでもいいだろうと思ったのかも。ああ、でも、狩猟の経験が乏しい人間でも、ピストルでは熊を撃退できないことぐらい知ってるわよね。それに、あたしはわざわざ〝ライフル〟と言ったんだし」

「ピストルを持って出たということは、なにか魂胆があったんだ。ライフルは隠し持つことができない。ところで、デイヴィスはライフルを持ってなかったのか？」

「持ってたはずよ」稲光に浮かびあがったふたりの様子を、記憶から辿ってみる。デイヴィスは左側をこっちに向けていた。彼は右利きだから、ライフルを持つとしたら右手だ。「持っていたとしても、あたしからは見えなかった。でも、右手にライフルを持って、銃口を下に向けていた可能性はあるわ」

「クラグマンはピストルを持っていた。デイヴィスがそのことを知っていたかどうか。仮に知らなかったとしよう。知っていたならもっと警戒していたはずだ。それはそうと、クラグマンの職業は？」

「会計士」

デアはうなり、どこからか銃の手入れ用具を出してきた。「おそらくデイヴィスの資産を横領したんだな。それをデイヴィスに見つかった。だが、クラグマンのほうが一枚上手だった。このツアーでデイヴィスを殺すつもりだったのなら、ああ、きっときみも始末する計画だったろう。唯一の目撃者だからな」

「でも、彼がここにいたことを知る人間はほかにもいるわよ。レイ・ラティモアもそのひとりだし、ハーランだって。どうして逃げおおせると思ったのかしら？」

「犯行がいずればれることは計算の上だろう。ツアーの初日か二日目にきみとデイヴィスを殺せば、きみの捜索がはじまるまでに一週間はあるから、国外に逃亡できる」デアのしゃがれ声が厳しさと冷たさを増した。彼の言葉に背筋が冷たくなった。アンジーもおなじことを考えていたからだ。クラグマンがデイヴィスを殺したのは、カッとなったからでも、自暴自棄になったからでも、デイヴィスにいやな思いをさせられたからでもない。そう考えるとよけいに恐ろしくなる。クラグマンは熟考の上でデイヴィスを殺し、彼女も殺そうとしたのだ。鳩尾《みぞおち》に一発食らった気がした。

「そう考えると、熊があたしの命を救ってくれたわけね」でも、どう考えても熊に感謝する気にはなれなかった。地べたを這いずり、熊がデイヴィスの死骸をむさぼるのを茫然と見ていたのだからなおのことだ。へたをすればつぎは自分がああいう目に遭うと思っていた。

「クラグマンはいまなにをしているのかしら。雨があがるのを待っているか、あたしを捜し回っているか、それとも、ラティモアの駐車場にできるだけ早く戻ろうとしているのか」

デアはライフルを取り上げ、ランタンの光が届く場所で、手際良くライフルを分解しはじめた。「彼がもしラティモアの駐車場に向かったとしたら、流れる雨水でいままでなかった場所に川が出現し、しかもそんな急流を渡ることがいかに無謀かわかるはずだ」

アンジーは想像して顔をしかめた。「あたしの馬が怪我するか、死ぬかしたら――」無駄にいきり立ってもしょうがない。クラグマンをこの手で始末できる可能性はゼロにひとしい。彼はもう手の届かないところに行ってしまった。彼がどうにかしてラティモアの駐車場まで辿り着き、国外逃亡を果たしてしまえば、それが犯罪人引き渡し協定を結んでいない国だったら、彼は晴れて自由の身だ。そのあたりは調べがついているにちがいない。山をおりる途中で死んだら死んだで、それまでだ。しかめ面で彼を見る。「彼に仕返しできないのは、むちゃくちゃ腹がたつ」

彼がしゃがれ声で笑った。正真正銘の、キャラハン流の笑い声。胸がキュンとなって胃の底が抜けた。まるでジェットコースターで急降下したみたいだ。しばらく彼の様子を眺め、それから自分のライフルに目をやった。ふだんなら真っ先にライフルの手入れをしているのに、小屋に辿り着いたときは、彼女もデアもへとへとだった。でも、いまなら手入れできそうだ。

「そっちが終わったら、手入れの道具を貸してくれない？」

デアは彼女のライフルをちらっと見て、手元に視線を戻した。「おれがやってやる」

困った。彼の申し出にどう応えればいいのだろう。ライフルの手入れぐらい自分でできる。彼だってわかっているはずだが、念のため尋ねてみる。「手入れの仕方は知ってるわよ」

彼は顔をあげ、不可解な表情でアンジーをじっと見つめた。「ああ。だが、泥まみれだから、馬房に持っておりて泥を落とさないとな。ここを汚したくない」

「ああ。それもそうね」でも、彼の申し出にはなにか裏があるような気がしてならなかった。苛立ちのため息をぐっと堪える。いつものことだが、先の先を読んで自滅しそうだ。彼女が動けないから代わりにやってくれる、それだけのことだ。

できることはなにもなさそうなので、寝袋にくるまって彼の仕事ぶりを眺めた。手際良く部品を拭いて油を差して、組み立て直す。動きのひとつひとつが、軍隊で過ごした年月を物語っていた。彼のこと、どれぐらいわかっている？　おなじ町で育ったから顔ぐらいは知っていたが、彼のほうが五、六歳上だから接点はなかった。彼女が小学生のころ、彼は中学生だった。中学生にあがるころには、彼は高校生だった。高校生になったときには、彼はすでに入隊していた。

彼が故郷に戻るまで、言葉を交わした覚えはなかった。金物屋で引き合わされ、家に帰るあいだじゅう、彼と握手した手がジンジンしていた。彼の手の荒れた感触と握る力の強さを忘れられなかった。つぎに言葉を交わしたとき、彼はデートに誘ってくれたのに、ガイド・ツアーに出掛ける支度で忙しくて断わってしまい、悔いが残った。それから数カ月して、またデートに誘われたけれど、彼をすごく恨んでいたから鼻もひっかけなかった。

彼は地元の人たちにとても受けがいい。彼をぼろくそに言う人にお目にかかったことがなかった。彼は気難しい。でも、それが生まれつきなのか、戦争経験によるものなのかわからない。嵐の中、何キロも彼女を担いでくれたのだから、気難しいぐらいは大目にみてあげなくちゃ。ほかには？　悪態をつきまくる――でも、彼女の世話をするあいだは、嫌味のひとつも言わなかったし、悪口雑言《あっこうぞうごん》をはかなかった。彼といるといまも落ち着かない気分になるし、彼はイチモツが小さいなんて嘘を言った。

でも、相手のことをそれほど知らなくても結婚する人はいっぱいいる。

慌ててそんな考えを脇に押しやる。彼女がぞっとするのは、結婚生活ではなく、結婚することのほうだ。結婚しようとして、はちゃめちゃになった。もしやり直せるものなら……いえいえ、世の中にはけっしてやり直せないことがある。

彼は自分のライフルの手入れが終わると、アンジーのライフルを持って階下におりていった。動き回る音が聞こえた。青白い光で懐中電灯をつけたのだとわかった。窓の外は真っ暗で、雨はまだ降っていた。雨は好きだったのに、これからはおなじ気持ちで雨を眺められないだろう。熊とおなじだ。熊が現われなければ、クラグマンに殺されていた。嵐がやって来なければ、熊は彼女がたてる音を聞きつけるか、姿を見るかしただろう。結果は想像したくもない。だが、嵐のせいで死にそうになったのも事実だ。でも、生きたまま食われるよりは、低体温症で死ぬか溺死するほうがましだ。

そんなこと考えちゃだめ。

デアがたてる音に耳を澄まし、ここにいれば大丈夫、ふたりとも安全よ、と自分に言い聞かせた。雨風をしのげる小屋があり、食料も水も暖房機も、とっても寝心地のいいベッドまである。危険なことはない。早急にやるべきことはあるけれど、それは天気が回復してからのこと。山では嵐でできる急流が命取りになる。頂から流れ落ちる水はスピードと水嵩を増し、すさまじいパワーで巨礫も木々も押し流す。馬に乗っていても山をおりるのは危険だ。まして歩いておりるとなると、デアですら不可能だろう。

雨がやんで水が引いて、でも彼女が歩けなければ、デアひとりでラティモアの駐車場までおりることになる。ひとりでここに残されることは心配していなかった。でも、彼にもしものことがあったらと思うと、胸がムカムカしてくる。

彼がライフルを肩に掛けて梯子をのぼってきた。泥はおおかた拭い取ってあるが、メカニズムを丁寧に掃除しなければならない。彼はランタンのそばにまたどっかりと腰をおろし、手際良く掃除をしてゆく。アンジーは壁にもたれ、なかば目を閉じてその様子を眺めていた。彼の動きの正確さに不思議と心が安らいだ。すさまじいまでの集中力を見せて、筋張った力強い手を滑らかに動かし、木や金属にでこぼこがないか、泥がついていないかチェックしてゆく。

彼は一度だけ顔をあげ、片笑みを浮かべた。「眠そうだな」

言い返すつもりはない。それどころかあくびをした。「一時間前に起きたばかりなのに、また眠くなるなんてへんよね」

「ゆうべはふたりとも大量のエネルギーを消費したからだ。数時間ぐらい眠ったからってふつうには戻れない」布にガンオイルを染み込ませ、銃身をゆっくりと拭いてゆく。「これがすんだら、また横になるつもりだ」

「賛成。ところで、使い捨て歯ブラシ、持ってる?」

「もちろん。それにバケツを——ほら、きみが用を足すのに使うのを拒否したやつ——外に出しておいた。雨水を貯めておくのにな。そいつを沸かせば、ウェットティッシュじゃなくお湯で体を拭けるぜ」

「水」彼女は即座に言った。「わざわざ沸かすことないわ。冷たい水で平気よ」体を水で洗えると思うと心が浮き立った。ウェットティッシュは旅先ではすぐれ物だが、水にはかなわない。ベタベタ感が残る。とくに頭がそうだ。水で洗えるならそれにこしたことはなかった。

「パーコレーターにお湯が残っているから、なにも冷たい水で我慢することはない。そろそろ用を足しに行ったほうがいいんじゃないか?」

そうだった。でも、足首にかかる負担を思うと、行かずにすめばどんなにいいか。「まず用を足して、体を洗うのはそのつぎ」三十分後、面倒なことは終わっていた。デアは水を半々に分け、自分は下の階で体を拭いて歯を磨いた。おなじことをアンジーはマットレスの上に座ってやった。デアがカーテンを引いてくれたので、気兼ねなく服を脱いで体を拭くことができた。

彼を褒める形容詞に〝紳士的〟を加えてもいいかも。

人目を気にせずひとりきりになれるのはありがたかった。その朝、彼女の服を脱がせて体を拭いたのはデアだったけれど、疲労困憊で意識が朦朧としていたから、それは勘定に入れない。冷静にものを考えられるようになったいまは、体の触れ合いに流されて依存するのは危険だとわかる。実際以上にちかい関係だと誤解しかねない。流されるのはあまりにもたやすいけれど、そこできっと自分を守ろうとする心の警報が鳴り出す。男女の仲になったらどうすればいいかわからないから、ちかづかないのがいちばん。いつもだったら、それは難しいことじゃないのに、デアが相手だと、胸がざわついて誘惑の罠に落ちてしまいそう。

警戒は警備なり——そう肝に銘じておかないと。

サドルバッグに着替えを詰めてきたけれど、慌てていたからなにを詰めたのか憶えていなかった。サドルバッグを引き寄せて中をあらためる。プロテインバー、水、ピストル、弾——生き延びるという観点からして、正しい選択だ。服のほうはというと、靴下と下着が二組ずつ、ジーンズにフランネルのシャツが二枚だ。悪くない。コートを濡らさずにすんでいたら、これだけで充分だった。

でも、ひとつ足りないものがある。寝巻代わりのスウェットの上下。デアの保温用ズボン下をまた着るしかない。フランネルのシャツは彼に返して、自分のを着ればいいのに、そうしたくない自分がいる。もう、気をつけないと、とんでもないことになる。

水で体を洗い、携帯用歯ブラシ、といっても、実際にはペロペロキャンディーの棒に、歯磨き粉が含ませてあるピンク色のスポンジがついたものだが、それで歯を磨き、デアの服を着て、自分の厚手の靴下を履いた。足首の包帯を巻き直していると、梯子をのぼってくる足音が聞こえた。

「すんだか？」

「ええ」返事が口から出る前に、カーテンが開いた。口元にほほえみを浮かべて彼を見上げる。「ありがとう。気分がよくなったわ。人間に戻った感じ」

ほんの一瞬、彼は歯を嚙み締めるような、意味不明の表情を浮かべた。ランタンのほの暗い光の中では、ただ影が射しただけなのか見分けがつかなかった。「どうかしたの？」努めてふつうの口調で話す。なにかよくないことが起ころうとしているのなら、心構えをするためにも知っておきたかった。

「いや、どうして？」

「だって、おかしな表情を浮かべたから――おかしな、って言っても、笑えるとかそういうんじゃなくて」

「どうもしないぜ」

「なにかあるなら、知っておきたいの。驚くのはいやだもの」

「なにもない」

「驚くのは好きじゃない。覚悟を決めておきたいの。ちゃんと対処できるように」

今度は彼の表情を楽に読めた。あきらかに苛立っている。「なにも、ない」

「だったらどうして、お腹にガスが溜まって痛い、みたいな顔をしたの？」

彼が黒い眉をひそめた。「まったく、むかつく女だな」

「おたがいさまでしょ」これでまたいつものふたりに戻った。喧嘩仲間。年中喧嘩をしているわけじゃない——実を言えば一度だけ、彼女が家と土地を売りに出したあの日だけ——なぜなら、彼に仕事を潰されたので、ずっと彼を避けていたからだ。でも、想像の世界では、彼と年がら年中やりあっていた。

「ああ、だが、今度ばかりは、きみが先につっかかってきたんだぜ」

　つい笑ってしまった。

　デアはまたおかしな表情を浮かべて、アンジーをしげしげと見つめた。それから、さっと腰を屈めて彼女の肩を摑んだ。驚いて顔をあげた彼女に、抗議も非難もする暇を与えず、彼はキスした。

頭が真っ白になった。灰色の脳細胞は凍りついてしまった。突然、なにも生み出さなくなったのだ。思いひとつ、言葉ひとつ浮かばない。彼の味がアンジーを満たした。おなじ歯ブラシのミント味が、彼の、デアの、男の味と混ざり合っていて、感覚の波に呑み込まれる。ひとつひとつが際立つ百の感触。彼の唇のしっかりとした感触、無精ひげのザラッとした感触、肩を摑む手の力強さ、からかうように舌に絡み付く舌の感触。

いつの間にか彼のシャツを握り締めていた。そうしないと倒れそうだったから。でも、彼が摑んでいてくれるから、倒れるわけがない。誘いかけられて、いつの間にか唇を開いていた。キスを返していることにぼんやりと気づく。彼の舌を舌で迎えて、唇をすぼめる。

まるで野火《のび》のような激しさで神経の先っぽが燃え上がる。彼のなにもかもが好ましかった。体を洗った新鮮な雨水の匂いがほんのりと残る肌の熱い匂い、口いっぱいに広がる彼の味、体を摑む両手の力強さ。ああ、それから、手に触れる屹立したものの大きさ。肉体が感じるものすべてが、この十五時間のあいだに彼が見せた感情の鞭《むち》と絡まり合い、彼女の中で爆発し、その行き着く先は天国なのか地獄なのか、きっと両方なのだろう。なぜって、どちらがどうと区別がつかないもの。でも、すべてが欲望となって体の奥底で渦巻き、腿のあいだにわだかまり、なにがなんだかもうわからなかった。

でも、ここでこうしていて、ここにいるのはデアで、怠惰な脳みそがふたたび動き出しても、なにが起こったのかよく理解できなかった。

はっと顔をのけぞらせ、大きな黒い瞳をうろたえてぱちくりさせながら、彼を見上げた。

「あなた、なにしているの?」

するると、彼がほほえんだ。鼓動を速め、胃をねじれさせるあの笑顔だ。「口を閉じて」彼が言った。「少し眠ろうじゃないか。おれはまだ疲れが抜けていないから、真っ赤に燃えた石炭の上のリスみたいにピクピクしないでくれたらありがたい」

21

デアは疼くイチモツにアンジーの尻の重みを感じながら横になり、真っ赤に燃えた石炭の上のリスみたいに、彼女がピクピクしてくれたらいいのに、と思っていた。だが、彼女は熟睡している。キスしたあと、ショックを受けた顔をしていたくせに、いざ横になると赤ん坊みたいにストンと眠ってしまった。いかに疲れているかそれでわかる。彼だってまだくたくただし、眠りがそばまで来ているのを感じるが、ちょっとの間、彼女に擦り寄られる感触を楽しんだって罰は当たらないだろう。

ライフルの手入れをしながら彼女とおしゃべりするのは楽しかった。彼女と過ごす時間を楽しんでいる自分が、意外中の意外だった。彼女はとめどなくおしゃべりするタイプではない。言いたいことがあれば言う。遠まわしな言い方はしない。愚痴を言わない。言って当然のときにも、文句を言わない。彼自身は、不平不満を胸に溜めておけない質《たち》だし、彼女にもどんどんぶつけてきた。

もうひとつ。彼女ほど飾り気のない女は見たことがなかった。化粧道具を持っているのかどうか。髪を梳《と》かしたいとはひと言も言わなかった。体を拭いて歯を磨けば充分なのだろう。メイクをしているのかどうかもわからない。していたとしても、こっちが気づかない程度の薄化粧だ。もっともふだんから、よっぽど厚塗りをしていないかぎり、女の化粧には疎《うと》いほうだが。豊かな黒髪はもともと艶やかなのだろうから、手入れする必要なし、はい、終わり。あすの朝起きたら、マスカラとドライヤーがないと文句を言うだろうか。いや、それはぜったいにない。

彼女のせいで、頭の中は苛立ちと愉快な気分とやさしい気持ちがごた混ぜだ。最初のふたつはわかる。最初に彼女に会った瞬間から、パンツの中に入りたいと思っていたんだから、苛立つのは無理もない。つまり、二年におよぶ苛立ちの蓄積があったわけだ。愉快な気分なのは、こっちが優位に立っていて、彼女もそれをわかっているからだ。反論するときの彼女は舌鋒《ぜっぽう》鋭いが、まだちゃんと事態を呑み込んでいないから、いささか論点がずれている。

だが……やさしい気持ちって？　やさしさのなにがわかってる？　真面目くさった黒い目が問題だ。はじめてほほえみかけられて、彼女の顔がぱっとあかるくなるのを見たときには、アドレナリンが全身を駆け巡った。まるで戦闘に赴《おもむ》くときみたいに。彼女が声をあげて笑ったときには、キスせずにいられなくなった。もし彼女が体を引いていたら、それでもキスしつづけて、その先まで行かずにいられなかっただろう。

女に無縁だったわけではないが、男女のあいだの化学反応はキスではじまると思っていた。心惹かれた女はいたし、寝た相手もいたし、キスしたくない類の女もいたが、どの関係もあっという間に終わった。相性の悪さが分子の段階にまで達していたということか。最初はまったく惹かれなくて、キスしたとたんグッときた女もいた。

アンジーはいろんな意味でそのものずばりだ。彼女ほど心惹かれる女はいないうえに、その味わいときたら、まさに彼のために生まれてきたようだ。最初は肉体的な欲求だったのに、あれよあれよと言う間にべつのものになってゆく。考えたくもないことだが、それが恋に落ちたということだとしても、事情が事情だから、いまは彼女も感じよく接してくれているが、根っこのところでは、彼のことを恨んでいる。彼のせいで商売あがったりになったし、家と土地を売らざるをえなくなったと、アンジーは思っている。一朝一夕に克服できるものじゃない。ああ、それについては計画があるのだが、はたして彼女は耳を傾けてくれるだろうか？

なんとも言えない。危険は冒したくなかった。口先よりも実践のほうが大事、と言うじゃないか。いまが絶好のチャンスだ。

馬を囲いに入れたころには、やむことを知らない雨を通して射す薄明かりもすっかり消えていた。馬を引いて歩くのに懐中電灯をつけざるをえなかった。馬は囲いに戻れて喜んでいるようだ。もし言うことを聞かなかったら、この場で撃ち殺していたところだ。

きょうは朝から晩までついていないことの繰り返しだった。努力はすべて水の泡だ。前夜の疲れをいまも引き摺っているが、山をおりて車で逃げ出せる、自分は勝ったのだと思うからなんとか動いていられるのだ。そうでなけりゃとっくに休んでいる。寒いし濡れているし、疲れているし、惨めこのうえなかった。

もっと楽にやれたはずなのに。馬で山をおりて、駐車場で暗くなるのを待ち、SUVを駆って逃げ出す。楽勝のはずだった。クソ嵐のせいだ。アンジーが脱走したせいだ。おまけに、人食い熊がうろちょろしているせいだ。

なにもかもうまくいかなかった。

アウトドア派ではないが、頭は切れる。おまけに準備万端だった。一年ものあいだ、乗馬の練習をした。ピストルを買って、射撃練習をした。必要だと思ったからだ。だが、山の天気ばかりは――こんな暴風雨になるとは思ってもいなかった。

山をおりる道中に面倒に見舞われるとも思っていなかった。運命のいたずらで、怒れるアンジー・パウエルに遭遇しないかぎり、キャンプ場からラティモアの駐車場まで戻るのは問題ない。どの道をおりればいいのかわかっている。ひとりで山をおりることになるから、事前に地図を調べておいた。馬に馴染んできたからうまくやっていける。だが、激しい雨のせいで思うように距離をかせげなかった。足場が悪いから一歩一歩が勝利だ。登ってきたときにはなかった穴が出現していて、ジグザグに進まざるをえず、そのうち道がどこにあるのかわからなくなった。

流れ落ちる水は小川を作り急流となり川になる。蹄の下の地面はやわらかく不安定だから、馬はびくついていた。一度、馬がよろっとよろめき、チャドは息を詰めて、転ぶな、と祈った。馬が肢を折れば、残りの道のりを歩いておりなければならない。このぬかるみを徒歩で行けるはずがない。

苦闘の連続の数時間が過ぎ、馬の背にしがみついていることや、つねに警戒していることに心底うんざりしてきた。肉体もだが精神的にもくたくただった。馬には鞍がついているし、乾いた服に着替えてレインコートも着ているから濡れねずみではないが、冷気と湿気がじわじわと染み込んでくる。とくに足場が悪いところで、馬をおりて引いたらぬかるみに足をとられて転んでしまった。クソッ、それでびしょ濡れだ。くそったれの雨が憎かった。服が濡れると寒くてたまらなくなった。関節が悲鳴をあげ、体の震えを抑えられない。どんなに小さな動きでもすさまじい労力を要する。数時間のうちに二十歳も年とった気分だ。とても生き延びられるとは思えなかった。

ついに決断を下さねばならなくなった。暗くなる前に駐車場に、あるいはそのちかくまで辿り着けなかったらとんでもないことになる。馬をおり、サドルバッグからプロテインバーを取り出し、雨の中にたたずみ、味のないパサパサの食料が濡れないよう頭でかばって、食べながら思案した。思いのほか進んでいなかった。こうなったら雨宿りするか、キャンプ場に引き返すかだ。どちらの選択肢にも危険が伴う。ただし、彼が山をおりられないなら、アンジーにも無理だ。彼女は洞穴にでも避難しているだろう。大雨の中でも乾いた枝を見つけ出し、火を熾《おこ》しているにちがいない。

洞穴で雨がやむのを待つことも、ゆうべみたいに岩棚の下にうずくまることもしたくなかった。ルームサービスとジャグジーバスのあるスイートルームでゆったりとくつろぎたい。洗いたてのシーツとやわらかなマットレス、あたたかな毛布。あつあつのロブスターのクリームスープにそれより熱いコーヒー。しかし、ありつけるのはまだ先の話だ。

ホテルの部屋には辿り着けないかもしれないが、キャンプ場に戻ればずっと快適に過ごせる。引き返すのはいやでたまらないが、好ましい速さで山をおりられるまでに、あと何時間待てばいいのか見当もつかない。キャンプ場には食料とテントと乾いた服がある。ああ、デイヴィスの遺体も残っているが、熊は好きなだけ食べてよそに行っただろう。ほかの獣が残りを平らげたかもしれないし。デイヴィスの遺体はきれいになくなっているかもしれない。

体が震える。思い出してばかりいると、恐怖にすくみ上がって前にも後ろにも進めず、文字どおりのたれ死にだ。凍死するか、アンジーにやられるか、ほかのなにかに足をすくわれて死ぬことになる。

いや、そんなことになってたまるか。どんな理由にせよ、諦めるためにここまで来たわけじゃない。

しぶしぶ引き返すことにした。馬がぬかるみに足を取られてひっくり返ったら目もあてられないから、このまま引いて歩くことにする。声に出さずに悪態をつく。無性に腹がたつがほかに選択肢はなかった。ひとつだけいいことがある。この雨から逃れられる。

雨があがるまで足止めを食らうが、現状を受け入れるしかなかった。それはアンジーもおなじことだ。ゆうべは山肌を流れる水がここまで増えていなかったから、多少は先に行っているかもしれないが、なにしろ敵は歩きだ。雨さえあがれば遅れはすぐに取り戻せる。

どうしようもない。ゴールはいまも変わらないのだ。予定より長くかかっているというだけのこと。優秀な戦略家は臨機応変だ。

回れ右をして山をのぼりはじめたものの、山を下る幾筋もの奔流《ほんりゅう》のせいで道を大きくはずれていた。空はどんどん暗くなっていく。少しでもスピードをあげるためには、また馬にまたがるしかなかった。

真っ暗になる前に、なんとかキャンプ場に戻ることができた。馬を囲いに入れる。癪《しゃく》に障るが、まずは馬の手入れだ。馬がいないと身動きがとれないから、時間をかけて手入れをしてやり、飼い葉をやった。それからよろよろとテントに入り、ランタンと小さなヒーターをつけ、濡れた服を脱いだ。クソッ、寒い！

乾いた清潔な服のありがたみなんて、いままで感じたことがなかったが、ハンドタオルで手早く体を拭きながら思った。食事や水や雨露をしのぐ場所を、仇《あだ》やおろそかにしてはならない。生きることはほんとうに難しい。

生きるために最低限必要なものは、あってあたりまえだと思っていたかった。濡れねずみで寒い思いをしたことなんて、きれいさっぱり忘れてしまいたい。いつでも快適に過ごしたい――貯め込んだ金があれば、どんな快適な暮らしも思いのままだ！　それにはここを抜け出すことだが、たぶんあすも無理だろう。

冷えきった体を乾いた下着とジーンズ、迷彩模様のスウェットシャツと分厚い靴下で包み込むと、まさに極楽気分だった。残念ながらブーツの替えはなかったから、濡れたブーツをヒーターのちかくに置いた。つぎに履くときまでには乾いているだろう。

ようやく人心地がつき、ため息が出た。テントを叩く雨音に耳を傾ける。それからプロテインバーを食べ、ボトルの水を飲んだ。熱いものを食べたかったが、まだ無理だ。水で我慢し、コーヒーを頭から締め出す。プロテインバーは食べ物というよりおが屑みたいだが、そういうことは考えないようにしよう。それでも体はだんだんにほぐれて、乾いたぬくもりを受け入れはじめた。

こんなに孤独を感じたのははじめてだ。囲いの中の馬以外に、小鳥一羽、目にしていなかった。誰も彼も——男も女も、獣も——隠れ場所に籠って、雨があがるのを待っているのだろう。

雨が降ろうと、獣は食わなきゃならない、そうだろ？　つまり、夜のあいだ、狩りをするわけだ。テントのまわりを、熊やピューマがうろつき回っていると思うと不安になり、ライフルを手元に引き寄せた。もうひと晩、寝ずの番をするなんてとても無理だ。今夜は睡眠をとらないと、あすになって太陽が出て、奇跡的に地面が乾いても、とても動き回れない。

だが、眠るのが怖かった。うっかり熟睡して、気がついたら熊に肉を貪《むさぼ》られていたりしたら。マットレスの上に座ったまままうとうとした。さまざまな思いが頭の中をただよぎっていった。

三頭の馬は手綱をなんとか振りほどいただろうか、それとも、彼が戻って来るのをじっと待っているだろうか。

熊がデイヴィスの残骸を平らげようと戻って来て、逃げるに逃げられない状況になったらどうしよう。

アンジーがきょうのうちに山をおりることに成功するか、かなりの距離を稼いでいたとしたら。だが、彼女が馬たちを見つける可能性はかなり低い。

あるいは、近道を知っているかもしれない。彼が思っている以上にタフかもしれない。もう駐車場に辿り着いているかも。いや、それはないと思うが、あらゆる可能性を想定し……そう思ったら笑いそうになった。人食い熊や百年に一度の大嵐まで想定するなんて、できるわけないだろ。

だが、前に進まなければならない。警察もだが、デイヴィスの仲間のほうがずっと怖かった。むろん逮捕されるのはごめんだが、デイヴィスの仲間の凶悪な奴らに捕まるぐらいなら、熊や警察に捕まるほうがまだましだ。彼らが裏切り者にどんな仕打ちをするか、彼は知っていた。デイヴィスですら頭があがらない連中がいて、そいつらははるかに凶暴だ。姿をくらまさないと。刑務所だって安全な場所とは言えない。

国外に逃亡するなら、もともとの計画どおりにやるのがベストだ。別ルートを辿って、よそで車を借りるか盗むかするのはあまりにも無謀だ。ここはモンタナだ。辺鄙な場所に迷い込み、車一台、目にすることなく何日も経つなんてことになりかねない……辺鄙な場所といえば、いまいるのがまさにそうだが。

なんとしても計画どおりにやるべきだ。それにはSUVが必要だ。彼の名前で借りたから、ウィンカーを出さなかったとかなんとか、バカバカしいミスでパトカーに停止を命じられても問題はない。文字どおり糞の中を這いずり回り、デイヴィスのポケットから鍵を取り出すため、あんなおぞましいものにまで手を触れたんだ。計画を変更するなんてこと、誰がやるもんか。

万が一、アンジーが彼よりも前に山をおり、人を集めて駐車場で待ちかまえているとしたら。だが、ここは大都会ではない。町ですらない。いったい何人集まるんだ？　彼はライフルとピストルを持っているし、それを使うことに吝《やぶさ》かではない。山をおりたら、姿を見せる前に慎重に状況を見極める。駐車場で誰かが待ちかまえていたら、恐れおののいてるふりをするんだ。頼りなく見せる。長年の訓練の賜物で、そういうのは得意だ。慈悲を乞う。泣いて見せてもいい。すべて誤解だと言うんだ。デイヴィスに殺されそうになった。正当防衛だ。アンジーを撃つつもりはなかった。熊を見てパニックに陥り……ああ、これがいい。アンジーだって、自分の思いちがいだったと思うだろう。そうやって相手を油断させておいて、全員を殺す。それは問題ない。彼を疑う奴がいたら、そのときはそのとき。

頭がぼんやりしてきた。疲れすぎて意識が朦朧としているのだ。眠らないと死んでしまう。

横になって目を閉じた。十五分、それだけあれば充電できる。完全に眠ってしまうわけにはいかないが、少しのあいだ目を閉じて……

22

夢なんてどれもそうだが、この夢もひどいもんだった。アンジーは目を覚まし、夢を見ていたんだと意識したはずなのに、いまだそこから抜け出せなかった。引き摺り込もうとするなんて、ろくな夢のはずはなく——

彼女は顔から泥に埋まっていた。息ができなかった。泥が目にも鼻にも入ってきて、呼吸しようとするたび息が詰まった。必死で呼吸しようとして、見ようとするのに、あたりは真っ暗だ。どこにいるのか、なんでこんなことになったのかわからなかった。パニックがドラムのような音をたてる。抜け出さないと、抜け出さないと、抜け出さないと……必死で爪を立て、前に進もうとした。ねばつく泥から顔をあげようと、どんなに頑張ってもだめだ。抜け出せない。冷たい泥が彼女を呑み込み、地の中へと引き摺りこもうとする。

手も足も出ないことが無性に腹立たしかった。溺れるのは怖くない。泥にはまるよりもっとひどいことが、待ちかまえている。ここから抜け出せないと、とんでもないことになる。

殺人鬼と熊が襲って来るだろう。姿は見えず、音もしないが、ちかづいて来ている。背後から。前方から。四方八方から。襲ってくる。

それから、泥が変化した。悪臭を放つ黒い泥が、甘くて白いものに変化した。首の筋肉が張りつめる。顔をあげることができた。目の前にあるのは糖衣で造られた黄色いバラだ。荒い息をしながら唇を舐める。頭のてっぺんから爪先まで、びっしりと覆い尽くす白いものを味わう。泥じゃない。デコレーション・クリームだ。彼女のウェディングケーキが、目や鼻や口に入り込み、指のあいだや足の指のあいだに挟まっていた。でも、どうして裸足なの？ブーツはどこ？

ブルッとする。クリームは泥よりひどい。そこにあるはずのないものだから。払い落とそうとしてもへばりついて離れない。背筋が冷たくなった。クリームの海を動き回るほうが、泥の中を動くより難しい。

罠にかかった。

背後で獣がうなった。

アンジーは無理やり自分を夢から引き剝がし、上体を起こして喘いだ。むろんその拍子に痛めた足首をぶつけた。抑える間もなく悲鳴が洩れた。不意の動きだけでは、一緒に眠る男を目覚めさせるのに充分ではなかった。

デア・キャラハンと一緒に寝ている。どんな文脈であれ、そういう文章を自分が作るとは思ってもいなかった。

「どうかしたか?」彼がうなった。夢の中のうなり声とちがって、心安らぐ声だった。慰めが欲しい。現実に引き留めてくれる彼の体のぬくもりが欲しかった。なんて馬鹿な夢、心掻き乱す夢なの!

「悪い夢を見たの」夢の光景を払いのけるように頭を振った。遅ればせながら、痛む足首をさすった。

「どんな夢だ?」彼は起き上がり、ランタンをつけた。

真っ暗な中にともった白い光に目を細める。もう一度横になった。「たいした夢じゃないの」あの夢がなにを意味するか、どうしてあんな夢を見たのか分析する必要はない。それに、ウェディングケーキの悪夢を人に説明する気もなかった。馬鹿らしい。泥に熊にチャド……そこまでは彼にも理解できるだろう。でも、ウェディングケーキは? 無理だ。

しばらく黙っていた彼が口を開いた。「話したら楽になるかも」

彼をちらっと見て――まあ、どうしよう! シャツを着てない。横になったときはたしかに着ていたのに……いまは着てない。眠っているあいだに暑くなって脱いだのだろう。彼女はぐっすり眠っていたから気づかなかっただけで。力強い肩の盛り上がりや、筋張って血管が浮き上がった腕の筋肉に光が当たる様に目を奪われた。胸筋をうっすらと覆う胸毛。右肩を横切ってジグザグに走る十センチほどの傷痕。時が経ち、いまでは銀色の線にすぎない。かたわらにいる男が戦士だったことの、無言の証《あかし》だ。戦うために形作られた男。負傷し、死と直面した男。おそらく死を与えてもいる。戦略を熟知し、勝つためにはどこへでも赴く。

上半身裸の男を見ただけでこんなにうろたえるなんて。アンジーはきまりが悪くて、さりげなく腕で目を覆った。彼を見ないですむように。見るに耐えないからではない。それどころか、なにも考えられなくなるからだ。

「あんなことがあった後だもの、悪夢の材料には事欠かないわ。あなたと寝たことも含めて」彼を侮辱したつもりだけれど、うまくいかなかった。あの筋肉がそばにあるせいで、脳みそが沸騰したにちがいない。だって、口元が勝手に歪んで、からかうような笑みが浮かんでいるのだもの。からかう？　まあ、よしてよ！　いちゃついてる？　このあたしが？　ほっぺたを引っ叩いて目を覚まさないと。正気に戻らないと。どんな馬鹿なことをやらないともかぎらない。

彼が笑った。デアが笑った。あの肌を見るのは危険すぎるのに、腕の下から覗かずにいられなかった。ほんものの自然な笑いかどうかたしかめるために。まるで喉に毛球が詰まったような、しゃがれた笑い声だけれど、またしてもとろけそうな気分になった。彼を怒らせれば質問するのをやめさせられたのに、笑いかけたりしたもんだから、彼は真剣に受け止めてくれない。

彼は笑いやむと片肘を突いて上体を支え、彼女を見おろしてちょっと体をちかづけてきた。とたんに心臓はとろけるのをやめてドキンドキンしはじめた。きっと光のいたずらでそう見えるだけだ。でも、やっぱり、ほら、彼は、食べてしまいたいという顔でこっちを見ている。

緊張に口の中が渇く。この世でもっとも経験豊富な女ではないけれど、その表情の意味ぐらいは知っていた。一度も向けられたことはないだけで。まさに男そのものの表情、獲物を狙う雄の飢えた、セクシーな表情。引き寄せられると同時に、逃げ出したい気持ちにもさせる。こういうセクシーな表情は罠だ。女の全身をとろけさせて、胸をキュンと締め付ける。

これでなびくほど馬鹿じゃない。デアはセックスしたがっている。でも、たとえ命を救ってくれた、恩ある相手でも、彼の思いどおりにしたら最後、自分がどうなるかわからなかった。彼は恩を売ったつもりはないだろう。彼は男だ。セックス以外のことは考えていない。でも、アンジーが恩を感じている以上、彼とセックスするのは売春とおなじ、つけを体で払う行為だ。セックスには失望がついてくる。盛り上がっても、けっきょくは失敗に終わるのだ。どう考えてもセックスしないほうがいい。

「考えるのもだめよ」彼女は警告を発した。

彼の眉が吊り上がった。喉の奥で愚弄するような音をたてる。「二年前からすでに手遅れだった」

二年前？　口をあんぐり開けて彼を見つめる。「どういうこと？」

「あす話そう。それより夢の話をしてくれ」

夢？　なんの夢？　ぽかんとして頭を振り、夢の話をすれば彼の気を逸らせると気づいた。彼女の結婚はけっして威張れるものではなかった。

「いいわ」腕をおろし、彼をまっすぐに見つめた。無精ひげが生えた顔の武骨な魅力は無視して。彼の表情は変わらない。自分が何者で、なにを欲しがっているか隠そうともしない。

「泥と熊とウェディングケーキの夢だった」

彼の眉がまた吊り上がる。「ウェディングケーキ？」目をぱちくりさせる。ウェディングケーキと熊がどうつながるのか考えているのだ。

「その中で溺れそうになったの。泥が最初で、それがデコレーション・クリームに変わった」彼を睨む。「あたしが数年前に結婚したことは知ってるんでしょ？」ふたりが住むのは小さな町だ。どこそこの誰それがなにをしたと、噂はあっという間に広まる。どこまで細かく伝わるかは、聞くほうの関心の度合による。父はむろん結婚式に出てくれたし、そのあと慰めてくれ、支えになってくれたが、家に戻ってからハーランか誰かにしゃべったかどうか、彼女は知らない。訊く気もなかった。

「結婚する予定だってのは聞いた。でも、なにかあったって」彼のしゃがれ声から用心しているのがわかる。彼女が祭壇の前で男に捨てられたとでも思っているのだろう。

「あたしは結婚を無効にしたの」

彼の目に驚きの表情がよぎった。「無効にだって？」結婚を無効にするのは離婚とはちがう。それこそどんな理由ででも離婚はできる。好きな色がちがうといった単純なことでも、性格の不一致の根拠になるが、結婚を無効にするには、特別な法的必要条件を満たさねばならない。

「離婚するほうがずっと楽だったわ。弁護士からもそう助言された。でも、あたし……どうしても消し去りたかったの。筋がとおらなくてもなんでも、なかったことにしたかったの」

彼が鼻を鳴らした。「きみが筋のとおらないことを？　信じられない」彼の口調には意地悪な響きはなかった。単純におもしろがっている。

彼が指先で頬に触れた。アンジーはぎょっとして手をあげ、涙の筋に触れてびっくりした。手でごしごし擦る。こんなことで涙を流すなんて馬鹿みたい。「気にしないで」きっぱりと言う。「なんでもないの。泣いてなんていない」

「きみがそう言うなら」

「そうよ。泣いたとしたら、自分に腹がたってるから。ばつが悪いからよ。あたしは馬鹿だった」

「なにがあったんだ?」

「たいしたことじゃないの。だからよけいにばつが悪いのよ」

彼が黙って待つあいだに、アンジーは、自分の中にある怒りや心の傷、理不尽な思いを整理してみた。最後に天井を見上げ、口元を引き締めた。

「あたしは女の子らしい子じゃなかった。そういうことを知らなかったもの。ほら――メイクとか髪の毛をフワフワさせるのとか。父には教えられないことだし、それにあたし自身、年頃になっても興味がなかったし。ビリングズに住んでたころは、それでも多少は気を遣っていたけど、それでいいのかどうか自信が持てなかったの。でも、結婚式では髪もメイクも完璧に整えたかった」

自信のなさを曝け出し、頬が赤くなった。美人コンテストの女王でないことはわかっているけれど、魅力がないわけでもない。ふだんはかまわないほうで、髪をブラッシングして日焼け止めを塗るぐらいだ。男性に――しかもデア・キャラハンに――こんな話をするなんて、なんとも落ち着かない気分だった。

「そういうことはふつう母親から習うもんじゃないのか?」彼が無遠慮に言う。「誰からも、あの口から先に生まれてきたようなエヴェリン・フレンチからさえも、きみのお母さんの話は聞いたことがなかったな」

気詰まりだったのに、ついにやりとしていた。金物屋に足を踏み入れたことのある人なら誰でも、エヴェリンのおしゃべりの洗礼を受けている。「だったら、彼女には父に尋ねるだけの勇気がなかったんでしょうね。そうじゃなきゃ、彼女が話さないはずがないもの。よくある話よ。あたしは母を憶えていないだけ。あたしが二歳になる前に、母は父とあたしを捨てたの。母は父に隠れて浮気してたの。ろくでもない男とね。それで、あたしたちと暮らすよりそっちを選んだってわけ。それで家を出た」

彼は顔を曇らせた。「ひどい話だ」

「そうね。母がいてくれたらどうだったろうって、思わなかったとは言わない。でも、父は偉かったと思う。けっして母のことを悪く言わなかったもの。あたしが尋ねると、父は事情を話してくれた。それだけのこと」そこで間をとった。「父が亡くなって、書類を整理していたら裁判所の離婚命令が出てきたわ。母はあたしの親権を父に与えた。署名して権利を譲り渡したの。おそらくうしろを振り返らなかったんでしょうね。あたしに会いに来たこともないし、連絡もよこさなかった。おたがいさまだけど」

「頭にきただろう、ええ?」彼女の表情の細かな変化も見逃すまいとするかのように、彼はじっと見つめた。なに？　母親に捨てられて、人生がめちゃくちゃになったと思ってるの？

否定しようとして、やめた。「そうね。でも、そのことがトラウマになったとは思わない。母のことはまったく憶えていないんだから。でも、父は傷ついていたんだと思う。あたしにそれを見せなかったけれどね。父のことを思うと腹がたつわ。思い返してみても、父はろくにデートもしてなかった。あたしを育てることに一所懸命だったから。男手ひとつで幼い子の面倒をみるのは大変だったと思う」

「おれならパニックに陥ってる」

「嘘ばっかり」彼ならできるにきまっている。パニックに陥るようなタイプじゃないし、どんな仕事だろうとちゃんとやり遂げる男だ。「母は卑怯だった。その意味じゃ、あたしは影響を受けているんだと思うわ。卑怯者にだけはなりたくないと思っているから。母みたいにはならない」

「きみはそうじゃない」ちょっと間を置いて彼が言った。低くしゃがれた声で。「きみは卑怯じゃない」

どういうわけだか、彼にそう言われて喉が詰まった。泣いてしまいそうだ。そう思ったら恐ろしくなって咳払いした。「その話はもういいでしょ。結婚式の話、聞きたくないの？」

彼女は顔をしかめた。

「ああ、聞きたい。話が脇道にそれちまったな」

「あなたのせいでしょ。あなたが急に話題を変えるんだもの」

「興味があったからな。悪かった。結婚式のメイクと髪の話に戻ろう」

彼をちらっと見て、もう話すのはやめようかと思った。でも、ここまできたら最後まで話すべきだろう。

「人を雇ってヘアとメイクをやってもらったの。自分じゃ無理だとわかっていたから。何時間もかかったわ。でも、見違えるようになった。期待以上の出来で、すごく幸せだった。彼も喜んでくれると思ってたのに――」

「彼って、誰だ？　ろくでなしにも名前ぐらいあるんだろ？」

「トッド」デアが彼女の結婚相手をろくでなしだと決めつけたことにハッとなった。「トッド・ヴィンセント。彼はろくでなしじゃない……ああ、ある意味、そうかも、でも、あたしも過剰に反応してしまったから」

「なにに過剰に反応したんだ？」

ため息をつき、また天井を見上げた。「彼はケーキをあたしの顔にぶつけたの。ひと切れなんてかわいいもんじゃなく、大きな塊をね。分厚いクリームで覆われた塊。鼻の穴にも目にも入り込んで……それで、彼は笑ったのよ」全員が笑った。でも、細かい話はする必要ないだろう。

「ろくでなしだ」デアが言いきる。

彼もこの話を軽く片付けるつもりだ。誰もがしたように。そりゃたしかに過剰反応だな、とでも言って。最悪なのは、彼女が自分は無分別だったとわかっていることだ。その結果、すべてをぶち壊しにして、根は善良な人、自分が愛した人との結婚を終わりにしてしまった――すべては彼女の傷ついたエゴのせいだ。でも、デアはなにも言わなかった。だから、彼女は話をつづけるしかなかった。

「式の前に話し合ったことだったのよ。あたしはケーキを顔にぶつけるなんて好きじゃないし、おもしろいとも思わない。せっかくきれいにしてもらった髪とメイクを台無しにしたくなかったの。だから、式の当日に、ひとつだけ彼に頼んだわ。どうかウェディングケーキを顔にぶつけないでちょうだいって。彼は同意した。約束した。そんなに大層なお願い？」声がうわずっていた。憤りを抑えられない。「どうやらそうだったみたい。彼は約束を守ることなく、あたしの顔にケーキを投げつけて、おまけに擦りつけた。あたしは泣き叫んで、式場から走り出た。彼は追いかけてきて謝ろうとしたけど、あたしは聞く耳を持たなかった。父はあたしを慰めようとしたけど、ほっといてちょうだい、とあたしは言った。だから、父はほっといてくれた。翌日、あたしは結婚無効の訴えを起こしたの。

トッドはあたしを説得しようとしたわ。平謝りに謝った。友だちは寄ってたかって、冷静になれって言った。彼に悪気はなかったんだからって。でも、あたしは聞く耳を持たなかったの。迅速に手続きをとってちょうだいって、弁護士を急かせた」大きく息をつく。「あとで気づいたわ。小さなことに大騒ぎして、あたしはなんて馬鹿だったんだろうってね。善良な男を傷つけ、恥をかかせ、あたし自身も面目を失うことになり、結婚を投げ出し——」

「ひどい話だ」

驚いてデアを見つめた。「なにが?」

「彼は約束を破った」

「ええ、だけど——」

「小さなことじゃない。それに、きみは彼を愛していなかった」

「愛してたわよ」われながら自信のない言い方に、自分でも驚いた。

デアが鼻を鳴らした。「いや、愛していなかった。愛しているなら、彼の悪い判断をいいように解釈し、顔のケーキを拭い取り、パーティーをつづけていたはずだ。彼がきみを愛していたのなら、そもそも約束を破ったりしなかったはずだ。結局のところ、そこでおしまいにして正解だったんだ。おれの見たところ、きみがどんなに努力しようと、結婚生活はいずれ破綻《はたん》していたにちがいない。きみはそんな苦労をする必要はない」

「もっとうまく対処できたはず——」

彼が苛立たしげに頭を振った。「それはちがう。きみは正しいと思うことをやったんだから、忘れて先に進むことだ」

「ありがとう、ドクター・フィル（トーク番組で司会を務める心理学者で精神科医のフィル・マグロウ）」口調はきつかったが、怒ってはいなかった。彼の評価にびっくりしただけだ。アンジーが結婚式で逆上したと、彼は思っていないことが驚きだった。本人はそう思っていたのに。それに、トッドが〝悪い判断〟をくだしたと理解している。そのことはあとで、もっと落ち着いてから考えてみよう。

彼が皮肉な片笑みを浮かべた。「人生相談はお手のものなんでね。それで、ほかには？」

「ほかにはって？」もう充分でしょ？　人生の恥部を曝け出したのに、ほかにはってなに？

「ほら、夢の話のつづき。夢の中でほかになにが起きたか」喉の奥で掠れた音をたてた。

「きみの結婚式の気になる部分の話は聞いた。きみが夢に見たのはケーキだけじゃない。泥と熊って言ったよな」

結婚式から嵐が襲ってきたときのおぞましい光景へと、気持ちを切り替えるのに時間がかかった。「ええ、ケーキと、泥と、恐ろしい人食い熊」

「おれはどこにいる？」

「どこにも」切り返す。この夢には出てこなかった。

「そりゃ残念」

「話すこともそんなにないのよ。さっきも言ったように、泥の中で溺れそうになって、そしたら泥がクリームに変わった。身動きがとれないところに熊がやって来て……それだけ」

彼は起き上がり、長い腕を伸ばして水のボトルを二本、床から取りあげた。片方のキャップを取って彼女に渡し、もう一本のキャップを捩じった。アンジーも起き上がって水を飲んだ。喉が渇いたとは思ってなかったが、水は信じられないぐらいおいしかった。シチューに塩とホットソースを入れすぎたのだろう。

「いま何時?」

彼はちらっと腕時計を見た。「真夜中にちかい。五時間ぐらい眠ったんだな」

眠りが足りていないといい。半裸のデアの隣で、まんじりともしないで夜を明かすなんてごめんだ。眠るほうがいい。危険が少ない。

首をかしげ、雨音に耳を澄ます。雨脚は弱まってはいるようだが、相変わらず降りつづいている。雨がやんで水が引くまで、デアを相手に身の上話をつづけるのだろうか。狭い空間に閉じ込められ、雨に打たれることもなく安心だと思うからか、舌の滑りがいつもよりよかった。彼に身の上話をしたことを、後悔はしていない。

彼が理解を示してくれてどれほどありがたかったか、彼は知るはずもない――伝える気もなかった。

ボトルのキャップを閉めて脇に置くと、驚いたことに大あくびが出た。慌てて口を手で押さえ、目をしばたたいた。「失礼。いいかげん寝飽きただろうって思ってるでしょ」

「あんな経験をしてきたんだ、回復するのに時間がかかるさ。おれもあと数時間は必要だ」手を伸ばしてランタンを消した。真っ暗闇の中で、アンジーは体を伸ばし、寝袋にくるまった。あったかく筋肉質の腕がウェストに回って、硬い胸へと引き寄せられた。背中を預けて楽な格好になる。彼が鼻で髪を押しのけ、うなじに軽くキスしてささやいた。「楽しい夢を」すでに眠そうな声だった。

彼女はパッと目を見開き、闇を見つめた。あんなキスをされて、眠れると思うの？　彼の吐息のわずかな湿り気が残っているというのに。唇が軽く触れたところは、キスというより烙印《らくいん》を押されたようにヒリヒリしていた。

不意に乳房が疼いた。体の奥底がギュッと引き締まるのを、腿をきつく閉じて和らげようとした。いいえ、だめ、だめ。そういうことをする気はないから。彼がどんなキスをしようと、せっかく決心を固めたのだもの、体に裏切らせるわけにはいかない。

怒りを結集して支えにしようとしたが、どこにも見つからなかった。彼のかたわらで眠ること以上に気持ちのいいことが、魅惑的なことがほかにあるだろうか。

ほんとうに困ったことになった。

23

雨はまだ降っていた。アンジーはそのことについてちょっと考え、脇に押しやった。考えたところで、できることはなにもないもの。起き上がってあくびをし、目にかかる髪を払いのけ、デアに言った。「コーヒーはないなんて言ったら、殺すから」

彼は鮮やかなブルーの目を片方だけ開け、黙って彼女を見つめ、つぶやいた。「ああ、きみならやりかねない」

「だから?」

「だから、起きてコーヒーを淹れたほうがよさそうだ」

「やったね」コーヒーはあるにきまっている。パーコレーターがあるんだから、でしょ? でも、パーコレーターは客のために置いているだけで、彼は水しか飲まないおかしな人種かもしれない。

彼が長い体を伸ばしたら、仕切り壁に腕がぶつかり、寝袋がずれ落ちた。不意に湧いた唾を、アンジーは慌てて呑み込んだ。四十八時間分の無精ひげを蓄え、寝癖のついた髪の彼は、だらしなくて、でも、おいしそう。筋肉の動きから無理に目を逸らし、もっと日常的なこと、たとえば生理的欲求をどう処理するかというようなことに意識を向けた。

そろそろ足首に体重をかけても平気かもしれない。トイレまでの往復が楽になる。寝袋から右足を出し、調べてみる。爪先はまだ少し腫れているが、たいしたことはない。慎重に指を動かしてみる。大丈夫なようだ。もう少し動かす。「足首の骨が折れてたら、指を動かせば痛むはずよね？」

「どうだかな。おれは腕と肋骨三本、鎖骨に鼻の骨を折ってるし、膝小僧にひびが入ったこともあるが、足首を折ったことはないから」

顔をしかめ、彼を見る。「あなたって事故を呼び込む体質なの？」

「冒険好きと思いたい。鼻の骨を折ったのは八歳の年だ。自転車でランプを飛び越えようとした」

「鼻の骨を折ったようには見えないわね」たしかにそうだ。鼻梁《びりょう》はまっすぐのままだもの。

「ガキは治りが早い。肋骨を折ったのは十四の年。馬に蹴られた。膝小僧のひびはフットボールの試合で。腕と鎖骨を折ったのは訓練中の事故だ」

「なにがあったの？」

「よじ登ってる最中に、上の奴が手を滑らせて、おれとほかの奴を道ずれにして落ちた」

死ぬところだった。頭か脊柱《せきちゅう》をぶつけていたら……アンジーが顔を逸らす前に、その顔に浮かんだ恐怖の表情を、彼はちゃんと見ていた。昔のことだとわかっていても、恐ろしい想像に吐き気がした。そういえば、彼の喉の傷痕を見るたび吐き気がしていたっけ。榴散弾の破片が、頸《けい》動脈を断ち切っていたかもしれないのだ。彼は何度も死にかけている。あと数センチ、数秒ずれていたら――

彼を愛している。というより、彼なら愛することができる。鳩尾を押さえ、遊園地の大観覧車に乗ったときのような吐き気と闘った。大観覧車に乗って楽しいと思ったことは一度もない。人を好きになったとたん、見る物すべてがワインとバラに変わるわけじゃないことぐらい、経験で知っている。惹かれ合っていることはたしかだ。デアはそのことを隠しもしない。でも、それだけだったらどうするの？　セックスだけが目当てだとしたら？

「大丈夫か？　顔色が悪いぞ」ブーツに足を突っ込みながら、彼が言った。

「頭が痛いの」無意識に返事をしていたが、あながち嘘ではない。丸二日もカフェインを摂取していないのだから。「コーヒーが飲みたい」彼女が押さえているのが頭ではなく鳩尾であることを、彼が指摘しないことを願った。親密な会話に引き摺りこまれたくなかったから。本能が目覚め、自分を守ろうとしていた。人間関係に自信がある人だったら、ちがう反応を示すのだろうが、生まれてから自信があったためしがなかった。自分のキャリアや思慮分別には自信があるけれど、感情と思慮分別とはまったくべつだ。

「はいはい、マダム、いますぐお湯を沸かします」彼はそう言いながらも、だらだらとブーツの紐を結んでいた。

「わかったわ」人任せにするよりはとヒーターをつけ、パーコレーターの水をチェックした。底から五センチほど残っている。「あなたは何杯飲むの？」

「二、三杯」

「あたしも。水のボトルを三本ちょうだい。用を足しに行っているあいだに沸くと思う」

彼は言われた以上のことをやってくれた。床に置かれた水のケースからボトル三本を取り出したうえに、挽《ひ》いたコーヒー豆の袋も探し出したのだ。中身が半分に減った袋の中には計量スプーンまで入っていた。袋を開け、深々と香りを吸い込んだ。コーヒーの香りを嗅ぐだけで幸せになる。きちんと計ってコーヒーを淹れるタイプだから、ぶつぶつ言いながら頭の中で計算した。「十六・九オンスのボトル三本だから……五十・七……六足して……五で割って……十一ちょっと……二で割って――」

「いったいなにをやってるんだ？」こいつなにやってんだ、信じられない、という顔で彼が尋ねた。

「コーヒーを何杯入れたらいいか計算してるの」そんなこともわからないの？　顔をしかめて彼を見る。ボトル三本ってわざわざ言ったんだから、ほかになにをするって言うの？

「掛けたり割ったりして？」

「あなたならどうするの？」腕を組み、身構える。気持ちの上でも。

「水を注いで、必要な量のコーヒーをぶち込む」

「どんな味がする？」

彼はフーッと息を吐いた。「すごくうまいときもある」用心しながら言う。

「あたしのやり方だと、いつだっておいしいコーヒーが飲めるわよ」

「だが、そのためには、ク——おっと、憎たらしい計算機が必要だ！」

「あら、そう？」これみよがしに周囲を見回す。「計算機なんてあったかしら。あたしの場合、なくても支障はきたさないけど」信じられない。彼が〝クソッ〟と言いそうになって〝憎たらしい〟に言い替えるなんて。いったいいつから言葉遣いに気を配るようになったの？　ハハッ。おもしろいことになってきた。

「その魔法の計算式ってのは？」小首を傾げて見つめていると、彼のほうから尋ねた。

「水の量を求めて、それを五で割る——」

「なぜ？」

「それは、人類には理解できない理由から、コーヒーメーカーはコーヒー一杯分を五オンスとしているのよ。八オンスではなく」

「くだらない」

「あら、ほんとうなのよ。水を計ってコーヒーメーカーに入れたのに、うまく合わなかったことなかった?」

「そんなこと気にしたこともない。だが、これはコーヒーメーカーじゃない。パーコレーターだ」

「でも、計量スプーンは、五オンスのコーヒーを淹れるのにどれだけのコーヒー豆が必要かを基にして作られているのよ。挽き方によってちがってくる――」

「聞きたくない。きみはよけいにややこしくしてる」

「あたしはおいしいコーヒーを淹《い》れてるの」コーヒーを淹れる技量を馬鹿にされたようでムカムカしてきた。

「きみはそう言うが、まだ証明されていない。計算をちゃちゃっと終わらせてくれ」まるでサンタクロースはいないと言われた子どもみたいに、彼は恨みがましい顔をした。

「粗挽きだと少し多めに使うの。細挽きなら、少し少なめに。これは中挽きだけど、計量スプーンは大きいから、一杯でコーヒー二杯分と換算する。だから、水の量を五で割って、さらに二で割ったの。それで計量スプーン何杯分のコーヒーが必要かわかるでしょ」

彼は不穏な表情を崩さずにパーコレーターを指差した。「わかった。コーヒーを淹れよう。うまく淹れるんだぞ」

「さもないと？　あたしからコーヒーを淹れる利権を剝奪して、手足を切断すると脅す？」

「いいからコーヒーを淹れろ！」

「濃いのがいい、それとも薄め、ふつう？」

彼は歯を食いしばった。「ふつうでやってくれ」

「わかったわ」コーヒーを計ってパーコレーターのバスケットに入れた。ついトントンと叩かずにいられなかった。「あなたの客はあなたが淹れたコーヒーを喜んで飲んだ？」

彼はますます歯を食いしばった。「着いた翌日から、客が代わって淹れてくれるようになる」ついに告白した。

「あたしの客はあたしのコーヒーを喜んでくれるわよ」彼女はひとり悦に入った。スプーン半杯分余分に加える。彼は濃い目が好きだろうから、半杯が妥当な線だ。キャンプストーブに火をつけ、パーコレーターをかけた。用を足して戻るころには、コーヒーができているだろう。

そういうことを念頭に置いて、そろそろと足首を曲げてみる。それほど痛くない。「足に少しぐらいなら体重をかけても大丈夫だと思う。立ち上がるのに手を貸してくれれば」

「きみは焦りすぎだとおれは思う」そう言いながらも、彼は立ち上がって両手を差し出した。その手を握ると、彼は軽々と引っ張りあげ、今度は腕を回して支えてくれた。

考えていたのとはちがう展開だ……それに、彼はまだシャツを着ていない。裸の胸に抱き寄せられていることも、力強い腕が体に回されていることも考えないようにして、左足で立ってバランスをとることに意識を集中した。そろそろと右足をつき、息を止める。痛めた足首に少しずつ体重を移していく。痛い。すごく痛い。でも、最初のころほどの激痛ではないし、体重をかけてもガクッとはならなかった。

「歩けるかどうかやってみるわね」

彼の低い声がこめかみを震わせる。「支えてやる。やってみろ」

彼はそうしてくれた。右足に体重を全部かけるのはやめておこう。右足を引き摺るようにして、さっと左足を前に出した。「痛ッ。ワオ」ほっとして大きく息を吸い込む。「きのうよりずっとよくなってる。つまり、骨折ではなく捻挫ね」

「もういい。やりすぎると悪くするぞ。さあ、さっさとすませて来よう」

〝さっさとすませる〟というのはつまり、彼の肩に担がれて梯子をおりるということだ。いちばん早くすむ。でも、そのためには彼はシャツを着なければならず、全体的にみれば、プラスマイナスゼロというところだ。あの筋肉を見せつけられて、いつまで堪えられるかわからなかったから。

代わりにほかの物を見つめた。

「あなたのお尻を眺めるのにもいいかげん飽きた」彼女はつぶやき、しっかりしがみついた。頭から落っこちたくはない。

「はいはい、いい子にしてろよ」彼は、まるで子どもを抱えるように楽々と梯子をおりた。

「きみの尻ならいつまでだって眺めていられるぜ」

「眺めたことないくせに。それともべつの女のこと言ってるの？」

下まで来ると、彼は問題の尻をパンパンと叩き、彼女を肩からおろして立たせ、腕を回してうつむいた。それで文字どおり鼻と鼻を突き合わせる格好になった。「きみは間違ってるぜ。おれは、事あるごとにきみの尻を眺めてた」

ドキッ、ドキッ！　心臓の鼓動がまたドラムモードに突入した。なんて返すべき？　彼はセックスしたいからふざけて見せるの？　使えるものはなんでも使おうって？　それとも、本気なの？　ヘッドライトに射すくめられた鹿みたいに目を見開き、真剣なブルーの目を見つめながら、冗談として笑い飛ばすべきか、真剣に受け止めるべきか悩んだ。彼が真剣なんてことありえる？

ふたりのあいだにある敵意や、彼が家と土地を買い上げようとしているという事実、もっと競争の少ない地方に引っ越して一からやり直すことを考えたら、彼はセックスしか考えていないと判断すべきだ。男にはそれができる。感情とセックスを切り放すことができる。ふたつが合致することはない。この状態から脱出してふだんの生活に戻ったあとも、心が乱れて収拾がつかなくなるようなことが、ここで起きてほしくなかった。

彼はこっちの反応を待っている。警戒して目を細めた表情から、彼女に殴られるのをなかば期待しているのがわかった。腕がむずむずする。でもそれは、彼の首に抱き付きたくて仕方ないからだ。そんなことできない。体の一部が意志とは関係なく動くなんて、ありえない。だから、口元を引き締めて言った。「だったらやめて。もうあたしのお尻を眺めないで」

彼はあざけるような声を出した。「そりゃ無理だ。きみの尻は世界七不思議のひとつだからな。見ないわけにはいかない」

彼女は頭を振り、その言葉を打ち消すように彼の顔の前で手をヒラヒラさせた。無様に足を引き摺って彼から離れ、言った。「だめ、だめ、だめ。そっちはだめ。そういう考えは頭から締め出してちょうだい。ぜったいにそんなことにはならないから」

「そう決めつけるなよ」彼は言い、目尻にしわを寄せた。まるで彼女の抗議をおもしろがっているみたい。

彼を踏みとどまらせるために、なにか言うべきだ。そこで名案がひらめいた。「あなたには心から感謝しているの」言葉を武器のように投げつけた。「あなたに家と土地を売ることに同意します。だから、思いどおりにするのにセックスを利用する必要はないのよ」

まるでラバに蹴られたかのように、彼はのけぞった。黒い眉をひそめ、目を細める。青い炎がひらめいた。「クソ忌々しい土地のことなんて、いまここで持ち出すな！」

「ほかにどう考えればいいの？」彼女は言った。自分では冷静な口ぶりだと思った。「藪から棒に、あたしを神から男たちに授けられた贈り物扱いするなんて。気楽なセックスを求めてると思うのも無理ないでしょ。それとも、思いどおりにするためにセックスを利用するつもりだって。どっちにしても、ありがたい話だとは思えない」

彼は口をへの字にし、掛けてあったレインコートを取って投げてよこした。「そいつを着ろ」

レインコートに腕をとおしながら、生意気な口をきいてしまったのだろうかと思った。彼を怒らせたら、担いで梯子をのぼってくれるだろうか。でも、人の気を惹くようなことをあれ以上言われたら、完全に平静を失っていた。彼はからかっただけだったとしたら？　とんだ赤っ恥をかいたことになる。結婚式であんな振る舞いをした気まずさを、いちおうは乗り越えられた——いちおうは。それでも、あの日、あの場にいた人たちと出会ったらと思うといたたまれない気持ちになる。おなじ理由から、ビリングズの友だちと連絡をとらなくなっていた。でも、デアの言うことを真に受けて、あとで冗談だとわかったらとても堪えられないだろう。

彼に抱えられて表に出て、簡易トイレに入ると急いで用を足した。彼を待たせては悪い。小屋に戻りレインコートを脱いでいると、コーヒーが沸く音が聞こえた。彼は無言でアンジーを担ぎ、梯子をのぼった。どんなに時間がかかろうと、どんなに足首が痛かろうと、つぎに用を足しに行くときは、けんけんしてでもひとりで行こうと思った。心の平静を保つためにはそうするしかない。

彼はマットレスの上に彼女をおろし、しゃがれ声で言った。「コーヒーに砂糖とミルクは?」

自分でやると言いそうになって、気持ちを抑えた。売り言葉に買い言葉で彼と言い争いになったら、なにを言ってしまうかわからないし、ふたりはどうなるかわからない。彼女のゴールはすべてを手の内におさめておくことだ。

彼はコーヒーをカップに注ぎ、彼女のには砂糖をひと袋入れ、自分のにはもっとどっさり入れた。意見を言いかけてやめた。言わぬが花だ。おいしいかどうか、彼に尋ねることさえしなかった。不機嫌な虎を棒で突くようなものだ。彼からカップを受け取り、壁にもたれて両脚を伸ばし、コーヒーを飲んだ。

思いがけず熱いコーヒーは天国の味だった。ふた口、三口つづけて飲み、壁に頭をついて目を閉じた。頭痛が流れ出していった。そんなにすぐに治るわけもないが、たしかに気分はよくなっていた。

彼がかたわらに腰をおろすのを感じ、コーヒーを飲む音を聞いた。しぶしぶという感じで彼が言った。「うまい」

「ありがとう」

礼儀正しいやりとりじゃないの？

オーケー、ふつうにしているのがいちばん。ふと思いついて尋ねた。「ところで、あなた、なにも言わなかったけど……どうしてここにいるの？　シーズンの終わりにやって来るパーティーのために下調べに来たとか？」

「いや、釣りに来た。書類仕事から逃げたくて。きみたちはおれより数時間前に山に入った」

彼女は目を開け、壁にもたせたまま頭を動かした。「ありがたい偶然だったわ、あたしにとっては。あなたがいなかったら、あたしは生きていたかどうか。それで、嵐の中、あんな時間になにをしていたの？」

「きみのキャンプ場を探していた」彼はカップを両手で摑んでもうひと口飲み、楽な姿勢に座り直した。「嵐で目が覚めたところに銃声が聞こえた。ピストルの音だとわかったが、きみにしろ、ほかの誰にしろ、あんな夜中にピストルを撃つ理由がわからなかった。熊かピューマがキャンプ場に現われて襲いかかってきたら、ライフルを使うだろう。ピストルの銃声がしたということは、人間同士でなにかあったということだ」

「ええ」彼女はため息をついた。「たしかに」

「それで、横っ跳びする若駒に鞍をつけ、最悪の嵐の中を出掛けた。踏み分け道からはずれて引き返したときに、きみの声を聞いた。あとは知ってのとおりだ」

「でも、あたしのキャンプ場の場所をどうして知ってたの？　銃声がした方向はわかっただろうけど、でも――」

「ハーランが教えてくれた」

「ハーランが？」

「彼は心配していた」

アンジーは黙って考え込んだ。ハーランが心配したのは、彼女が女で客ふたりが男だからだろう。でも、そんなことを言っていたら仕事にならないし、つねに注意はしてきた。

「つまり、彼は知っていたのね。あなたはもとからここに来る予定で、それで――」困惑して口をつぐんだ。それで、なにを？　彼女を見守る？　でも、この小屋は彼女のキャンプ場から数キロ離れているから、真夜中に銃声がしなかったら、キャンプ場でなにがあろうとデアは気づかずじまいだっただろう。チャドが翌日まで待って、デイヴィスと彼女をライフルで撃ったとしたら、デアは警戒しなかった。狩りにライフルの銃声はつきものだ。

彼はコーヒーを飲み、目をなかば閉じた。考え事をしているのだろうか。「ちょっとちがうんだな」

「ちょっとちがう？」

「来る予定はなかったんだ。だが、ハーランは心配して、きみを見守ってやってくれと頼むし。もしもの事があるかもしれないからって。だったらついでに釣りをしようかと思ってやって来たというわけだ」

彼女は面喰らってカップを落としそうになった。頭の中を駆け巡るいろいろな可能性を仕分けしながら、彼をじっと見つめた。「つまり、あなたは……その……」

「ああ。おれがここに来たのは偶然じゃない」

ハーランに頼まれたからといっても、わざわざ一週間も時間を割《さ》いてやって来た？　彼がハーランのためにいろいろやっているのは知っていたが、彼女とデアは敵対関係にあったわけだから、彼がどうして来る気になったのかわからなかった。

「あなたが来てくれたことは、ほんとうにありがたいと思っているわ。でも、どうしてあなたがハーランの頼みを聞く気になったのか、どう考えてもわからない」

「言っただろ」彼はカップの縁越しにアンジーを見つめた。「もう二年ものあいだ、おれはきみの尻を眺めつづけてきたんだ。ところで、こいつはほんとうにうまいコーヒーだ」

24

頭の奥のほうで、また警報ベルが鳴り出した。反応は素早かった。「まあ、だめよ。言ったでしょ。そっちはだめって」

「へえ？　どうしてだめなんだ？」

どうして夕食にピザはだめなんだ、と尋ねているような口調だ。それはまさに鳩尾に一発だった。求めているのはセックスだけ、いらなくなったら捨てる、と言われたのとおなじだ。

彼を睨みつける。「どうしてだめかって？　こっちが訊きたいわよ。あたしは行きずりのセックスはしない、それだけ。あたしたちはデートしてるわけじゃないのよ」

彼は片方の膝を立てて腕を載せ、手にカップを持ったまま、推し量るように彼女を見つめた。「デートしていたかもしれないんだ。おれは二度も誘ったぞ。そこでひとつ質問がある。おれに惹かれてるのか、どうなんだ？　単刀直入に言う。おれはきみに惹かれている。だから、きみもはっきり言ってくれ」

顔が火照《ほて》る。嘘を言おうと思えば言える——あのとき彼とキスをしていなければ、彼にしがみついて舌と舌を絡めていなければ。これは誘導尋問だ。聞かなくても、彼は答を知っている。「それは問題じゃない」彼女はつぶやき、身じろぎした。

「いや、それが問題なんだ。おれは正直に言った。だからきみも気持ちを正直に話してくれ」彼は目を逸らさなかった。アンジーの表情の変化を逐一観察している。まるで感情的に裸にされたような気がした。でも、そういうことなら、人生で最低最悪の赤っ恥事件を打ち明けたじゃない。結婚式であんな振る舞いをしたせいで、自分に自信が持てなくなり、人との付き合いに臆病になっていることを、理解してくれてもいいのに。彼も弱みを見せてくれたら、もっとちかづけるだろう。問題は、この男には弱みがないことだ。生まれてからこのかた、榴散弾で喉が切れたときですら、自分を弱いと思ったことなどないのだろう。自信満々で生まれてくる人間はたまにいる。人生のあらゆる局面で自信が溢れ出す。彼女はそうではなかった。彼女の自信はごく一部の領域にかぎられ、ほかの領域に波及することはなかった。

「あなたに魅力を感じないわけじゃないわ」追い詰められて憤慨していた。

「だったら、なぜおれの誘いを断わったんだ？　二度も」

彼はいつもよりずっと不機嫌だ。アンジーは驚いて怒っていることも忘れ、目をぱちくりさせた。彼がそんなに気にしていたなんて、信じられなかった。それで傷ついたとか不安になったとか、そういうのではないらしい。とにかくご機嫌ナナメのようだ。「最初に誘ってくれたときは、行きたかった」ぽろっと言ってしまった。

「だが、来なかった」

「行けなかったの。翌日からハンティング・ツアーだったのよ。前のツアーから戻ったばかりで、準備に駆けずり回ってた。行けません、って言ったら、あなたはプイッといなくなった」怒りが戻ってきた。「理由を説明する暇もなかった。どうすればよかった？　あなたの背中に向かって吠える？」

「かもな。男ってもんは、そういうときどうしたらいいのかわからない」彼が顔をしかめた。「しつこくすればストーカーだって言われる。ごり押ししなけりゃ、関心がないことになる。おれはどうすればよかったんだ？　それに、もう一度誘ったぞ」

「それはべつよ。何カ月も経ってたじゃない。あのころには、仕事をおおかた奪い取られていたから、あなたの名前を耳にするたびに激怒してた」

彼は手で髪を梳《す》いた。「なあ、そのことはおれにはどうにもできない。わざときみの商売の邪魔をしたわけじゃない。だが、おれを雇いたいっていう依頼は断われない。おれにどうしてほしかったんだ？　きみはどうするつもりだった？」

すばらしい質問。これぞという答はないからだ。彼はなにも違法なことはしていない。倫理にもとることも。彼にも生計を立てる権利はある。彼は安値を提示して食い込んできたのではない。むしろ彼女より高い料金を設定している。彼女が仕事を失ったのは、彼がそこにいるから、異なる経験と強さを持つ彼がそこにいて、彼女の客の中に、彼のほうがいいと思う人がいただけの話だ。

それでも頭にくる。

「あなたにああしろこうしろと言うつもりはないわ」認めるしかなかった。「なるようにしかならない。あたしたちがたがいに惹かれ合っていたとしても、あたしがよそに移ることや、行きずりの関係には興味がないことは変えようがないもの」

彼はコーヒーを飲み、カップの縁越しに彼女を見つめた。「行きずりの関係も楽しいもんだぜ」

アンジーは鼻を鳴らした。優雅な音とは言いがたいが、彼女の気持ちを正確に表わしている。むっとして言った。「ええ、そうね。男にとってはそうかも」

彼はちょっと驚いたようだ。カップをさげ、眉を吊り上げて彼女をしげしげと見た。「きみはセックスが好きじゃないのか？」

「そんなこと言ってない。まあまあってとこ」

バカ！　なんてこと言うの？　なに考えてるのよ。雄牛の目の前で赤い旗を振るようなものだ。言ったとたんに後悔した。女が、セックスは最高だなんて思っていない、と言えば、男は自分が侮辱されたと受け止める。すると当然ながら、女が間違っていることを証明したがる、つまり——

彼がカップをドンと置いたので、中身がこぼれそうになった。「〝まあまあ〞だって、つまり、自分の尻と地面の穴の区別もつかないような奴としか、やってこなかったってことだな」

それは……ビンゴ！　目をクルッと回さずにいるのがひと苦労だった。その苦労は完全に報われたとは言いがたい。神のご加護を求めるように天井を見上げた。常識が叫ぶ。知らん顔して話題を変えなさい。さもなければ喉が詰まって死にそうなふりをしなさい。でも、そもそもの不満の源はセックスであり、喉を詰まらせるのだろうがなんだろうが、ふりをすることにうんざりだった。

「ねえ」せっかちに言う。「まあまあだって言ったのは、なにをもってすばらしいと言うのかわからないからよ。男は射精することで絶頂に達する。女は手で——男が鷹揚な気分のときなら口で——絶頂に達する。面倒なことはいやなの。少ない努力で結果が保証されているものなら、という意味よ」

彼はまさに雷雲だ。謎めいた意志が渦巻いて迫ってくる。鼻と鼻がぶつかりそうになる。駐車場で言い争ったときとおなじだ。「もう一度言う。きみは、セックスとはなんたるかを知ってる相手とやったことがない」

彼を威圧的と思う人間は大勢いるだろう——彼女もかってはそうだったけれど、いまはちがう。あれからいろいろなことがあった。眉根を寄せて彼をじっと見返した。常識が叫ぶのをとおりこして絶叫していた。作戦失敗！　作戦失敗！　それでも言わずにいられなかった。「あなたは魔法の杖をぶらさげていると思っているみたいね、すべてをバラ色に変える。ちがう？」

「そのとおりだ」彼がにべもなく言った。「ロケット工学を持ち出すまでもない。きみはコーヒーの淹れ方を知っている。おれはセックスを知っている」

彼女は笑い出した。ゲラゲラ笑った。腹を抱えて大笑いする彼女の手から、デアはカップを救い出した。「あなたは……つまり、総量を計算して、それを割って——」あまりにも馬鹿らしくて、笑いがとまらなかった。

彼は二個のカップをそっと床に起き、彼女の上にまたがった。笑いがとまった。彼の重い体重が、熱くて硬い体が覆いかぶさってきたとたん、笑いが引っ込んだ。彼になにも感じていなければ、こんなことをされて怒り出すはずだ。でも、ちがう。感じている。ずっと前から感じていた。それに、彼を恐れていなかった。少なくとも肉体的には。感情的には彼を信用するつもりはないけれど、肉体はどうなの？　肉体の安全は？　ええ、そう、ためらいなんてどこにもない。

「かならずしもそういうことはやらない」彼のしゃがれ声はあまりにも低く、彼女は聞くと言うより肌伝いに震動を感じた。彼の視線が顔の上をさまよい、口元で留まった。「取引といこう」

「これはゲームじゃないのよ。遊びでセックスはしない」彼に上に乗られているのに、こんな会話をするなんて、へんなの。両手を彼の脇腹に当ててはいても、力を加えてはいなかった。押しのける努力はしていない。セックスについてあれこれ言ったあとだけに、彼の重みとぬくもりにうしろめたい歓びを感じる。でも、そんなこと彼に言うつもりはなかった。彼が勃起しているから、よけいにうしろめたい。脚を開いて彼を迎え入れたいけれど、それは彼を利用することにならない？　それとも、これはセックスの一部にすぎないの？　歓びのギブアンドテイク？　気が散ってよく考えられない。

「それを聞いて安心した。おれも遊びのつもりじゃないからな」彼がさらに体重をかけてきて、両脚をわずかに動かした。いいえ、わずかじゃない。彼女の脚を開かせて、硬くなったものを押しこみ、クリトリスに押しつけようとしている。「取引とはこうだ。セックスの途中できみをいかせられたら、手も口も使わずにな——もっとも、おれにとって重要なのは、〝いかせる〟ということであって、きみがどうやって〝いく〟かじゃない——ここにいるあいだ、したい放題、やりまくる。どれぐらいの期間かって？　この経済状況だから、よくて数カ月だな。きみが提示している金額を、おれの取引銀行が貸してくれるかどうかわからない」

彼女は思いきり顔をのけぞらせた。といってもこういう体勢だから、たいしたことはないが、それでも信じられない思いで彼を睨んだ。「セックスしようとあたしを説き伏せるのに、経済状態と銀行まで持ち出すの？」意識のほとんどすべてが腿のあいだに加わる圧力に向いているのに、まだおしゃべりをつづけている自分が信じられなかった。動悸が激しくなってくる。彼に伝わっているはずだ。動悸の激しさに肋骨がガタガタいってるんだもの。

「きみはなんでも無視するか、拒絶するかだな」

「デア、あたしたち、一度キスしただけなのよ！　たった一度！　あたしがそういう危険を冒すと、考えるほうがおかしいわよ。あたしはもともと、危険を冒すタイプじゃないの」

「あの一度のキス」彼がまたキスした。でも、このキスは軽くてやさしかった。要求するのではなく、やさしくおだてるキス。激しいのではなく、思いやりのあるキス。距離をとらないと、反応しちゃだめ、と思った——最初の二秒間は。それから、キスの甘い誘惑に、意志の力もなにもすっかり呑み込まれてしまった。

　このときの気分を表現すると、こんな感じ。チョコレート・アイスクリームがどうしても食べたくて、でも、食べちゃだめ、と自分に言い聞かせ、それでも我慢しきれずに冷凍庫のドアを開けたら、目の前にチョコレート・アイスクリームがあり、ガゼルを前にした飢えた雌ライオンそのもの、きっかり三秒で平らげた。それぐらい彼が欲しかった。欲望の激しさに自分でも驚く。こんな気持ちになったのははじめてだ。十代のころは人並みに男の子に夢中になったし、トッドを愛していると、自分では思っていた。でも、こんなふうに触れたくて、触れられたくてたまらなくなったのは、はじめてだった。

　彼が体を離して起き上がった。アンジーは困惑して彼を見つめ、心臓の鼓動をもとにもどそうと必死になり、彼のほうに腕を伸ばしそうになるのを必死で堪えた。腿のあいだ、奥深いところが疼いて、内側の筋肉が収縮し、乳首がツンと立つ。

「押しつけるつもりはない」彼が言った。「しつこくはしない。その点は信用してくれていい」

「もちろん信用しているわ」答えたとたん、しまったと思った。本心だったから。それに、いま考えていたことを、彼がすべてお見通しだったから。

「ああ、ある意味ではな。でも、このことでは、信用していないんだろ?」

彼女の気持ちに、デアはとても敏感だが、それは彼女が、いままでほかの誰にも見せたことのない心のうちを曝け出したからだ。もっとも恥ずかしい過去を語ったからだ。よほどの馬鹿じゃないかぎり、行間を読んで、彼女がなにをいちばん疑ってかかるか、なにに自信がないか理解するはずだ。「あたしがどう思っているかわかる？　あなたはセックスしたくてたまらない。これ以上明白なことはないでしょ。あなたは欲情していて、お誂《あつら》え向きにあたしがここにいる——いまここに。だけど、あたしはちかい将来、ここから出て行く。つまり、あたしたちに未来はないわ。それに、あたしは行きずりのセックスに興味がない」

「きみは出て行く必要ない」

「生計を立てるために、ええ、出て行くわよ」

「ああ、もう。こんなに早く打ち明けるつもりはなかったが——」

疑念が湧き上がり、胃がムカムカしてきた。パッと起き上がって目を細める。「あたしになにを打ち明けるつもり？」

その口調に、彼は気分を害したようだ。「ひどい話じゃない。よしてくれ、まるでおれが銀行強盗をすると言い出したみたいじゃないか。きみにとって悪い話じゃない」

それでも警戒しながら言った。「オーケー、聞こうじゃないの」

「その前になにか食おう。コーヒーをもう一杯飲もう」

デアが時間稼ぎをしている。そう思ったら不安になった。口ごもることなどない、思っていることをズバズバ言う人が。でも、焦ることはない。話す時間はたっぷりある。お腹はすいてなかったが、コーヒーのお代わりはありがたい。

ロッカーに備えてある食料は、インスタントのオートミール、朝食用のシリアルバー、トレイルミックス、ジャーキー、インスタントスープにシチューミックス、それに個別包装のマフィンだ。彼女はシナモン味のオートミールを選び、食べながら考えた。彼は袖の下になにを隠しているのだろう。出て行く必要はない、と彼は言った。でも、彼女は生活があるし、人里離れた小さな町に働き口はなかった。

「話をする前に、服を着替えたいわ」オートミールを食べ終わり、彼女は言った。あたたかいコーヒーのカップを両手で摑み、考え事をしながらも、あたたかな食事とコーヒーをお腹に入れた満足感に浸った。ひとつわかっていることがあった。たとえ心理的なことであっても、真剣な話し合いをするとき、ちゃんと服を着ているほうが気分が楽だ。彼のズボン下とフランネルのシャツは楽は楽だけれど、やり手な感じは出ない。それに、もう一度歯を磨きたかった。身だしなみは大事だ。

彼は肩をすくめた。考えを整理する時間が持てて、ほっとしているのだろう。食事のゴミを集め、三杯目のコーヒーを飲み終えると、彼は寝袋から出てカーテンを引いた。「きみが着替えているあいだに、汚れたきみの服の泥を落として掛けておく。山をおりるときに必要だろうから」

「どうもありがとう」

彼が梯子をおりてゆく音が聞こえた。レインコートを羽織る音、ドアが開いて閉じる音がした。アンジーは急いで裸になり、ウェットティッシュで体を拭き、歯を磨いた。髪を梳かすことが大好きなのに、サドルバッグにヘアブラシを入れ忘れたので、指先で頭皮をマッサージし、髪を指で梳くだけで満足しなければ。

デアが戻って来た。雨水を溜めるのにまた表に出しておいたバケツを取りに行ったのだろう。彼女のスウェットを濯《すす》ぐ水音が、屋根を叩く雨音に掻き消される。

下着と自分のシャツを着ると気分爽快になった。ブラは見当たらなかったが、なくても困らない。揺れるほどのものじゃないもの。ブラの役割は乳首を目立たせなくすることだ。ジーンズを穿くのがひと苦労だった。ジーンズに右足を突っ込むためには、爪先を伸ばす必要があるがそれができない。だから布地をひとまとめにして、腫れた足首をそっと潜らせた。ジーンズのファスナーをあげると、ウェストがぶかぶかだった。這って逃げたせいもあるが、低体温症を防ごうと、体が必死になってカロリーを消費したせいだろう。デアだって、彼女を担いで何キロも歩いたし、体温を保つためにカロリーを消費したから、体重が落ちたにちがいない。

あの恐ろしい夜のことは、現実味を失っていた。まるで映画の場面を思い出すような感じだ。いまは居心地のよい小屋にいて、彼女の世界は、マットレスが敷かれた狭い空間におさまっていた。デアとふたりだけのいまがいいから、心は〝あのとき〟を手放し、〝いま〟にしがみついている。夢を見ることで、無意識に〝あのとき〟に対処したのだろうが、目が覚めたいま、現実はさらに遠のいた気がしている。

ほかにやることがないので、足首の包帯をほどいた。腫れは目に見えてひいていた。もう一日養生をすれば、見違えるほどになるだろう。歩けるようになり、天気が回復したら、杖を頼りにここを出られるはずだ。天気ばかりはどうしようもない。雨がやんでも、水が引くまでに時間がかかる。それまではどこにも行けない。

靴下をまず左足に履き、右足も試してみたが、足首に圧迫感があるのでやめ、包帯を巻きなおした。指先がすっかり冷たくなったので寝袋にくるまる。これじゃ一日中、マットレスに座って過ごすことになる。

ドアを開け閉めする音がした。デアがバケツをまた表に出したのだろう。

雨の中で過ごす時間は短くても空気と水は冷たいから、もう一杯のコーヒーを喜んでくれるだろう。コーヒーポットを覗いてみると、たっぷり二杯分残っていた。でも、煮詰まって苦くなっているので水で薄めて火にかけた。

彼が戻って来た音がした。カーテンを開けて声をかける。「コーヒーをあたため直したわ。飲みたいんじゃないかと思って」

「いいね。服を絞って干したらすぐ行く」

一分待ってから、彼が前に加えたのとおなじぐらいたっぷりの砂糖をカップに入れ、コーヒーを注いで溶かした。自分のカップにコーヒーを注いでいると、彼の黒い頭が梯子から現われた。胸がドキンとして、鳩尾のあたりがザワザワする。「お砂糖を入れておいたわ」ドキンもザワザワも無視し、カップを差し出した。

「ありがとう」ぐうっと飲む。「すごくうまい。これからはきみがコーヒーを淹れてくれ」

「そう思っていたところよ」そっけなく言った。「表の様子はどんな?」デアに担がれてトイレに向かう途中で、木立をちらっと見ただけだ。ちかづいて来るものの視界を遮る木々に守られて、小屋はたっていた。

「生きるか死ぬかの事態でないかぎり、ぬかるみの中に踏み出して行く気はないね。だが、悪いことばかりじゃない。雨脚がだいぶ弱まってきている。天気予報を信じるなら、雨はきょうの午後遅くにはやむはずだ」

「雨量の予測は大はずれだったけどね」

「ごもっとも」彼はマットレスに腰をおろしてブーツを脱ぎ、タオルの切れ端で拭いてから脇に置いた。それからコーヒーカップを取り上げ、壁にもたれかかった。向かい合って座ったほうがいいのだろうけれど、脚を畳んで座ることができないから、並んで座って脚を伸ばした。脚と脚のあいだには、二十五センチほどの隙間があった。

「ハーランからきみに説明してもらうつもりだった」彼がぼそっと言う。

「それは残念ね」

「双方にとっていい話だと思うんだ。おれは事業を拡大したい。いろんな目的を持った客がやって来るだろう。だが、そうなるとどうしても手薄になる」

アンジーは口をきっと結んだ。彼が手薄になったのは、彼女の客を奪ったからだ。「取り入ろうとしても無駄よ、キャラハン」

「取り入るつもりはないさ、パウエル、きみに、クソッ——ああ、もう……罰当たりな言葉を挟まないとうまく話せない。軍隊に長くいすぎたせいだな。つまりだ、きみと取引しようってことだ、わかったか？」

彼女は警戒した。「まだわからない」

「きみを雇いたい」彼はいらついている。「きみの家を手に入れれば、もっと多くの客を泊められるが、人手が足らないから宿泊施設があってもしょうがない。大人数のツアーを引き受けるんじゃなきゃな。いまのままでは、おれの家を建て増ししても意味がない、だろ？予約が重なったとき、引き受けてくれる人間が必要だ。地理にあかるくて信用のできる人間が。きみは出て行かなくていい。家の切り盛りをしてくれる人間が必要なんだ」

「あたしを雇う」声に力がなかった。びっくりしてしまって、持ち上げられているのか、侮辱されているのかわからなかった。自分が動揺しているのか、喜んでいるのかもわからない。わが家を失うことになるが、家を出る必要はない。営業権を失うことになるが、大好きな仕事はつづけられる。独立独歩の立ち場はとれなくなるが、倒れる寸前だったわけだし、自分の裁量でやる仕事だから独自性は守られるだろう。

「それに、書類仕事を引き受けてくれる人間が必要だ」

「あら、それがほんとうの理由なのね」軽い皮肉を込めて言ったが、最初のショックが薄らぐと、彼の申し出が少しばかりありがたかったし、胸にじんときた。じっくり考える余裕が持てたら、すごくありがたいと思うかもしれない。でも、いまは、自分が自分のボスでなくなることを、受け入れるのにせいいっぱいだった。人の下で働いた期間のほうが、父の仕事を継いでからの期間よりも長いのだから、やれないことはない。でも、ひとりで切り回すほうが性に合っているし、計画をたてたり準備したりするのが好きだった。誰の指示も受けずに仕事をするほうがいい。

彼の申し出を受けるべきかどうか、いまは判断がつかない。ひとつ、大きなプラスの点がある。家と土地を売ったお金が手に入れば、将来に備えて投資ができることだ。借金返済に苦しまなくていい——それはデアが悩むことだ。さしあたりのマイナス点は、使われる身になること。自分のやり方で仕事ができなくなる。

でも、申し出を受ければ、家にそのまま住むことができる。それに、デアのそばにいられる……でも、彼がボスになるのだ。ものすごく大きなマイナス点だ。彼女とどうにかなろうとして、それで彼女を雇うことにしたのなら……だめだめ。そうはさせない。がっかりだ。なんとか考えをまとめようとした。どうしてそんなことを気にするの？　彼と寝てもいいと、漠然とだけれど思っているんじゃないの？

ああ、もう。彼のせいでますますこんがらがってきた。

25

「考えさせてちょうだい」彼女は言った。

「どうして？　問題は、ここに住みつづけたいかどうかだろ」

それっていかにも男が考えそうなことよね？　まるで魚雷だ。全速力で突進していくだけ。彼にとっては単純な問題だろう。取引を持ちかけた。あとは彼女が気に入るか、気に入らないかだけ。でも、魚雷に吹き飛ばされたくはない。彼女の望みは……自分がなにを望んでいるのかよくわかっていなかった。微妙なちがいや可能性を、まだしっかり吟味していないのだから。

なぜなら、ボスと寝るつもりはないから、なんて口が裂けても言えない。これからふたりの関係がどうなっていくのか、まるでわからないから、なんて言えない。脳みそを除くすべてが、彼のほうに引き寄せられているけれど、脳みそが納得しないかぎり動けない。確実でないことについて、確実な決断をくだせるわけがないでしょ？　感情的にも肉体的にも、彼と関係を結ぶかどうか決めるだけでも大変なのに、仕事上の決断まで同時にくだせるわけがない。申し出を断われば、彼と引き離されてしまう。でも、申し出を受け入れれば、関係を持つことはできない……考えれば考えるほどこんがらがってくる。ふたつをいっしょくたにはできないし、かといって分けて考えることもできない。

「それで？　きみは住みつづけたいのか？」

「そう急かせないでくれる？　だいいち、銀行からお金を借りられるかどうかもわからないんでしょ。それに」――手を振って小屋を指す――「いまはなにもすることがない。ここにいるしかないんだもの、急ぐ必要ないでしょ」

「だが、きみが決断すれば、細かい部分を詰めることができるだろ」

「細かい部分を詰める気はないわよ。じっくり時間をかけて決めたいの。間違いを犯さないためにね！」苛々してきた。「ねえ、軍隊ではどの階級だったの？　ガミガミ軍曹《チーフ・ナガー》？」

「陸軍では〝チーフ〟という位はない。それは海軍だ」でも、彼は口元に小さな笑みを浮かべ、壁にもたれると肩の力を抜いた。「おれはE‐セブンだった」

「英語に直すと……？」

「一等軍曹」

軍隊の階級は、新兵とか将校とかそれぐらいしか知らない。「それってすごいの？」

彼は紙やすりで擦るような忍び笑いを洩らした。「それほどでもないな。軍曹ってのは、副社長の盛り立て役の部長みたいなもんだが、失敗の責任をかぶらされる。唯一のちがいは、書類仕事のつまらなさを埋め合わせてくれる武器や爆発物や、ほかにもおもしろいものがあることだ。おれの主な仕事は、中尉を訓練することだった」

彼は自分の仕事をよく理解していたのだろう。そうでなきゃ、榴散弾で傷を負うわけがない。「将校を訓練する必要があるの?」

「どんな仕事でも新入りはみなおなじだろ。若くて経験がない。戦闘を見たことがないから、愚かな決断を下す。できる奴は軍曹の言うことに耳を傾ける。ボンクラ中尉が、戦死するか大勢の部下を死なせる前に、軍隊でキャリアを積みたくなかったんだって気がついて辞めてくれれば、運がよかったと思わないとな」

アンジーはこれまで軍隊とは無縁の生活を送ってきたが、軍隊生活ににわかに興味を掻き立てられた。彼がなにをしてきて、どんなふうに日々を過ごして来たか、どんな友人と付き合っていたのか知りたいと思った。どんなふうに傷ついたか知りたいけれど、尋ねる気はなかった。ふたりの関係は劇的に変化したとはいえ、まだ三十六時間の付き合いだ。いろんな出来事が詰まった三十六時間だったが、個人的な質問をするのはまだ早い。

「好きだった? 軍隊生活」

「大いに楽しんだ。いいときも悪いときもあったな」彼は頭をうしろに倒し、目をなかば閉じて思い出に浸った。「一生の付き合いの仲間ができた。だが、軍隊でキャリアを積む気はなかったんだ。入隊したときは、長くて十年と思っていた。大学の学位もとれるし、広い世界を見て回れる」また忍び笑いを洩らす。「両方ともできた。だが、鋭い金属片で負傷したあと、あらためてこれからのことを考えた。すでに予定より五年長く軍隊にいたからな。それで辞めたんだ」

彼のほうから言い出したのだから、質問してもいいだろう。「喉の傷はそのときのもの?」

「ああ。最初の二週間はしゃべれなかったが、腫れのせいだった。大丈夫だと医者に言われたから心配はしなかった。だが、しゃべれないのは苛々するもんだぜ。声は戻ったがしゃがれたままだ。それでも、世の中にはもっとひどい目に遭った連中が大勢いる。おれなんて運がいいほうだ」

彼に笑いかけた。「悪態をつけないんだから、神経系統にそうとうな負担がかかったでしょうね」

「そりゃもう、ご乱心一歩手前だった」彼はすごく淫らで男っぽく見えた。無精ひげといい、ギラリと光るブルーの瞳といい、なれなれしい笑みを浮かべた口元といい、なんとも危ない感じだ。

彼女はプッと吹き出した。陰気で気難しい人だと思っていたのに、彼女と笑いのツボがぴったりな一面を持っていることがわかった。じっと見つめていた彼が、やおら彼女の首に腕を回して引き寄せ、唇を重ねて笑いを封じ込めた。

どうしようもなかった。キスを返すしか。キスもおなじ。一度すれば、二度目から楽になる。無精ひげの顎に手をあてがい、彼の味を、たっぷりとした唇の圧力を味わった。彼が喉の奥で低くかすれた音を発した。抗いようのない興奮の波に呑み込まれる。キスが不意に深くなる。彼が頭の角度を変えたので、気がつくとのけぞっていた。両腕で彼女を抱えながら彼がかぶさってきた。今度はアンジーが彼を抱き寄せる番だ。腕も脚も広げて受け入れ、抱き寄せる。

体にかかる男の重み……かつて楽しんだことのあるもの。こんなにも恋しかったなんて。彼のうなじに手を滑らせて指を髪に絡めて、後頭部を包み込む。それでも、唇を離して警告せずにいられなかった。「あなたにキスしているからといって、セックスするつもりはありませんからね」

彼がちょっと頭をあげた。ブルーの瞳が淫らな意志を持って輝く。「まだ、だろ」彼が受ける。その言葉を、彼女は聞き流した。

彼が尻を掴む指にギュッと力を入れてから、やさしく揉んで、脇腹を滑らせシャツの下へと潜り込ませた。気がつくと大きくてあたたかな手に乳房を包まれていた。荒れた掌《てのひら》が、とりわけ敏感な乳首を擦る。一瞬、不安になる。乳房はこんなに小さいのだから。でも、彼のまぶたがさがって、喉の奥からあのかすれたハミングが洩れた。純粋な歓びのハミング。彼が素早い動きでシャツをまくりあげ、乳房に顔を埋めた。

驚きと期待がないまぜになったためくるめく一瞬、熱く濡れた唇が乳首を含んだ。舌が軽くやさしく円を描いて、乳首を立たせる。歓びが全身を駆け巡り、下腹部の筋肉がぎゅっと引き締まり、肌が電流を帯びた。彼が唇と舌と歯で弄ぶ。指でやさしくこねながら、もうひとつの乳首へと移っていった。乳首を口蓋《こうがい》に押しつけて強く吸った。興奮と欲望が一気にほとばしって、彼女はのけぞり、しがみついた。彼が体重で押さえつけ、支配する。広がった乳首に、舌がリズミカルに攻撃を仕掛ける。吸われるたび、腿のあいだ、体の奥底がおなじように感じて、興奮の火花が飛び散った。

彼が顔をあげた。目の表情は激しく、熱く、唇は淫らで非情なラインを描いている。「もっと?」しゃがれ声で尋ねた。

彼がなにをしようとしているか、すぐにわかった。愛を交わすことは、雪玉が坂道を転がり落ちるようなものだ。みるみるスピードを増してゆくと、もう止める手立てがない。いま、ここで、彼がやめてくれないと、もう止めようがなくなる。このまま歓びを掻き立てられれば、抗う術はない。セックスをするつもりはありませんなんて、きっぱり言っておきながら、それではあまりにも恥ずかしい。あとになって怖気づいて、あなたが急かせるから、考える時間を与えてくれなかったからと責めることを、彼は許してくれないだろう。一歩一歩、彼と一緒に進んでいくことを求めている。臆病者だと思われたことを怒るべきなのか、冷静になる機会を与えてくれたことを感謝すべきか。

両方。

大きく息を吸い、彼の呼吸もいつもより激しく、速くなっていることに少し慰められた。

「いいえ、ここまでにしておくべきだと思う。ありがとう。ろくでなしのアホンダラ」

彼は体を離し、片肘をついて彼女のほうに屈み込んだ。悦にいっている。「その気になったんだろ？」指先で彼女の唇を軽くなぞった。

否定すれば嘘つきになる。「あなたのキスを堪能したからって、問題が解決したわけじゃないわ」

「いったいなんの話をしてるんだ？　悩むほどのことじゃないと思うけどな。きみはおれが好きか嫌いか――いまのを見るかぎり、好きにちがいない――それに、ここに住みつづけたいか、住みつづけたくないか」

「あなたがボスになる」

「そんなことで、きみがおれを叱りつけるのをやめるとは思えない」皮肉交じりの言い方だ。そこで彼の視線が鋭くなった。「ボスの地位を利用して、おれと寝るようプレッシャーをかけると言いたいのか？」

「いいえ、ボスと寝たらまわりになんと言われるか、そういうことが気になるのよ」彼を睨む。「あなたと寝ることに決めたみたいに聞こえるけど、そうじゃないから。じっくり考える必要があることを、あなたにわかってほしいの」

彼は寝がえりを打って天井を見上げた。「女の考えることが、おれにはわからない。どういう理屈なんだ？　どこがどうつながるのかわからない」

「あなたにはわからないかもね。だったらこうしましょう。あなたはプランクトンで、あたしはもっと高いレベルの生命体だとする。あたしには細部が重要なのよ」

彼は口元を歪め、顔の向きは変えずに横目で彼女を睨んだ。不満げに言う。「プランクトン？」

「藻でもいいわよ」

「だから藻がなんなんだ、クソ忌々しい《ファッキング》」

「藻はファックしないの。分裂するだけ」

「うむむ」彼はうなり、むくれた顔で横になった。「だったらおれのことだな。おれもフアックしないから」

アンジーは寝がえりを打って彼にほほえみかけた。こんなふうに彼と並んで寝ているのって、あまりにも親密な行為だけれど、思いもかけず彼とこんなふうな会話をすることのほうが心をそそられる。彼は愉快でセクシーで、不機嫌で悪態を連発して、ほんとうに退屈しない話し相手だ。「いまはそうね。裸になることは除外するとして、きょう一日、なにするつもり？　本を持ってきてないの？　トランプは？　一週間いるつもりで来てるんだから、暇つぶしの道具ぐらい持ってきてるわよね？」

「本もトランプもあるし、ｉＰｏｄだってあるぞ。きみは、おれを藻だと言いくさったよな。だったら、本もトランプもかんたんに手に入ると思うなよ」

「あなたにはフェアプレーの精神がそなわってるもの」

「きみは完全に誤解している。おれは勝つために戦うんだ」

「そんな、無理しなくていいのに」

「きみの相手をしてると頭が痛くなる」

本を貸してください、と彼にお願いさせられたけれど、おたがいに冗談だとわかっているから問題なかった。彼がサドルバッグから取り出した本を見て、それで叩いてやろうかと思った。どんな本かわかっていたら、お願いなんてしなかったもの。一冊は装弾のカスタマイズに関する無味乾燥な技術本で、もう一冊は地殻構造プレートの研究書だった。がっくりして彼を見やった。「小説の一冊や二冊、持ってないの？」

「持ってるけど家にある。この手の本を読むのは、ほかに読むものがないときで、いまがまさにそれだ」

彼女は笑って本を置き、トランプを取りあげた。「なにをしましょうか？　ブラックジャック、ポーカー、それともラミー？」

「ラミーはいやだ。女がやるゲームだ」

「あら、そう。つまり、ラミーをやって、あたしにこてんぱんに負けるのが怖いから、それでやりたくないのね」

彼が睨む。「そう思うのか？」マットレスの上であぐらをかき、彼女と向き合った。「やろうじゃないか、パウエル」

彼の軍隊生活の長さを考えておくべきだった。彼の非情な戦いぶりはまさに戦争だった。でも、彼女も負けてはいない。相手が強いとわかると集中して戦ったから四戦して二勝を奪った。彼はタイブレークをやろうと言ったが、もちろん断わった。「それでどうなるの？　あなたが勝ったら、歓声をあげて喜ぶんでしょ。魅力半減だわ。あたしが勝っても、やっぱりあなたの魅力は半減する。どっちにしても、あなたにとっていいことはないわけよ」

彼はくすくす笑い、カードを切った。「負けるのがいやなんだろ？」

「ぜったいにいや」

「そうか。きみと戦うときは、半分勝たせてやらないといけないわけか？」

「勝たせる？」口調は軽かったが、眉根を寄せていた。

「きみにはわからないさ、そうだろ？」彼はまた悦に入り、カードを配りはじめた。「ポーカーをやろう。なにを賭ける？」

「賭ける？　楽しみでやってるのよ」

彼はカードを配る手を止めた。「おれは楽しみでなんかやらない。真剣勝負だ」

「ラミーは楽しみでやったじゃない」

「いや、きみを負かすことができることを証明するためにやった」

「あなたにとっては、すべてが勝ち負けの勝負なのね？」

「おれは男だ。小便をするのだって勝負だ」

ポーカーを何ゲームかするあいだも、茶化し合いはつづき——ポーカーは彼のほうが数段上手だった——つぎにブラックジャックをやった。しばらくするとそれにも飽き、彼女は諦めのため息をついて装弾についての本を読みはじめた。少なくともいつか使える情報を得ることができる。それに比べると、地殻構造プレートに影響をおよぼすことがあるとは思えない。デアはおとなしくもう一冊を手に取り、ふたりとも手暗がりにならないようランタンを動かし、脚を伸ばして壁に寄り掛かった。

退屈な時間がゆっくりと過ぎていった。おもてでは冷たい雨が降りつづき、小屋の中のふたりはセックスを意識しながらも、和気あいあいの雰囲気だった。彼女は本を読むうちに眠くなり、昼寝をした。くつろいだ気分だった。目が覚めると、昼食にスープとプロテインバーを食べた。

彼はなにも言わずに梯子をおり、雨の中に出て行き、四分の三ほど水が入ったバケツを持って戻って来た。

「いまさら遅いかもしれないが、バケツに足を浸してみろ。冷たい水で冷やすと、腫れが引くのが早くなるかもしれない」

アンジーは包帯をほどき、ジーンズの裾をまくりあげて足を水に入れた。息を詰めて足を深く沈める。水はかなり冷たかった。バケツは底が狭くなっているので、足首まで水に浸かるよう爪先をそっと折った。「こんなに早くよく水が溜まったわね?」雨脚が弱まっていたから、短時間でこんなに溜まるとは思えない。

「屋根から流れ落ちる水を受けられる場所にバケツを置いた。今夜、体を洗うのに使うつもりだったが、足首を冷やすのに使ったらって思いついたんだ。あとでまた溜めればいい」彼女が足首を冷やすあいだ、彼はまた地殻構造プレートの本を読んでいた。おもしろいらしい。立てた膝に顎を休め、彼が本を読むのを眺めた。眉根を寄せて、ときどき図表や地図を広げて目を通す。彼が読書家だなんて思っていなかったけれど、じゃあ、彼のいったいなにを知っているの？　彼を恨んで、怒ってばかり、苦労の種としか見ていなかった。

ああ、最初からわかっていた――胸のザワザワがなによりの証拠――肉体的には彼に強く惹かれていた。彼を避けたのはそのせいだ。でも、彼が笑わせてくれるとは知らなかった。彼といるとくつろげるとは思っていなかった。肩の重しが軽くなった気分だ。

彼を愛しているの？　感情の急変は信用できない――いまのザワザワがただの変化だとして。どんなに大変な三十六時間だったとしても、それだけの付き合いをもとに決断を下すことはできない。その時間の半分は彼の腕に抱かれて眠っていたとしても、しかも、生死をともにすることで、ふたりのあいだに終生の絆が生まれた。彼が軍隊で生涯の友と出会ったことは理解できる。いまは、彼にたいしておなじ気持ちを抱いていた。

「どうしてそんな目でおれを見るんだ？」彼が唐突に尋ねた。どんなに熱中しているようでも、周囲に気を配ることを忘れない人だ。

「考えていたの」

「結論に達したのか？」

「まだ」

「きみが言うなら、ひげは剃ってもいい」

「それは問題じゃないわ」

「よかった。ナイフで剃らないといけないからな。旅に剃刀《かみそり》は持っていかない」

ほら、まただ。ほほえみが顔だけでなく、彼女の心にも浮かんでいた。

26

その日の午後遅く、雨は小ぶりになったかと思ったら数分のうちにやんだ。ずっと耳を澄ましていたので、不意に雨音がやんだあとの静寂は、嵐とおなじぐらい衝撃的だった。デアは顔をあげた。「バケツを持って入ったほうがいいな。もうこれ以上水は溜まらない」

アンジーはほっとため息をついた。自分では意識していなかったが、雨は重く心にのしかかっていたのだ。やんでよかった。この時季、前線が通過すると気温がぐんとさがる。でも、重ね着する服はたくさんあった。吹雪にでもならないかぎり、じきに小屋を出られるだろう。急流に行く手を阻まれて難儀な旅になるだろうが、水はすぐに引いていく。川は数日は増水したままだが、彼女もデアも浅瀬の場所を知っていた。

「やむをえない場合は、南にくだってバッジャー・ロードにでよう」まるで人の心を読んだような言葉に、彼女はぎょっとした。「どこの話をしてるかわかるだろう?」

「ええ、たぶん。泥道よね?」

「そうだ。かなり大回りになる。そこまで行かずにすむといいんだが」

大問題があった。彼女の足がそれだけ長い距離を歩くのに耐えられるか。そもそも歩けるのかどうか。あすになってみないとわからない。冷水で冷やしたおかげで関節の痛みはほぐれ、少し曲げることができるようになった。靴下やブーツが履けるようになるかどうかは、いまはわからない。

チャド・クラグマンのことを、一刻も早く州警察に知らせなければならない。それに人食い熊のことも。でも——「もしあすになってもブーツを履けなかったり、思うように歩けなくても、あなたにひとりで行ってほしくない」うっかり気持ちが出てしまいそうだから、早口に言った。「ひとりで行くには足場が悪すぎるもの、あなたが怪我したりしたら——」

「心配するな。きみを残しては行かない。きみが歩けなければ、もう一日、ここにいればいい」かすかな笑みを浮かべ、思わせぶりな表情をした。「おれのこと、心配してくれるんだ」

顔が火照っている。いまさら馬鹿みたいだけれど、肉体的なことと感情はべつだ。彼がどんな反応を示すか予想はついていたが、それでも口に出した。否定することはできない。だから、腕を組んで、言った。「だから？」

彼はほほえんだまま頭を振った。

彼を欺くことも、自分自身を欺くこともできない。彼がひとりで出掛けると思っただけで耐えられなかった。彼は森をよく知っていて、頭が切れて、武器を持っていて、体調は万全だ。安心材料はいくらでもある。でも、耐えられない。ただもう、彼にはひとりで歩いて行ってほしくなかった。

彼女がひとりで待っていられることは、ふたりともわかっている。食料も水もあり、暖もとれるし武器もある。どうして彼と一緒にいたいのか、理由はわかっていた。彼女を連れて行ったとして、その安全を守りきることは彼の自尊心の問題でもある。べつにかまわない。一緒にいられさえすれば。

その晩はレインコートを着なくてよかったので、用を足しに行くのも楽だった。デアに担がれて表に出ると、ちぎれ雲のまにまに星が瞬いていた。だが、風は勢いを増し、寒冷前線の到来を告げている。あすの朝には零下になっているだろうが、空が晴れているから雪は降らないだろう。イエイ!

彼に担いでもらって二階に戻り、寝る支度をした。お湯を沸かして体を洗い——彼女は二階で、デアは下で——歯を磨き、ジーンズを楽なズボン下に着替えた。

マットレスの上に横になり、寝袋を広げると不意に寂しさが込み上げてきた。じきにここをあとにするけれど、帰りたくなかった。この二日間は、なんと言うか……中身が濃かったから、ここを離れたくなかった。デアとふたりで閉じ込められ、世界がひっくり返った。それがよいことなのかどうか。でも、楽しかったことだけはたしかだ。

ここにいれば安全だ。天気が回復したので、安全な場所から出なければならない。あすか、あさってにはかならず、現実世界に戻ることになる。チャド・クラグマンがなにをしたのか、どこにいるのかわからない。熊はいまもうろついているだろうが、その縄張りからははずれているはずだ。でも、チャドは驚くほど危険だ。彼は最初の晩に山をおりたか、どこかで雨宿りをしているか。その可能性はゼロにちかいし、それにはまずライフルを取りにテントにもどらなければならない。銃声が雷鳴とかぶさって聞こえなかったのかもしれないが、それには多くの偶然が重なる必要がある。

命を偶然任せにはできない。彼もまた嵐がやむのを待ち、あす、出発するつもりかもしれない。馬を失っていなければ、彼のほうが速く山をおりられる。ここまでおりて来るだろうか、それとも来た道を引き返す？　そうだとすると、困難が待ち受けている。来たときは馬の足首が隠れるぐらいの水量だった川が、いまは荒れる奔流になっている。分別のある人間なら迂回しようとするだろうが、チャドは経験がないから奔流の怖さを知らない。

彼がなにをしているのか予想がつかない。チャドが先を行っているのかどうかは、ラティモアの駐車場に着いてみないとわからない。いずれにせよ、州警察に通報してあとは任せるだけだ。

それからどうするの？　それぞれの家に戻る？

「すんだか？」彼の声にわれわれに返った。

「ええ、あがって来ていいわよ」

彼はすぐに梯子をのぼってきてカーテンを開け、入るとすぐに閉めた。熱を逃がさないためだ。がっちりとした長身のせいで、部屋がますます狭く感じられる。フランネルのシャツのボタンをはずして脱ぎ、Tシャツも脱いで脇に放った。ランタンの光が肩の肌を輝かせる。気がつくと唾を呑み込んでいた。彼を見ていると、悔しいことに、涎を垂らしそうになる。

「シャツを着ないで寒くないの？」

ブルーの瞳がきらめいた。「きみがワールドクラスの尻を押しつけてくるのに？　寒いわけがない」

ワールドクラスの尻と思われていることが、なんだか嬉しかった。胸がぺちゃんこなのは気にしていたけれど、お尻は自分から見えないし、褒められたこともなかった。きみの尻が好きだ、なんてトッドは言わなかったし。小さな胸については、男が言いそうなことしか言わなかった——大きければいいってもんじゃない、とか。でも、胸の大きな女にはすぐに目がいくのだから、その言葉に説得力はなかった。トッドは浮気者ではなかったし、疑ったこともなかったが、彼が体に魅力を感じてくれなかったことに傷ついた。

はっとなる。「まあ。あなたって、お尻好きの男なのね」

彼は鼻を鳴らした。「おやまあ。おれをなんだと思ってたんだ？　きみの尻に関してなら、いくらでも意見を言えるぜ。三千個は軽いな」

「たいていの男は胸好きよ。だから意外だった」

「おれは胸も好きだ。きみの胸はかわいらしい。だが、きみの尻は芸術品だ」彼はマットレスに座ってブーツの紐をほどき、横に置いた。ヒーターとランタンを消し、かたわらに横になり、いつものように熱と力強さで彼女を包み込んだ。うなじに彼の唇を感じ、ウェストに腕が回され抱き寄せられた。

「おやすみ」彼が低いかすれ声で言う。

彼の手に手を重ねた。「おやすみなさい」目を閉じたが、すぐには眠れそうになかった。いつものようにあれこれ考えてしまう。

彼も眠れないようだった。リラックスしているが、眠ってはいない。彼は待っているのだ。こっちが決心をつけるのを。無理じいはしない。彼女が眠れば、なにも言わずに自分も眠るのだろう。

でも、あす、ブーツが履ければ、ふたりでここを出る。事情は変わってくる。現実がふたりのあいだに割りこんでくるだろう。

ほんとうに決める必要があるの？　すでに決まっていることを認めればいいだけなのでは？

誘惑が手招きする。ローレライは肉体も感情も誘惑する。もうすでに彼を愛しはじめているけれど、彼を愛した結果を喜んで引き受ける気になれないかぎり、最後の一歩は踏み出すべきではない。一瞬にしてなにもかもが甘いバラの花びらになるわけではないのだ。彼との関係には困難が伴う。彼は付き合いやすい男ではない。もっとも彼女のほうだって、ひたすら従順なロボットではないのだから、それを彼に求めてはならない。ふたりの関係が一時的なものであれ、永続的なものであれ、法律が片を付けてくれる。あとは最後の一歩を踏み出すかどうかだ。

問題は彼を信用できるかどうかではなく、自分自身を信用できるかどうかなのでは？　なによりも、自分を信用しなければ。正しい男を選んだと納得しなければ。トッドはなにも悪いことはしなかった。デアの言うとおりだ。ほんとうにトッドを愛していたのなら、脛を蹴飛ばして、女心を理解できない鈍さを許していただろう。彼がほんとうにアンジーを愛していたなら、約束を守っていただろう。たがいに抱いていた気持ちは〝軽い愛〟だったのだ。それが大きく育ったかどうかは、いまとなってはわからない。

いま、デアがここにいる――暴風雨の中、彼女を捜しに来てくれた。彼女を担いで何キロも歩いてくれた。思いもかけぬやり方で世話をしてくれた。友人ですらやらないことを、彼はしてくれた。彼女の肩を持ってくれた。彼女の判断を支持してくれた。自分でも自信がなかった判断を。

闇に目を凝らす。前の晩とはちがい、窓から星の光が射し込んでくる。時は過ぎゆく。いま手を伸ばして人生を摑まなければ、その機会を永遠に失うだろう。

チャンスを摑まなければ、傷つくこともない。でも、危険を冒さず、デアも自分自身も信用しないことは、チャンスを摑んで失敗することより、はるかに大きな間違いだと思う。うまくいかないかもしれない。たとえ失敗しても、彼を愛した経験は残る。けっきょく、望んでいるほど彼が愛してくれなくても、それは彼の失敗だ。

勇気をなくす前に寝返りをうち、彼の首に腕を回して唇を重ねた。

触れ合い求め合うなら、言葉は必要ない。彼が手をうなじにあてがい、髪に指を絡めてキスを支配した。角度を変えてキスを深くしてゆく。あたたかさと彼の味に満たされ、渇望が消えた。

闇の中で、急ぐことはなにもない。キスをして、触れ合って、探し求める。魔法の感触にわれを忘れた。彼の手がすべての丸みを探り当て、彼女の手もまた探り当てる。彼の肉体のあまりのちがいに、体の芯まで揺さぶられた。肩の筋肉のずしりとした盛り上がり、胸と腹の硬さ、背筋を走る溝、両脇の筋肉の分厚さ。身にまとっているものを、一枚一枚脱いでいった。まず彼女のシャツ。裸の乳房を彼の胸に押し当てて滑らすと、肌と肌が擦れてそこに電流が流れるような気がした。それだけでもう乳首が疼くのに、彼が荒れた手と口で追い打ちをかけた。

彼がジーンズのチャックをさげ、下着を一緒に脱いで蹴り飛ばした。アンジーは早く触れたくて仕方がなかった。ペニスはすでに鉄のように硬く、想像以上に大きかった。小さいと本人が言ったのは嘘だとわかってはいたけれど。手を伸ばして重いものを包み込み、もう一方の手でゆっくりとしごくと、彼が胸の奥深くでうなった。

彼が瞬時にその手を押さえた。「ああ、そういうのはだめだ」

歓びのうなり声だとわかっているから、彼の胸元で笑みを浮かべた。「そうなの？　ほんとうに？」

「そうだな、つぎのときには。でも、いまはだめだ」

「どうしてだめなの？」こんな淫らな声、ほんとうにあたしの？　彼の乳首を口に含み、ゆっくりと舐めた。「これは好きよね」

「大好きだ。だからいまはだめなんだ。あっという間に爆発しちまう」しなやかな動きで彼女を仰向きに寝かせると両手を頭の上で押さえ、舐めて吸って、彼女の中で生まれた熱をゆっくりと煽《あお》る。

セックスが好き。感じ方が好き。このわくわく感が、この親密感が、歓びが好き。行為そのもので絶頂に達したことがなかったから、不安だった。友人たちの話に出るめくるめく歓びを、知らずに終わるのは悲しかった。トッドと別れたあと、誰とも関係を持とうとは思わなかった。セックスだけの関係はとくにいやだった。そうこうするうちにセックスを必要としなくなり、そのことを気に病むようになった。ロマンチックな心も体も萎《しな》びてしまったのだろうか?

デアに触れられるたび、答はきっぱりとしたものになっていった。いいえ、萎びてなんかいない。

彼にズボン下を剝ぎ取られる、裸で横たわりキスした。わずかな隙間でも開いていたらいたたまれない。彼にキスするのが好き。味わいも唇の感触も、熱い肌の匂いもなにもかもが好き。キスで乳房を滑りおり、無精ひげで敏感な乳首を擦る。ほとばしる驚きの悲鳴は痛みのせいではなく、このうえない歓びのせいだった。

腿の間に手がおりてきて、親指が感じやすい部分を探り当てて軽く撫で、円を描くと、耐えられないほどに腫れあがってゆくのを感じた。もっと欲しい。空っぽな感じを早く彼に満たしてほしかった。脚を開き、背を弓なりにして、すべてがピンと張りつめ、解放のときを熱望した。

「きみがいくところを見たい」彼がうなり、長い腕を伸ばしてランタンをつけた。

まぶしさに顔をしかめた。寝袋に手を伸ばしたけれど、デアが覆いかぶさってきて脚のあいだに位置を占め、重なった体の隙間に手を差し入れて、みなぎる亀頭を導いた。

すぐには入ってこなかった。ゆっくりとやさしく突く。少しずつ圧力をかけて埋めてゆく。それから出して、また埋める。息を呑み、肩に指を食い込ませていた。必死でしがみついても悶えずにいられなかった。もっともっとと望む。彼とひとつになりたくて堪らなかった。

「もっと？」しゃがれたひと言だった。彼は、無情にも自分を抑えている男の張りつめた表情を浮かべていた。

返事ができない。ひと言が出なかった。だから左脚を彼の腰に絡めて腰を浮かせ、やみくもに彼を引き込もうとした。挿入の肉体的ショックは、苦痛と紙一重のけっして気持ちのいいものではなかった。でも、かまわない。彼が深く入ってくる感じはすばらしく、粉々に砕け散りそうだった。涙がこみ上げる。

彼の呼吸が荒くなった。胸の奥深くから絞り出すような呼吸だ。見つめる瞳は見たことがないほど深く激しく、まるで青い炎だ。「さあ」彼が言い、力強い腕を尻にあてがい、持ち上げた。彼がなにか摑んだ。ジーンズだろうか、寝袋か、それを尻の下に滑り込ませて腰に角度をつけた。それから、両肘で上体を支え、突いた。ゆっくりと一様のリズムで、挿入を浅く保ったかと思うと、深く強くしてゆく。喘ぎが喉につかえる。彼がまた引いて、あらたにゆっくりと一様なリズムを刻む。強く深く。浅く一様に。繰り返し、繰り返し。リズムを変えて、彼女が昇りつめるまで。歓びの高まりの速さは拷問にちかい。荒々しい声が喉を切り裂く。もうどうでもよかった。手を伸ばしてもまだ届かぬ解放を、ただくるおしく求めるばかりだ。

彼が欲しかった。ただもう欲しかった。責め抜かれて耐えがたいほど鋭い歓びから、解き放ってほしい。張りつめすぎて体が粉々になりそう——そこでくずおれた。体の奥深くで原初の叫びが爆発し、興奮が脈打ち、体の中で前にうしろに動く硬いものに向かって、全身の筋肉が収縮してゆく。彼もまたくずおれた。体を繰り返し激しく駆り立てて、うなり、歯を食いしばり、震えながら、脈打つ歓びを解き放って彼女の上にくずおれた。ぐったりした体の重さに、彼女は潰れそうになった。

長いことふたりは身じろぎもしなかった。加熱した肌に冷気が心地よい。骨は水と化し、筋肉はばらばらになり、頭は空っぽだった。呼吸するだけでせいいっぱいだ。まどろんだ。崖から無意識の淵へと落ちることをまどろみと呼ぶならば。目が覚めたのは、首筋のあたりで彼が意味不明のことをつぶやいたからだった。

唇を舐め、さらに深い呼吸を繰り返してから、なんとかエネルギーを掻き集めて言葉を絞り出した。「なあに？」

彼もまた息を整えてからなんとか肘をついて上体をあげた。少しぐらついたが、重いまぶたの瞳からは深い満足感が見てとれた。「本気だ、って言ったんだ。おれたち」荒れた掌で彼女の顔を包み、キスする。「きみを愛している。最初からずっと愛していた。きみもおれを愛していると思う。自分を疑うことをやめて素直になれば、わかるはずだ」

アンジーは打ち消そうと口を開いた。すでにパニックに襲われかけていたが、最後の最後で踏みとどまった。臆病になるのはやめなさい。デアが率直に気持ちを表わしてくれたのだから、勇気を出してほんとうのことを言う義務がある。「あたしも、そう思う」やっと言えた。心臓が倍の速さで鼓動している。でも、言ったとたん大きな安堵を覚えた。心が晴れやかになった。自分でも気づいていなかった重荷をおろした気がした。

「なんて言った？」彼が首を傾げる。「聞こえなかった」

聞こえていたくせに。この五秒で耳が不自由になったのでないかぎり。彼の手に手を重ね、じっと見つめた。「いいえ、聞こえたはずよ。こんなに短いあいだに、人を愛することができるなんてね？　あなたもおなじ気持ちでしょ」

「二年が？　二年はけっして短いあいだじゃないぜ」

「よく知りもしない人を好きになれるはずないわ」

「きみがそうだとわかっていた。きみに見つめられるたび、頭がおかしくなりそうになった。自分が馬糞になった気分だった。きみに踏みつけにされる馬糞。きみの土地を買うことで、なんとか決着をつけようと思った。きみをここに引き留める方法をほかに思いつかなかった」

黙って考えた。彼の申し出に、おそらく耳を傾けなかっただろう。家と土地を売った金を持って、ミズーラあたりで新規まき直しを図っただろう。ああいう状況になって、ふたりで過ごす時間を持っていなかったら、このチャンスを逃していただろう。不意に晴れやかなこの気分がなんなのか気づいた。幸福感。

彼のキスはやさしかった。大きくて無骨な男が、豪雨の山中を這っておりる彼女を見つけ出した瞬間から、このうえなくやさしく接してくれた。いろいろな意味で自分を犠牲にしてくれた。やわらかくなった彼のものとつなぎ合ったまま、夜明けを迎えられると思う。つながっていることが愛しい。体を絡み合わせることが愛しい。でも、彼は満足のため息をつくとやさしく体を離し、起き上がった。すべきことがあったから。ふたりともきれいになると、デアはランタンを消し、寝袋の中で彼女をまた抱き寄せた。ふたりとも裸のままで。頭を彼の肩にもたせ、手を胸に休めて。

暗闇でほほえんだ。「魔法のペニスね」彼をからかう。笑ってほしかった。

「魔法なものか。角度と自制さ、ハニー、角度と自制。だが、きみがそう思うのなら、おれとしては否定しない」

27

翌朝はよく晴れて寒かった。カーテンの隙間から射し込む陽光があたたかくて、体がほぐれる。骨がバターになったよう。ふたりは眠り、目覚めてまた愛し合い、それからまた眠った。夜中に寝返りを打つと、彼がこれまでもそうしてくれたようにうしろから抱え込んで、ぬくもりと安心感で満たしてくれた。裸だし、気温はさがっていたけれど、あまりにも心地よくて、それにすばらしいセックスのあとで疲れてもいたから、赤ん坊のように眠った。

不思議なことにデアとは波長が一致しており、体を少しも動かしていないのに、彼も目覚めたのがわかった。息遣いが変化し、体に回された腕にわずかだが力が入る。でも、彼の手はお腹の上ではなく、乳房を包んだままだった。親指で軽く乳首を撫でられると、興奮の火花が飛んで神経の末端を震わせた。

「きみと一緒に目覚めるのが好きだ」彼が寝ぼけた声で言う。喉頭炎を患っているような張りつめたかすれ声だった。朝立ちしたものが突く。腕に力が入る。「おれの幻想を満足させてくれないかな?」

「いいえ、それより用を足して、コーヒーを飲みたい」顔を巡らし、目を細めて睨む。「幻想は待ってくれるわ」

〝あたしにかまわないで〟の彼女の顔を、デアはしげしげと見た。「きみは朝型じゃないんだな?」答はわかっていて言っているのだ。「用を足すこととコーヒーがいつもセックスの先にくるなら、おれの幻想は満たされるわけがない」

「〝幻想〟にセックスが含まれるなら、そのとおりね」でも、ほほえまずにいられなかった。なぜなら、彼がそういうことに文句をつけるということは、彼女のかたわらで目覚めたいと思っているからだもの……いつも? 彼が使った言葉だ。いつも。

〝いつも〟という言葉についてぐずぐず考えるのはやめよう。想像もしていなかった形でふたりは一緒にいて、いまはそれだけで充分だった。現実の世界に戻ってすべてが片付いたら、将来のことを考える時間が持てるだろう。

いまはそれよりも差し迫った問題がある。そのひとつが、全裸だということだ。夜のあいだに、ランタンをつけたままでセックスしたとはいえ、寝袋から出て、彼の前で服を着ることには抵抗がある。

どうしたらいいか考えている最中に、彼が寝袋をめくって脇に放り、起き上がった。彼女は悲鳴をあげて寝袋の端を摑み、肩まで引きあげたが、慎みが完全に守られたわけではなかった。夜のうちに気温はさがっていた。剝き出しの肌を冷気になぶられ、寝袋にくるまったまま着替えようという気になった。「寒くないの?」

「凍えるほど寒い」彼は言い、下着に足をとおし、ジーンズを摑んで穿いた。Tシャツを着てフランネルのシャツを羽織ると、ヒーターをつけた。「さっさと服を着て、用をすませてしまおう。そうすればコーヒーにありつけるぞ。早く動けばそれだけ早くコーヒーを飲める」

「あたしのシャツはどこ?」フランネルのシャツを探してあたりを見回し、カーテンの下にあるのを見つけた。引っ張り出して羽織り、寝袋から出て支度を終えた。彼はボトル三本分の水をパーコレーターに注いだ。コーヒーを量って入れるのはアンジーの役目だ。オートミールをあたためる湯が沸くあいだに、彼に担がれて梯子をおりた。右足に靴下とブーツを履けるかどうか試すのは時間の無駄だ。

厚く降った霜が陽光にキラキラ輝き、水が残った溝や穴には氷が張っていた。トイレの中でも吐く息が白く見えるから、さっさと用を足すことになった。裸足の脚が凍りつきそうだ。でも、空は晴れ渡り雲ひとつないから、気温はあがるだろう。天気予報を聞いたのが遠い昔のような気がするが、嵐のあとにやって来る寒冷前線でどこまで気温がさがると言っていたのか、思い出せなかった。デアひとりなら、明るいうちに駐車場に戻れるが、ふたりだとペースが落ちるから野宿する場所を探さなければならない。必要なのはヒーターと食料と水、寝袋……必需品のリストは作り慣れており、頭は機械的に準備モードに入っていた。

デアに担がれて梯子をのぼるのは、これが最後であってほしい。マットレスに座って足首の包帯をほどいた。コーヒーはまだ沸いていなかった。そのあいだに点検を行なおう。

批判の目で足首を見る。あざは緑と黄色に変わりはじめているが、腫れはほとんど引いていた。爪先はふつうの状態に戻っている。足首の表側は多少プヨプヨしていても靴下は履けそうだ。ブーツを履くのに足をどこまで伸ばせるか。

分厚い靴下は難なく履けた。第一段階、ぶじ通過。

デアが向かいに腰をおろして、彼女の足をやさしく持ち上げて膝に載せ、包帯を取りあげた。「これを巻いておけば支えになる。厚くならないように巻けば大丈夫だ」手早く包帯を巻きあげ、足から足首へと巻いていった。巻き終わるとブーツを取り、黙って彼女に差し出した。

足を動かす代わりにブーツのほうを前後に動かして、少しずつ入れてゆく。あとは足を曲げないと入らないところまでくると、気持ちを引き締めて関節を動かす。そろそろと足をブーツに滑り込ませた。

「やった！」ほっとため息をつく。「これでひと山越えたわ」頑丈な杖があれば、なんとか歩けそうだ。問題は、足場の悪い山道をおりてゆけるかどうかだ。

「試しに歩いてみるか、それともコーヒーが先？」

「コーヒー」

「コーヒーを飲むあいだ、試し歩きは待ってくれるってわけか？」

「そのとおりよ、カウボーイ、よく憶えておいてね」

コーヒー二杯と熱いオートミールを腹におさめると、元気が出てなんでもこいという気になった。「オーケー、試しに歩いてみましょう」

彼が立ち上がり、両手を差し出した。アンジーがためらうことなく両手を預けると、彼が軽々と引きあげてくれた。左足でバランスをとりながらまっすぐに立ち、両足の真ん中に重心がくるよう右足に体重を移していった。足首が痛むので引き摺ることになるが、ケンケンよりはましだ。「思ったよりもましだわ」

「歩けば足首を痛めることになるんだぞ」

「わかってる。でも、もう一日様子を見るつもりはないわ」天気が回復し、歩けるようになったのだから、これ以上遅らせてチャドをとり逃がすようなことになれば、罪悪感を抱くだろう。ふたりとも別行動をとる気はない以上、彼女が歩くしかない。足首が体重を支えられなくなるまで、歩きつづけるつもりだ。

決心がついたらぐずぐずしていられない。支度にかかった。デアはランタンとキャンプストーブを貯蔵箱にしまい、ゴミはあとで戻って来てから始末することにしてまとめておいた。ドライフードもしまっておく。「杖がいるな」彼は言い、貯蔵箱から小さな斧を取り出した。「おれが杖を作るあいだに、野宿する場合に備えて荷物を作っておいてくれ」

彼が出ていくと、アンジーはサドルバッグを空にし、貯蔵品の中から必要なものを選んで詰め込んだ。食料と水、火を熾すためのファイヤースターター、防水シート代わりに使うゴミ袋、寝袋。これは畳んでしっかり丸め、付属の紐で縛った。

嵐の夜にテントから持ち出した弾の箱を開き、ライフルに装塡し、残りはサドルバッグにしまった。厚地のコートは乾いていた。これとスウェットがあれば、野宿してもあたたかくいられるだろう。火を熾すし、寝袋もあるし、たがいの体であたためあえば——快適とまではいかなくても、充分しのげる。

デアが枝を持って戻って来た。長さが一・五メートル、幅が五センチほどの枝だ。小枝は一本を残して切り払ってあった。その小枝は持つ手がずれるのを支えるため三センチほどの長さに切ってある。「これでどうかな」彼が言う。アンジーは枝を摑み、試しに歩いてみた。頑丈だが重すぎず、彼女の身長に合っていた。彼は満足げにうなずき、貯蔵箱から黒の粘着テープを取り出し、樹皮で掌や指が擦れないよう握りの部分に巻いた。

好奇心から尋ねてみた。「電気修理に使うテープをどうして持ってるの？ ここには電気器具はないのに」

「粘着性が高いからさ——それに、いつ必要になるかわからない。骨折した脚を固定するのに木の枝とこいつを使ったこともある。ラジエーター・ホースや送油経路の修理にも使える。絶対ではないが、いちおう間に合う」彼はおしゃべりしながらライフルに弾を装填した。

「クラグマンになにがあったか、いまどこにいるかわからない。川で溺れ死んでいなけりゃ、おれたちより先を行ってる可能性もある。だが、経験のない奴はまっすぐにおりようとする。彼に出くわすことはまずないだろうが、油断は禁物だ。支度はできたか？」

「下の階にあるもの以外は詰めたわ」

彼はうなずいただけで中身を確認することなく、重いサドルバッグを肩に掛け、梯子に向かった。彼女の判断を信用しているのだ。そう思ったら喉が詰まった。むろん、彼女は自分の仕事に精通しているが、デアがそれを当然のことと受け止めてくれたのが嬉しかった。

コートを着て、杖と寝袋を下にいる彼に渡すと、ライフルを肩に掛けて自力で梯子をおりた。最高の気分だ。足首が固定されているので、梯子にしっかり掴まって慎重に足をおろし、無事におりきった。最後に彼女のスウェットとふたり分のレインコートを詰め、二日間、ふたりの聖域だった小屋をあとにし、冷たく澄んだ朝の空気の中に踏み出した。

チャドはテントから顔を出し、まぶしい日差しに目をしばたたいた。きのう、雨がようやくあがったが、出発するには遅すぎたのでもうひと晩をテントで明かした。厚いキャンバス地をたたく雨音を聞きながら、こんなところにじっとしていたら頭がおかしくなる。狩りやキャンプが好きな人間はみな馬鹿だ。去年ここにやって来たのは、客のひとりが狩りに行きたいと大騒ぎしたからで、これはうまく取り入るチャンスだと思ったから同行したにすぎない。ツアーの間じゅう、いやでたまらなかった。

もっとも、そのおかげで馬に乗るのがへただとわかったから練習できた。デイヴィスは予想以上に早く嗅ぎつけたので焦ったが、予想外の展開がなければ、そう、たとえばアンジーが山で遺体を見つけて警察に通報すると言い出さなければ、すべては計画どおりに運んでいたはずだ。

最初の日になんとか山をおりようと頑張りすぎたから、それからはゆっくり睡眠をとることにした。熊がキャンプ場をうろつくことはなかったし、アンジーの姿も見なかった――無駄に怯えて損をした。エネルギーの無駄遣いだった。だから、疲れたら眠るようにし、腹がすいたら食べ、喉が乾いたら飲むようにした。死ぬほど退屈だったが、それは仕方がない。

あたたかいし、体は乾いているし、食料もある――満腹とはいかないが、飢えることもない。口にしたものは栄養はあってもクソまずい代物だったが、贅沢は言えない。一度か二度、熊やほかの獣に取られないよう、炊事場の高い所に吊り下げた食料を取りに行こうと思ったが、熊がうろつくとしたらデイヴィスの残骸のまわりだろうから諦めた。それに、デイヴィスの残骸にちかづくのは二度とごめんだった。

テントから離れたのは、馬の世話をするときだけだった。動物好きではないが、山をくだるのに馬が必要だから元気でいてもらわないと困る。馬になにかあったら、歩いて山をおりるか、三頭の馬を繋いでおいた場所まで引き返すしかない。三頭がまだあの場所にいればの話だ。ここにいる馬の世話をするのがいちばん楽だ。

テントのまわりを歩き回って足場をたしかめた。霜がおり、地面はさらに滑りやすくなっていた。クソッ、冷え込んだせいだ！　ぬかるみを歩きたくないが、ほかにどうしようもなかった。だんだんあたたかくなるだろうから、待っていれば水は引く。だが、悠長なことは言ってられない。アンジーがまだ生きていると仮定して、彼女も雨がやんだいま出発するだろう。彼女に先に山をおりられてはならない。

目を閉じて、このツアーに備えて調べた地図を頭に思い浮かべる。こんなことになるんだったら、地図を荷物に詰めればよかった。それに携帯ＧＰＳも。だが、デイヴィスが見て疑いを持つようなものを、荷物に詰めるわけにはいかなかった。だから、運を天に任せたのだ。その決断が仇になったわけだが。

それでも、記憶力には自信があるし、細部を見逃さない観察力にも自信がある。これも、たいていの人間が、彼に備わっているとは思っていない才能だ。そこが狙い目だった。つねに他人からみくびられる人間にとって、隠れた才能は役にたつ。

辿る予定だった道を頭に浮かべ、それを拡大して東から西へ、北から南へと動かしてみる。増水した小川から離れる方向へ向かい、そこからくだる道を探す。回り道にはなっても、奔流に行く手を阻まれることはないから時間を無駄にすることはない。

まず南に行く必要がある。記憶によれば、南に行くにつれ土地の凹凸は少なくなるが、あまり南に行きすぎると引き返さなければならなくなり、貴重な時間が無駄になる。数キロ南に行き、そこで東に向きを変えてくだってゆく。うまくいかなければ、少し南に行ってから東に向きを変える。

計画からはずれれば、未知の障害に遭遇する可能性が高くなる。問題を前もって予想できなければ、解決策も考えつかない。想定できる問題と言えば、アンジーだろう。おなじ目的地を目指しているからだ。どこかの時点で彼女を追い抜ける可能性はある。そういう事態に備えておかなければならない。

ほかに障害になりうるものは？　ほかのキャンプ場にいる人たち。ガイドやハンターたちが、嵐で足止めを食っている可能性がある。この山は休暇を楽しむ人たちのメッカではなくても、可能性は排除できない。事前調査で、この地方にはほかにもガイドがいることがわかった。それに、ガイドを雇わずにキャンプ場を借りるハンターもいるだろう。

だが、彼らはなにがあったのか知らないから、警戒の目で彼を見ることはないだろう。アンジーが逃走途中でハンティング・パーティーに偶然出くわさないかぎり。万が一そうなった場合、出会う人間はみな彼のことを知っているわけで、生かしてはおけない。まさか彼らも出会いがしらに撃たれるとは思っていないだろうから、こっちが優位だ。全員を仕留めるためには相手の隙をつくことだ。そのやり方がうまくいかなかったら、いまさら諦めるわけにはいかない、栄光の炎に包まれて燃え尽きるだけだ。けっして降伏はしない。

アンジー・パウエルが死んでいますように。その可能性は五分五分だ。彼女の命を奪うものはたくさんある。低体温症、人食い熊、崖からの転落、洪水で流される。どんな死に方でもいい、いなくなってくれさえすれば。

彼女の死を願ってはいるが、生きているという前提で備えを怠ってはならない。

いずれにしろ、ぜったいに捕まるわけにはいかなかった。刑務所に入ったら一週間ともたないだろう。たとえ生き延びられても——デイヴィスのボスは刑務所の中にも手下を配している――遅かれ早かれ刑務所仲間にやられるだろう。人にみくびられる彼のようなタイプを、タフな囚人たちがどう見るかわかっている。いっそ死んだほうがましだ。

急がないと。武器――ライフルとピストル――をチェックし、すぐ手が届くポケットにパワーバー二本を突っ込み、ブーツを履いて紐を結んだ。重いコートと手袋、レインコート、それに水を持った。ダッフルバッグはどうするか。食料を持っていけるが、荷物が重くなる。ダッフルバッグをここに残しておけば、捜索隊は彼がちかくにいると思うだろう。それに賭けよう。時間がない。

あたらしいルートを念頭に置いて、囲いに向かった。地面がぬかるんでいるから、歩くのが慎重になる。馬は不安げに動き回り、目をきょろきょろさせていた。彼は立ち止まった。うなじの毛が逆立つ。熊がキャンプ場に現われたときの、馬たちの反応を思い出したからだ。ライフルを構えてあたりを見回したが、なにも見えないし聞こえなかった。数分して肩をすくめ、ライフルをさげる。馬はじっとしていることに疲れたのだろう。

馬に鞍をつけ、やさしく話しかけて落ち着かせた。彼自身は少し興奮していた。試練の時は終わりを迎えた。数時間後には――なにかが起きるか、どれぐらい回り道するかによってそれ以上かかるかもしれない――自由の身だ。

こんなに遠くまで来て、あれだけのことをしてしまったのだから、なんとしても逃げなければ。

鞍にまたがり、馬の顔を南に向けた。微風が吹き、太陽は輝いている。馬は元気いっぱいとは言えなかったが、二日前に比べれば足場はしっかりしていたから、しばらくすると落ち着いてきた。チャドの意気もあがった。することがあるのはありがたい。

半時間後、熊が彼の臭跡に気づいた。

28

「大丈夫か？」デアが尋ねた。歩き出して一時間ほど経っていた。足元に注意しているから、あまり話もしなかった。地面はぬかるみ、薄氷が張っていた。また足を滑らせれば大変なことになる。

「大丈夫。ブーツが守ってくれてるわ」足首を安定させるのに、ブーツの紐と包帯が威力を発揮していた。

「痛くはないのか？」

「鈍い痛みはあるけど、それだけ。大丈夫」

デアはゆっくりのペースを保ち、彼女の歩き方に目を光らせていた。足を引き摺らないよう無理をすれば、彼はすぐに気づくだろうし、よけいに心配をかけることになる。平らでないところを歩くのに、杖があるおかげで足首の負担が軽減される。あすになれば、腕や肩が痛むだろうけれど、たいしたことではない。

ソファーかリクライニング・チェアに座って、足の下に枕をかませ、足首を氷で冷やすのが理想だけれど、理想は理想、現実には歩かなければならない。平らな道を歩くのならたいした問題はないが、そうではない。くだったり、のぼったり——傾斜が足首に負担を強《し》いていた。デアは斜めに歩いてくれているが、くだらなければいけないという厳しい現実があった。

山は木々に覆い尽くされているわけではない。木立もあれば草原もあり、岩原も急勾配もある。草原は歩きやすいように思われがちだが、このあたりは岩がごろごろしているから慎重になり、這い進むのと変わらない。彼女が歩くのに大変すぎる場所に来ると、デアは手をあげ、「そこで待ってろ」と言い、ライフルとサドルバッグを置くと、有無を言わさず彼女のウエストを摑んだ。軽々と担ぎあげて足場のいい場所まで運んだ。

そのときは文句を言わなかった。ただ彼の首に腕を回し、キスした。彼の大きさと強さが、彼女をとても女らしい気持ちにさせる。こんなの生まれてはじめてだけれど、それよりももっとすてきなのが、彼といると自分が、その……宝物になった気になれることだ。彼は即座に彼女をきつく抱き寄せ、むさぼるように唇を奪った。時間ならいくらでもあると言いたげに深く念入りなキスをする。なんならここで服を脱いで彼女を横たえたいと思っているのだろうか。そうなったら、たぶん抵抗はしない。彼の体を知ってしまったいま、彼の味わいも感触も匂いも、体の重みも大きさも、絶頂に達したとき発する声も知ってしまったいま、それこそ分子レベルで彼に反応してしまう。似た者同士。

彼は細めた目をきらめかせてアンジーをじっと見つめた。「べつに文句を言いたいわけじゃないが、いまのはなんだ？」

言葉に詰まったけれど、正直に言った。「あたしを大切に扱ってくれたお礼」

彼に抱きあげられたので、目と目がおなじ高さになった。彼の声はいつもより掠れていた。「大切だとも。ものすごく大切にきまってるじゃないか」

じきに彼は頭をのけぞらせて息を喘がせ、両手で彼女の尻を摑んで屹立したものに擦りつけた。「いまやめないと、剝き出しの尻に風を感じることになる」

「あたしのお尻が剝き出しってことは、あなたのもそうなるってことよね」彼女はからかい、頰に頰を寄せてため息をついた。「でも、このまま進んだほうがいいと思う。のろのろしか歩けなくてごめんなさい。この調子だと、暗くなる前にラティモアの駐車場には着けそうにないわね」

「そのときはそのときだ」平然と言う。

自分のせいで先を急げないことが辛かった。急げば十五分で一・六キロは歩けるのに。足場が悪くなければ、デアなら楽々こなせるペースだ。いまは十五分で四百メートルがやっとのペースだから、休憩を勘定に入れなければ一・六キロ行くのに一時間かかる。デアひとりなら四、五時間の道のりが、彼女のせいでその倍もかかる。それも休憩をいっさいとらないで。スピードを出せる場所もあるが、けっきょくのところたいした違いにはならない。遠回りを強いられればますます遅くなる。

ふたりはまた歩き出した。なるべく彼のお荷物にはならないと決め、足首を痛めて這って山をおりたときとおなじことをした。時間も距離も頭から締め出し、ひたすら進むことに専念するのだ。一定のリズムで足を踏み出し、杖を突き、足を踏み出す。なにかで読んだことがある。杖が一本の場合はよいほうの側に持つこと。でも、それは理屈に合わないから、杖を右手で持ち、上半身の筋力を使って足首の負担を和らげた。左手で持った場合とどうちがうのかよくわからないが、要は足首がこれ以上腫れなければいい。

足を踏み出す、杖を突く、足を踏み出す。挫けない。たじろがない。足を踏み出す、杖を突く、足を踏み出す。ただ前進あるのみ。

できることなら彼女を担いで歩きたい、とデアは思った。自分がどんなに必死な形相をしているか、気づいているのだろうか。でも、この表情を見ると、説得しても無駄だという気になる。彼女は立ち止まらないし、けっして弱音を吐かない。

嵐の中、彼女はこうやって山をおりたのだ。やるべきことだけをやる。ただし、いまは這う代わりに歩いていた。彼女には不屈の精神が備わっている。鍛え抜かれた兵士が誇りにするような不屈の精神が。

彼女を見ているだけで心臓が激しく鼓動する。恋愛の対象となるやさしい女はいくらでもいるが、彼女を、肝っ玉が据わった、鋼の根性を持つ彼女を選んだ。喧嘩をしたら――これからもぶつかり合うだろう――自分が正しいと思えば一歩も引かない女だ。この先に待っているのは、きつい毎日だ。ああ、そうとも！　待ちきれない。

まだ〝結婚〟を口にはしていない。夫婦になるという考えに彼女がなじむまで、彼女を怯えさせたくないからだ。彼がボスになることを、いまもくよくよ考えている。実際は逆の立場になるだろうなんて、彼女は思ってもいないにちがいない。彼女が考えているのは、仕事のうえの関係だ。百パーセント個人的な関係なら、間違いなく彼女が有利なのに。女だもの。

彼女はいったいどうなってるんだ？　女ってのはそういう関係にいちばん関心があるんじゃないのか？　彼女は一度、男で失敗している。肝っ玉が据わっているから、なにもなかったふりで、自分をそれほど愛してくれていない男と暮らして、傷口を大きくするような真似はしなかった。デアが見たところ、アンジーは中途半端なことが嫌いなのだ。自分を失望させた男を捨てるのも徹底的にやった。自分の主張をとおすためなら、どんなことでもやるのだろう。

彼女にこんなに夢中になるなんて、どうかしているが、好きになったものはしょうがない。幸せなんだからかまわない……いまのところは。三日前には、頭がイカレたのかと思っていた。あの嵐はひどかったが、それでも、神だか運命だかがチャンスを与えてくれたのだと思った。それを最大限利用するまでだ。ゆうべはすごくよかった。ふたりは体も気性も、考え方までぴったり合っている。一緒に笑える。相手を笑わせることができる。ときにえらく真面目になるが、目が輝いて顔の表情が和らいで、口角が持ち上がると、ああ、あの唇の色っぽさときたら――

そっち方面のことは考えるな。いちいちおっ立てていたんじゃ、歩きにくいことこのうえない。

二時間ほど歩きつづけたので、休憩しようと彼女に声をかけ、ふたりとも水を飲んだ。出発したのが九時ちかかったから、あかるいうちに駐車場まで辿り着くのは無理だ。だが、ふたりとも野宿の経験はあるし、用意もしてきた。

アンジーは岩に座って水を飲んでいた。目の前に広がる岩だらけの谷を見渡す。デアも隣に座っておなじ景色を眺めた。水嵩を増した川が左にカーブして視界から消え、遠くのほうで右にカーブしているのが見える。どこかの時点であの川を渡らなければならない。この距離からでも水音が聞こえた。ごつごつした川床を渦巻いて、ゴーゴーと流れている。

地形を思い描き、ルートを決める。途中が岩原なので、川までまっすぐにおりてはいけない。アンジーには無理だ。迂回するにしても、もっと危険な場所もあるから、いちばんいいのは川と平行に高いところを進むことだ。おそらくどこかで、川を渡れるだろう。そういう場所に来たら、彼が先におりて調べればいい。だがいまは南に向かう。どこかで道にぶつかるだろう。遠回りでもそのほうが安全だ。

かまうもんか。現実世界に戻る前に、アンジーともうひと晩過ごせるのだから。


歩みはゆっくりだった。チャドは東に向かえると思っていたのに、増水した川に行き手を阻まれ、どんどん南に進んでようやく正しい方向に戻ることができた。山を横切るのではなく、くだることができるようになったのだ……ようやくいまになって。これで距離をかせげると思うと、道をはずれざるをえないものにかならず出くわす。引き返したり迂回したりを繰り返すうち、自分がいまどのあたりにいるのかわからなくなる。それがなにより怖かった。きょうのうちに駐車場に戻れなかったら？　この寒さで野宿すれば凍えてしまう。

それほど道ははずれていないはずだ、と理性が訴える。気持ちが焦っているから数時間も遅れたように思うだけで、実際はそれほどではない。馬の歩みはゆっくりだとはいえ、人が歩くよりは速い。キャンプ場は駐車場から一・六キロほどだ、とアンジーは言っていた。たいした距離ではないから、二時間もすれば、せいぜい四時間ほどで道に出られるだろう——ハレルヤ、だ。お腹がグーグー鳴っているが、プロテインバーを食べるつもりはなかった。そこまで空腹ではない。この旅が終わったら、プロテインバーは二度と口にしたくない。国境を越えてカナダに入ったら、飛行機でメキシコに飛ぶ前にうまい食事にありつけるだろう。目に見えるようだ。自由の味を嚙みしめるのももうじきだ。べつの名前で、使いきれないほどの金を持って……もうじきだ……

草原の木立に沿って馬を進めながら、眼下に広がる景色を眺め、自分がどこにいて、どこに向かえばいいかを考えた。そのとき、草原のずっと先にあるなにかが目に留まった。目に入るのは泥と木と青い空ばかりだったから、右下のほうで動くものの正体がわかるのに時間がかかった。

人だ。ふたり連れ——男と女。かなりの距離があるから、向こうが振り返って目を凝らさないかぎり、こっちの姿に気づかないだろう。ちょうど木立の陰になって見えないはずだ。彼らはいま広い空き地にいて、木立に守られていない。

双眼鏡は持っていないが、ライフルの照準器がある。視界が狭いから、最初のうちはなにも見えず、射撃のレッスンで習った〝目標を捕捉する〟必要があった。つまり照準器を前後に動かすことだ。そのうち動きを捉えたので照準を合わせた。デイヴィスは彼の照準器を見て笑った。高級ブランドのものじゃなかったからだが、いまは誰が笑っている？　見せびらかすためだけに、照準器に千ドルも払う奴の気が知れない。いま、その照準器が役にたってくれるのが嬉しかった。

男は大柄で、はじめて見る顔だった。だが、アンジーはすぐにわかった。黒い髪、背の高さ、体つき——分厚いコートを着ているから体つきまで見えないが、あのコートに見覚えがあった。足を引き摺って歩く彼女に、ときおり大男が手を貸してやっていた。やはり怪我をしていたのだ。だが、歩けないほどではない。やはり歩きの人間に、彼女はどうやって出会ったのか想像もつかない。出会う可能性は？

ふたりとも肩からライフルをさげており、この山をおりるのに辿らなければならない道をいま歩いていた。彼らを避けて遠回りしている時間はなかった。クソッ、邪魔しやがって。馬をおり、やさしい言葉をかけてやって、手綱を枝に結び付けた。この距離では、ほんのわずかにぶれただけで狙いがはずれる。

この距離から撃つのはあまりに危険だ。撃ち損なえばふたりを警戒させる。急いで計画を立てた。こっちの存在にふたりが気づく前に、まず男を仕留める。アンジーのほうが狙いやすいが、仕留められなかった場合でも、彼女は動きが鈍いからこっちが有利だ。

ピストルとライフルの両方を練習してきたし、腕はかなりのものだが、下のほうにいる標的を狙うのは難しいうえに、標的は動いている――ゆっくりだが、動いている。もっとちかづかないと。だが、ちかづくためには木立から離れざるをえず、万が一彼らが振り返ったときに姿が丸見えだ。撃ち返されたらひとたまりもない。ふたりとも撃ち損なったら、かならず撃ち返される。計画を立て、それに沿って狙う位置を決めなければ。

長いくだりの草原には岩がごろごろしていた――岩のかけらや大小さまざまな巨礫、地面から顔を出しているのもあれば、地面に転がっているのもある。気づかれずにちかづくことができれば、身を潜める場所にはことかかない。

風向きに注意する。まるで風が渦巻いているように、こっちから吹いてきたかと思うと、つぎにはあっちから吹いてくるといった塩梅《あんばい》だったが、いまは顔に吹き付けていた。射撃は数学だ。風や標高差、弾丸の速さといったさまざまな要素を計算に入れる。デイヴィスを仕留めるのにピストルを使うつもりだったから、そっちの練習に重きを置いてきたが、長距離射撃の基礎は習った。これは正確に言えば長距離射撃ではない。距離はせいぜい百四十メートルほどだが、失うもののことを考えれば、撃ち損なう危険を冒すわけにはいかなかった。

彼らの歩みは遅々たるものだった。それはありがたいが、あまりぐずぐずしていると、彼らは木立に隠れて姿が見えなくなってしまう。風向きの関係で、彼らにこっちの物音は聞こえないはずだ。チャドは左に動き、標的とのあいだに巨礫を挟んだ。小走りに巨礫まで行き、しゃがむ。

興奮してきた。これはまさに狩りじゃないか。ここは原野だ。原野では、自然も男も——それに女も——適者生存の原理に従わなければならない。

彼の背後八十メートルほどのところに熊がいて、じりじりと獲物に向かっていた。鼻をくすぐる獲物の匂いはますます強くなっている。

29

チャドは標的との距離を四十五メートルにまで詰めていた。アンジーや大男に気づかれないぎりぎりの距離だ。ふたりはじきに岩陰に入るところにいて、その岩の先で草原は途切れる。木立に入られてしまえば、狙うのが難しくなる。いたるところに影があり、木の幹がある。ライフルを肩に当てて構え、丘のカーブと距離と微風を勘定に入れ、男の背中の真ん中に狙いを定めた。アンジーと一緒にいるこの男には会ったことがないからなんの感慨もない。邪魔だから始末する、それだけだ。

デイヴィスを撃ったときに、人を殺すのはかんたんだとわかった。一発の銃弾で命の火はあっさり消える。いまのいままで生きていた者が、つぎの瞬間には死ぬのだ。問題はその一瞬だけ……あとはなんの問題もなくなる。好きというわけではないが、あまりにもかんたんだし、まったく後悔しなかった自分に驚いた。やるべきことをやった、それだけだ。

狙いを定め、教えられたとおり、息を吸って半分吐き出し、引き金を引いた。男はびくっとし、アンジーを突き飛ばして倒れた。彼女はよろっとなって倒れた。チャドがその姿を照準器の中に捉える前に、彼女は岩陰に隠れていた。

「デア！」

アンジーは倒れる寸前に名前を叫んでいた。ライフルの銃弾はすぐ背後から飛んできたので、振動音を耳にするのと、「ウウッ！」という低い声を聞いたのがほぼ同時だった。デアは横に倒れながらも彼女を突き飛ばした。彼女はとっさに転がって岩陰に身を潜め、すぐに体勢を立て直して、デアが倒れている空き地に向かって飛び出そうとした。

だが、彼はなんとか上体を起こして叫んだ。「じっとしてろ！」

血が顔を流れ落ちていたが、彼の声はしっかりしていた。アンジーはその場に凍り付いた。安堵とアドレナリンが全身を駆け巡り、最高レベルの警戒態勢に入った。デアは撃たれたが動ける。意識もある。大量の血を失いつつあるから、すぐに手を打たなければ。

なにが起きたのか考えるまでもなかった。チャドが背後にやって来たのだ。それもたいした偶然ではない。川の増水のせいで、チャドもおなじ道を辿らざるをえなかった。

「どこを撃たれたの？」彼女は必至に声をかけた。デアは目に入る血を拭っていた。拭う先から流れ落ちる血に視界が遮られる。もし頭を撃たれたなら、動けるはずはなく——

「肩だ」痛みを我慢して声が張り詰めている。

肩？

それよりも、彼のそばに行かないと。腰を屈めてさっと顔を出し、チャドの居場所を突き止めようとした。また銃声が轟き、頭の上で岩が削れた。顔を出すのを、チャドは待ちかまえていたのだ。ただし、岩の上から覗き見ると思ったのだ。脇からではなく。

「馬鹿！」デアが吠えた。「二度とやるなよ」なんとか膝立ちになってライフルに手を伸ばし、独創的な悪態を吐き散らかしながら袖口で目を拭った。

アンジーは肩に掛けていた寝袋をおろし、ライフルを構えた。「なに言ってるの、デア、あなたこそ目が見えないんでしょ！　じっとしててよ」低いけれど声に力が入っているから、ひと言ひと言が空気を打った。「頭はどうしたの？」

「切っただけだ。岩にぶつけた」

だが、血がどくどく流れているのは、右目の上のその傷口からだった。膝立ちになったので、コートの背中の右肩の下が黒いしみになっているのが見えた。彼には撃てない。狙い撃ちは無理だ。左手にライフルを持って引き金を引いたが、目が見えないのだから、なにかに当たったとしてもまぐれ当たりだ。

チャドの居場所はわかった。四十五メートルほど上のやや右寄りだ。二発撃ったから、あと一発で弾を込め直す必要がある。おとりになってわざと撃たせれば、彼が弾を装塡しているあいだに狙いを定め、彼が顔を覗かせるのを待って——

背後で馬が不意にいなないた。紛れもなくパニックになっている。チャドは振り返った。なんの騒ぎだ？　栗毛の馬は頭を振り、チャドが繫いだ手綱を引っ張っていた。ぐるっとひと巻きしただけだった。クソッ！　馬が逃げ出したら、どうやって山をおりればいいんだ？

馬は頭を激しくひと振りして手綱を解き、彼に向かって突進してきた。

チャドは一瞬凍り付いた。いくつかの選択肢が浮かんだが、どれもよくない。馬を摑まえないと大変なことになる。だが、岩から出ればアンジーに撃たれる。いずれにしても、大変なことになる。

だが、まさか彼が馬を摑まえようとするとは、アンジーも思わないだろう。考えている時間はない。行動あるのみ。チャドは岩陰から飛び出し、駆け抜けてゆく馬の手綱を必死で摑もうとしたが、馬はすり抜けていった。

弾がいつ体を切り裂くかわからない、血が凍るような恐怖の中、チャドは巨礫の陰に身を躍らせた。まだ生きていることが信じられなかった。すくみ上がっていても、無事だった。

ライフルを摑んだとき、木立の中を黒いものが動くのが目に留まった。

巨大なクロクマがまっすぐに向かって来る。低くした頭を揺らしながら。

馬がやって来る。パニックに駆られた馬にチャドが飛びかかるのを、信じられない思いで見つめた。それでもライフルを構えたが、向かって来る馬のせいで撃つに撃てなかった。デアに褒めてもらえそうな悪態をつきながら、また岩陰に身を潜めた。栗毛の馬は岩をよけ、デアの横ぎりぎりをすり抜けて下の木立へと駆けて行った。

上のほうからまた銃声がしたが、ヒュッと弾がかすめる音はせず、岩の破片も泥も飛んでこない。弾が大幅にそれたわけなど考える暇はない。それが三発目で、彼は装弾しなければならないことだけわかれば充分だ。ひざまずき、岩肌に銃身をもたせ、身を乗り出して照準器に目を当てた。

悲鳴がチャドの喉に絡まった。慌ててライフルを振り上げ、撃った。だが、熊は動いている。当たったのかどうかわからないまま、熊は突進してくる。急いでボルトを動かし空薬莢を排出し、ボルトを戻して引き金を引いた。だが、カチリと音がするだけだった。撃針が空の薬室を打つ音だ。

恐怖で泣きそうになりながらも、コートのポケットを手探りすると、弾薬の箱がこぼれ落ちた。地面を這いずる。熊はちかづいて来る。熊の目が見わけられるほどちかい。凶暴で強欲な目だ。薬砲を薬室に入れなければ。指が言うことをきかず、薬砲を落としてしまった。ちかづいて来る、どんどんちかづいて来る。ああ、怪物はすぐそこまで来ているのに、指がうまく動かない。箱からべつの薬砲を取り出したが、くそったれの薬砲はうまく薬室におさまらず——

熊が巨大な顎をガタガタいわせながら、突進して来た。距離は二十メートル。

彼は悲鳴をあげた。甲高い悲鳴をあげてライフルを投げ捨て、走った。

一瞬、願った。アンジーが熊を仕留めてくれることを。本能のスイッチが入って、熊を仕留めてくれるのではないか。チャンスは一度きり、一度で充分だ、そしたら計画を変更し——

毛と筋肉と歯と鉤爪の雪崩に襲われ、彼は地面に顔から突っ伏した。わき腹と背中を鉤爪に抉られると、苦痛が全身で爆発した。熊は犬歯を彼の肩に埋め、頭を前後に揺すった。彼の体が放り出される。

落ちた衝撃で全身が痺れた。自分の泣き声が聞こえ、鼻水が垂れているのがわかったが、すべてがぼんやりしていた。純粋な恐怖が彼を動かす原動力となり、なんとか転がって泥に指を立て、起き上がろうとした。

低いうなり声が耳を聾《ろう》する。悪臭が肺と鼻孔を焦がす。無数の鉤爪が脚をズタズタにしたうえ、肉に食い込んで引き戻そうとする。

「やめろ、やめろ」出てくるのはその言葉だけだ。ぬかるむ地面をずるずると引き摺られる。泥に指を食い込ませる。そうすれば助かるような気がして。死は免れないとどこかで気づいていた。脚を切り裂かれる痛みに、デイヴィスの姿がよみがえる。

だが、デイヴィスはすでに死んでいた。こっちはまだ死んでいない。

また体が持ち上げられた。不意に地面がなくなり、宙ぶらりんになった。熊は彼を咥え、玩具のように振り回した。悲鳴をあげたいのにできない。息も力もなかった。もう「やめろ」とさえ言えない。代わりに聞こえるのは、哀れで弱々しい泣き声だった。

熊が頭を振って彼をまた放り投げた。悲鳴をあげながら宙を飛ぶ。それが永遠につづく気がした。苛立ちと怒りと恐怖の悲鳴をあげながら、これが最後だと気づいた。ひどい結末だ。もはや後戻りはできない。岩に当たって跳ね返った。骨が折れる――バラバラになる。ぐったりと横たわる体を支えるものはもうない。口に血が溢れた。熊が飛びかかってきた。チャドは一瞬の死を願った。

願いは聞き届けられなかった。

死にたい。意識を失って死にたかった。一瞬、視界がぼやけた。熊は遊んでいる。彼の苦しみを引き延ばす魂胆だ。最後の最後まで、苦痛に苛《さいな》まれなければならない。

熊が腹に食らいついて頭を振り、中身を引き摺り出した。動きを止めたはずの脳が正確に最期の言葉を紡《つむ》ぎ出したことに、彼は驚いていた。「適者生存」


アンジーが照準器の中にその姿を捉えた瞬間、チャドが悲鳴をあげた。一瞬ののち、ぼんやりした動きの中に彼が消えた。ライフルを肩からさげ、目の前で繰り広げられる悪夢にすくみ上がった。

まただ。嵐の晩とおなじことがまた起こった。地獄の光景が脳を吹き飛ばし、すさまじいパニックが襲ってきた。叫んでいるつもりなのに喉が動かず、悲鳴は体内に留まったまま、心臓と胃と頭を切り裂いた。デアの声が聞こえる——聞こえたと思ったが、よくわからない。頭の中でなにかがはずれてしまい、言葉が出てこなかった。

熊がチャド・クラグマンをズタズタにした。時間がのろのろと過ぎてゆき、攻撃は永遠につづくかに思われたが、ほんの数秒しか経っていないことは頭のどこかでわかっていた。あれほどパワフルな獣なら、獲物を殺すのに数秒あれば充分だ。

それから——ああ！——熊がチャドの亡骸を放り投げて、こっちに向かって来た。

馬だ。熊は馬の匂いを嗅ぎあてた。それともデアの血の匂いを。鼻面を血で真っ赤にしているのに、どうやったらほかの血の匂いまで嗅ぎつけられるのだろう。頭が働かない。動くに動けない。

でも、動いていた。あの夢の再現か、泥にはまったみたいで、ケーキのクリームをかぶったみたいで、すべての動きが緩慢だったが、それでもライフルを構え、照準器に目を当て、標的を捉えた。それがどんどん大きくなってゆく。角度が悪い。心臓か肺を狙えればいいのに、熊は頭をさげて上下に揺すっていた。でも、待ってはいられない。息を吸い込み、一部を吐きだし、引き金を引いた。

なにも起こらなかった。撃針は打っているのに、なにも起こらなかった。クソッ！　なにがいけなかったの？　ボルトを後方に引いてから、ちゃんと前方にスライドしていなかった？　急いでボルトをあげて手前に引き、薬莢を排出し、ボルトを前方にスライドした。熊は胸の奥底から響くうなり声をあげ、三十五メートルまで迫っていた。襲いかかる体勢だ。

彼女は引き金を引いた。

なにも起こらない。

やはり、自分の悪態が聞こえ、デアの声が聞こえ、とっさに岩陰から飛び出した。熊の注意を自分に引き付ける。デアから注意を逸らさなければ――

「アンジー！」

大声を聞いて顔を向けると、デアの血に染まった顔が見えた。左手に持ったライフルを、彼は放った。それが弧を描いてゆっくりと飛んでくる。太陽に銃身と、強力な照準器のガラスが光った。

熊は二十五メートルの距離まで迫っていた。

ライフルを受け取って肩に当て、照準器の十字線を熊の頭に合わせ、引き金を引いた。銃声が消える前に空薬莢を排出し、ボルトを前方にスライドしていた。

銃弾は肩に当たった。熊はうなって一回転し、彼女に飛びかかってきた。

もう一度引き金を引く。「さあ、かかって来い、クソッタレ」うなり声にはうなり声で応える。逃げる気はなかった。デアを襲わせてなるものか。もう一度、ボルトを前方にスライドさせた。これが最後だ。これで仕留められなければ、ふたりとも死ぬ。手負いの熊は凶暴だ。いっそパニックに陥りたい。あるいはもう陥っていて、気づかないだけかも。でも、そんな贅沢は許されない。最後の一発を熊の頭に打ち込むだけだ。

巨大な獣はなおもちかづいてくる。惰性で動いているだけだ。そのとき、前足ががくんとくずれ、横に滑って止まった。あと十メートルのところで。

彼女は立ちすくみ、見つめていた。耐えがたい悪臭に吐きそうになったが、足が地面に根付いてしまったようで動くに動けなかった。

デアが必死で立ち上がり、よろよろとやって来た。流れ落ちる血が真っ赤な仮面のようだ。

「アンジー」これ以上ないほどやさしい声だった。「よくやった、スウィートハート」そっとライフルを彼女から取り上げて岩に立てかけ、左腕で抱き寄せた。

膝ががくんとなったけれど、彼の力強い体が支えてくれた。ふらっときて、彼のコートにしがみついた。いま気を失うわけにはいかない。でも、もうすんだのだから、パニックに陥ってもかまわないだろう。少しぐらいなら。視界が泳ぎ、心臓がドキドキしている。この気温なのに、掌がじっとり汗ばんでいた。デアを失うところだった。考えるのはそのことだけ。彼は血まみれで、熊はまっすぐ彼に向かっていた。彼を失うところだった。やっとわかりあえたのに、熊が——だめだめ、考えたくもなかった。チャドがあんなことになるのを目《ま》の当たりにしたばかりだもの。

なにか言いたいのに、言葉が出てこない。デアが両腕を回して抱き寄せてくれた。片腕は血まみれなのに。ため息をつく。泣き出したけれど、大泣きはしない。泣き虫じゃないもの。彼のお株を奪って悪態を吐き散らすと、気分がよくなった。体が震えるのを止められない。無理に抑えるのはやめた。しょうがない。

ようやく考えられるようになって、言葉が出てきた。「もう、デアったら、あたしまで血まみれじゃないの。出血多量で死んだりしたら許さないから」

「ああ、おれも愛している」

やるべきことがあった。あとから考えてもいつそうしたのかわからないが、無理やり彼の腕から体を離し、彼を座らせていた。顔の血を何度も拭っていくうちに、右目の上の傷口が見えてきた。縫う必要がある。彼を問い詰めると、ものが二重に見えると白状したので、岩に頭をぶつけたときに軽い脳震盪《のうしんとう》を起こしたことがわかった。コートとシャツを脱がせ、傷の程度を調べた。頭の傷に比べれば出血はたいしたことないが、腕のすぐ下の肉を抉るようにギザギザの傷口が紫色になっていた。水で傷口を洗い、彼のTシャツを裂いて作った包帯を巻き、頭の傷にも巻き付けた。

手当てが終わると、彼が言った。「あの臭い代物から離れられないと、おれはたぶん窒息すると思う」

たしかにすさまじい臭いだが、デアを手当てすることに一所懸命だったから気付かなかった。あらためて彼に指摘されると、急に吐き気を催したので、急いでその場を離れた。

細かなことが気になって脳みそがうなり、なにも手につかない。彼女のライフルが使い物にならなかったのはどうしてだろう。デアが分解掃除をしてくれた。撃針が打つ音は聞こえた。

彼のライフルを扱うのははじめてだったから、ただ狙って撃った。

馬が怯えたのは熊のせい――
馬。

「ねえ、馬がいるわよ」

「摑まえられればな」

彼をキッと睨んでいつもどおりに振る舞おうとしたけれど、内心はグズグズだった。「摑まえられるにきまってるでしょ。あたしの馬なんだから」

「だったら摑まえてみろ。そのあいだにおれは、きみのライフルを点検する」

体力と血の無駄遣いをしないためには、彼にじっとしてもらいたいが、反論しても無駄だとわかっていた。彼女のライフルが発射しなかったわけを突きとめる必要があった。チャドは死に、熊も死んだが、危険はいつ降りかかってこないともかぎらない。彼のライフルはあるけれど、もしなにか起きたら？　自然は容赦がない。安全のためにはバックアップが必要だ。


いまはまだチャドのことも、熊のことも考えられない。あとになって、肉体的にも精神的にも殺戮の影響が薄らいだときには、考えることができるかもしれない。いまはやるべきことに意識を向けよう。栗毛の馬を追いかけることに。デアの馬とちがって、一目散に逃げ出したわけではなかった。木の間越しにその姿が見える。でも、かなりおどおどしていた。風はこっちに向かって吹いているので、馬には熊の臭いが届いていないはずだ。なんとか落ち着かせられるかもしれない。馬は彼女の匂いや声を憶えている。それに、馬は群れの動物だから、一頭だけで行動しない。だが、デアの血がついているので、彼女がちかづくことを、馬はいやがるかもしれない。デアには、摑まえると言ったが、足首がこれだし、ほかの要素もあるので、あまり期待はできなかった。

杖を突きながら草原をくだって木立のほうに向かった。手入れをするときに話しかける言葉を繰り返しながら馬にちかづいてゆく。栗毛の馬は向きを変え、片足で地面を掻いたが、逃げようとはしなかった。

それでも直感的に立ち止まった。これ以上ちかづくと、馬は怯えて走り出すかもしれない。痛めた足首のことを考えると、馬との距離をこれ以上広げたくはなかった。だから、敢えて二歩さがって様子をうかがった。あとの判断は馬に任せるしかない。

時間が過ぎてゆく。その場に留まり、穏やかに語りかけた。馬が二歩ちかづいてきて、茂みに鼻面を向け、食むものがないか探している。アンジーが一歩前に出ると、馬は不意に頭をあげた。彼女は立ち止まり、やさしく語りかけた。馬はじっとこっちを見るだけで、ちかづいては来ない。

ゆっくりとした動きで腰をおろし、足首を曲げないようにしてあぐらをかく。

馬はしばらく彼女の様子をうかがい、まるでため息のように息を吐くと、のんびりちかづいて来た。頭をさげて彼女の髪の匂いを嗅ぎ、肩へと鼻面を移動させる。彼女は息を詰め、馬が血の臭いに怯えないか様子をうかがった。だが、馬は彼女の匂いを嗅ぐのをやめなかった。「いい子だね」アンジーはやさしく言い、手を伸ばして手綱を掴んだ。「よしよし」

馬を引いて木立を出ると彼に向かって草原をのぼった。だが、デアは手を挙げて、これ以上ちかづくなと合図をよこした。血の臭いで馬を怯えさせてはならない。それから荷物とライフル二丁を肩にかけ、こっちにやって来た。肩が痛いだろうに。

「弾がいかれていた」彼がぼそっと言った。「箱ごとだ。おれのライフルに装塡して試してみたが、どれもだめだった。両方のライフルにおれの弾を装塡しておいた」

ありうることだ。彼女は経験したことがなかったが、父は不良品を掴まされたことがあった。デアがいなかったら、彼の怪我がひどくてライフルを投げてよこせなかったら……でも、ちゃんと投げてくれた。過ぎたことをあれこれ考えてもはじまらない。

大事なのは、ふたりとも生きていることだ。一緒に家に戻れることだ。

30

予想どおり、どっちが馬に乗り、どっちが歩くかでもめた。デアは撃たれているし、アンジーは足首を痛めている。デアは体重が軽くはなく、栗毛の馬はサムソンほど大柄ではないので、ふたり乗りはかわいそうだ。けっきょく彼が勝った。頭がぼんやりしていても、彼女よりは速く歩けるからだ。彼女は彼女で、プロテインバーを二本食べ、ボトル二本の水を飲んで、もう大丈夫と言い張った。あなたの偏屈さはネアンデルタールといい勝負よ、きっと類人猿の遺伝子も交じってるにちがいない、と言い張り、それから恥ずかしいことに涙声になって、愛しているのよ、と言った。

彼は乙にすまして言った。「ああ、わかってる」

レイ・ラティモアの駐車場に辿り着くころには日も暮れていた。何ものも彼の目からは逃げられない——自分の土地ばかりでなく、そこに車を駐めた人間にも鋭い目を向けている——ので、家に通じるドライヴウェイを半分まで行ったところでポーチのライトがついた。

レイが懐中電灯を手に出て来た。「誰だ?」

「デア・キャラハンとアンジー・パウエルだ」デアが応えた。

「いったい――」強力な懐中電灯の光がふたりを舐めた。くたびれ果てていた。包帯で圧迫したおかげでデアの頭の出血は止まり、血も拭い落としていたが、それでも殺戮の現場から逃げ出してきたみたいに見えた。彼女は怪我こそしていないが、懐中電灯を生まれてはじめて見た野生の女みたいに見えるだろう。「いったいなにがあったんだ?」レイがポーチの階段をおりて来た。年のわりには素早い動きだ。

「単純な話だ。アンジーの客のひとりがもうひとりを殺し、熊がそいつを殺し、アンジーが熊を仕留めた」デアがうなるように言った。あまりにもかいつまみすぎる彼の話を、彼女は口をぽかんと開けて聞いていた。

「デアが撃たれたことはべつにしてね! 頑固だから馬に乗ろうとしないのよ」

「アンジーは足を捻挫してるので、歩くより馬に乗ったほうが速い」デアが言い返す。レイがうなずいたのは言うまでもない。デアは彼女のウェストを両手で掴んで馬からおろした。ひとりでおりられない理由なんてないのに。彼に世話を焼かれて喉が詰まった。大事にされることになかなか慣れないけれど、彼の気持ちは嬉しかった。

「さあ、中に入って。手当てをしてやろう」レイが言った。「電話をかけないとな。人食い熊と出くわした、そうだろ？　尋ねたいことがたんまりある」

レイの妻のジャネッタがちょうどポーチに出て来たところで、ふたりを見て息を呑んだ。「アンジー！　デア！　まあ、なんてことでしょ」階段を駆けおりる。「熊にやられたの？」

「いいえ、熊にやられたのはあたしたちじゃないわ」アンジーが答えた。「あたしは捻挫しただけだけど、デアは撃たれたの」彼をじろっと睨む。「この頑固者の手当てをしてやって」にんまりする。ジャネッタの有無を言わさぬ看護ぶりはつとに有名だったからだ。湿布や副木や縫合をはじめとする手当てを受けたくなかったら、口が裂けても彼女に怪我したとは言わないことだ。

デアは、憶えてろよ、とばかりに彼女を睨んだが、ジャネッタが飛んできて立てつづけに命令を発した。アンジーは満足の笑みを浮かべた。彼女だってジャネッタのスパルタ式手当てを免れることはできないが、足首の捻挫なんて銃創に比べれば退屈だ。

てきぱきと事は運んだ。レイが通報したので、じきに警察と野生生物管理官と救急隊員がやって来た。ジャネッタが傷口を洗浄し包帯を巻いていたので、救急隊員の出番はあまりなかった。アンジーとデアは治療のためビュートの病院に運ばれた。彼女はレントゲンの結果、単純骨折だとわかったが、デアは傷口を縫合されたうえに抗生剤の点滴を受けなければならず、ひと晩の入院を余儀なくされ、大いに憤慨した。

山のような報告書が作成されなければならず、果てしなくつづく質問に答えなければならなかった。アンジーとデアはべつべつに事情聴取され、面倒ではあったが警戒はしていなかった。警察が三件の殺人事件の現場検証を行なえば、彼らの言うことが正しいと証明されるだろう。

噂はまたたくまに広がった。翌日、デアは発熱もなく元気に退院した。友人たちのグループがラティモアの駐車場に集まり、警察と一緒に山にはいって馬を探した。午後に戻ってきたグループは、彼女の馬三頭を連れていた。難なく見つかったそうだ——三頭とも手綱を枝から解いて自由になっていたが、その場に固まっていた。べつに驚くことではない。

三頭を目にすると、アンジーはわっと泣き出した。急に涙もろくなった自分に戸惑っていたが、気持ちが落ち着くまでには時間がかかるだろう。サムソンはほっぽらかしにされて怒っていたのか、彼女を鼻面でぐいっと押した。倒れそうになりながらも、彼女はその筋肉質の首にそっと顔を押し当てた。三頭とも元気だった——腹をすかせているが、かすり傷以上の怪我は負ってなかった。馬たちが無事に戻って来て、彼女の緊張がいくぶんほぐれた。

デアの馬が北へ数キロのところで見つかったのは三日後のことだった。ようやく納屋におさまった馬に向かって、デアは罵詈《ばり》雑言を浴びせながらも、首をやさしく叩いてやった。

「あたしの馬たちのほうが、あなたの馬より賢いわね」彼をからかうのはそれだけにした。

なんといっても彼は撃たれたんだから、やさしくしてあげないと。

「奴はまだ赤ん坊だからな」デアが言い返す。「あと二年もすればいいトレッキングホースになる。おれは忍耐強いんだ。それぐらい待てる」

忍耐強いというより頑固なのだ。諦めないだけの話。

一週間後、ふたりは真剣な話し合いを行なった。そのころには、どちらも結婚することになんの疑いも抱いていなかったから、彼は敢えて申し込まなかった。土地のことや結婚式をどうするかという本題に、すんなりと入ることができた。

翌年の春遅く、雪がようやく融けて花が咲きはじめるころ、ふたりは結婚した。アンジーとしては、数人の友人に囲まれて判事の前で挙げるかんたんな式でかまわなかったが、デアは言い張った。「どうせやるならちゃんとやる」彼と言い争っても無駄だ。

そんなわけで、晴天の日曜日の午後、教会で式を挙げた。花と蠟燭《ろうそく》と、着飾った友人知人に囲まれて。ビリングズ時代の友人たちが、三百キロ以上の道のりを車で駆けつけてくれた。最初の惨憺たる結婚式を目撃している彼らだが、アンジーは気恥ずかしいとは思わなかった。あれはあれ、今度のは、なにしろデアが相手だもの。〝あのクソッタレ〟と呼んでいた男に恋をした、と報告すると、彼らは――電子メールで、皮肉抜きで――祝福してくれた。ほんとうの友だちだ。

デアは彼女の土地と家を買わなかった。ハーランに手数料が入らなかったことで、彼女は気が咎《とが》めていたが、ハーランは気にしていないようだった。土地と家は彼女の名義のままだ。銀行に借金してまで買うなんて意味がない。ガイドの仕事を一緒にやるようになって、経済的に楽になったから、盛大な結婚式だってできたが、ふたりともそんなことは望まなかった。

彼女は白いウェディングドレスを着た。シンプルなシースドレスだ。靴はすごかった。靴に目がないタイプではないけれど、結婚式となればべつだ。それに、きらめく美しい靴を、子どもたちに見せて自慢したい――デアが子どもを欲しがるとは思ってなかったが、考えてみれば彼女だって子どもは欲しかったわけで、ものすごく欲しいと思う自分が意外だった――娘ができればなおさらのことだ。髪型はデアの好みで艶やかにブラシをかけておろしただけ、それに春の花々のブーケを持った。花嫁を新郎に渡す役はハーランが引き受けてくれた。

結婚式の日がちかづくにつれ、デアは怒りっぽくなっていった。いくら口をすっぱくして言っても、彼女が同棲することを受け入れなかったからだ。小さな町だし、保守的な考え方の人が多い。夜はたいてい彼の家か彼女の家で過ごしたが、結婚するまではべつべつに暮らしたいと、彼女は譲らなかった。

そして、ようやくその日が来た。

ハーランの腕に手を添えたアンジーは、心臓をバクバクいわせ、視線は小さな教会の側廊にさまよわせていた。参列者たちはみなこっちを見ている。音楽はまだはじまっていない。祭壇には司祭がデアと並んで待っている。新郎付添い役も花嫁付添い役もいない、デアとふたりだけだ。馴染みの顔が並んでいるが、彼女の目に入るのはただひとり、もうじき夫になる人のことだけだった——スーツ姿のデアは長身で逞《たくま》しくてすてきだった。心臓がバクバクいうのは彼のせい、胃がザワザワするのも彼のせいだ。

ハーランを見上げ、相好を崩した。花嫁の品位などどうでもよくなった。元気いっぱい彼の首に腕を回し、ぎゅっと抱きついた。「ありがとう」

「またかい？」ハーランはちょっとばつが悪そうだったが、お返しに彼女をぎゅっと抱いて前後に揺すった。「この半年、週に一度はありがとうと言ってたぜ」

「だったら言われることにも慣れたでしょ」だから頰にキスのおまけをつけた。彼がデアに彼女を見守ってやってくれと頼んでなかったら、アンジーはいま生きていない。それに、これも大事なこと……デアの人となりを知らずじまいだったろう。愛する人であると同時に仕事のパートナーでもある彼のことを。ずっとそばにいてくれた彼のことを。ハーランがいなかったら、どうなっていたのだろう？　きっといまみたいに幸せにはなっていなかった。

「よけいなことをしてくれて、自分の面倒ぐらい自分でみられる、ときみに恨まれるかもしれないと思っていたんだよ」ハーランが言う。彼女が感謝するたび、この言葉が返ってきていたのだけれど。

「自分ひとりの力ではどうにもならないこともあるのね」彼女は花嫁の品位を取り戻し、頭を高く掲げてほほえみを浮かべ、デアをじっと見つめた。「あなたは命を救ってくれた。けっして忘れないわ」

ハーランは口を引き結び、顎を突きだした。「泣かせないでくれよ、お嬢さん。大事な役目だからな。おやじさんの代わりだ。年寄りみたいにおいおい泣いてはいられない」

音楽が変化し大きくなった。参列者たちが立ち上がって彼女を見守る。側廊に並ぶのは笑顔ばかりだ。そのときが来た。アンジーはデアに向かって一歩を踏み出した。側廊を走って彼の腕に飛び込みたいのをぐっと我慢した。

教会の信徒ホールで披露宴が開かれた。広くはないが、この町にホールはここだけだ。住民全員によそから来た招待客数人を収容できるだけの広さはあった。洒落た披露宴にはならなかったが、デアもアンジーもこれで満足だった。花と蠟燭とでっかいケーキがあればそれでいい。

デアは指にはまった結婚指輪を見るたび、彼女の指にはまるおそろいの指輪を見るたび、満面の笑みを浮かべた。ふたりは結婚した。六カ月前にはデートに誘い出すこともできなかった相手と、黒い目に怒りの炎を燃やして睨んできた相手と、いまこうしているのだ。

これからは彼女が、いっさいの事務を引き受けてくれる。この取引で彼が得ることになる最大の恩恵と言っても過言ではない。

音楽と料理とダンス。ダンスは得意ではないが、新妻とスローなダンスぐらいは踊れる。隣人に馬の世話を頼み、カリブ海クルーズに彼女を連れてゆく。食べて、ときどき酒を楽しみ、横になり、セックスする。彼にはまだかなっていない夢があった。ハネムーンはそのためにあるんだろう?

ケーキカットの時間になり、アンジーがフラッシュバックに悩まされないか心配になった。彼女にかぎって大丈夫だとは思うが。結婚式の日なんだから、新郎以外の男のことを思い出してもらっては困る。

思い出してはいないようだ。特大のケーキ——四段重ねで白いバラがまわりを彩り、てっぺんには新郎と新婦の人形が載ってる伝統的なやつだ——が置かれたテーブルに向かった彼女の顔は輝き、目はきらめいていた。顔を見合わせる。彼女はリラックスして、輝いていた。その表情に翳《かげ》りはいっさいなく、ためらいも疑いも、遠い昔の思い出のかけらすらなかった。

あの結婚式は彼女にとって存在しなかったのだ。少なくともいまは。

参列者全員がまわりに集まって来た。ふと思った。この中にアンジーの前の結婚式に出席し、彼女の醜態《しゅうたい》を目撃した人がいるのだ。ビリングズ時代の友人たちがそうだが、彼らもあのときのことは思い出していないようだ。

大事なのはこの結婚式だ。

ケーキを顔に押し付けないで、と彼女は頼まなかったが、頼む必要もない。彼女がなにを望んでいるのか、デアにはわかっていた。人を雇って髪とメイクをやってもらわなかったが――いまのままの彼女で充分に美しいから――彼にはわかっていた。

それほど馬鹿じゃない。

一緒にケーキをカットする。彼女の手に手を重ねて。それから、彼は指をクリームに突っ込み、彼女の口元に持っていった。彼女がほほえむ。晴れやかな笑顔だ。彼の指先を口に含んでクリームを舐めた。指先のまわりで舌を躍らせ、そっと吸った。

気を失いそうになった。クソッ、なんてこった。歓びのあまり、頭のてっぺんから火を噴きそうだ。期待に全身が震える。待つのは楽しいが、この震えはふたりきりになるまでとっておこう。

つぎは彼女の番だ。一緒にカットした部分から小さく摘み取り、彼の口に入れた。とてもきれいで、とても品のあるやり方だった。デアは喉の奥でうなった。アンジー・キャラハンに餌をもらっている気分。

アンジー・キャラハン。いい響きだ。

彼女の耳元でささやいた。「食べちまいたいぐらいきれいだ。あとで」

「あなたもよ」彼女がほほえんだ。これが震えずにいられるか。

訳者あとがき

わたしが住む八ヶ岳山麓の森では、いまがキノコ採りのシーズンだ。朝、犬の散歩に行くと森の中からシャンシャン、とか、カランカラン、とか鈴の音が聞こえる。熊避けの鈴だ。ゴミ集積所の掲示板には、熊の目撃情報が張り出してある。冬眠を前に食いだめしようと熊も必死なのだろう。

今年の十月五日の早朝、長野駅のホームを歩いている熊が目撃された。おなじ熊が市街地にも、市街地にちかい河原にも出没していた。小学校の通学ルートにちかいため、保護者に付き添われて登校する小学生の姿がローカルニュースで流れた。北海道でも東北でも、今年は熊の目撃情報が前年の二〜三倍に達しているそうだ。

都会で生まれ育ったわたしなど、熊は憶病で人間を見たら逃げる、とか、死んだふりをすれば襲ってこない、とか勝手に思い込んでいたが、最近の熊はそうでもないらしい。なんでも〝新世代熊〟と呼ばれており、小熊のころから里におりてきて人間の残飯の味を知ってしまい、しかもハンターの高齢化で、銃で撃たれたり追われたりした経験がないから人間を怖がらず、平気で町中をうろうろするそうだ。なんとも恐ろしい話だが、もとはと言えば人間が里山を開拓し、熊の縄張りを荒らして追い詰めたせいだろう。

と、前置きが長くなったが、本作には熊が登場する。それも血に飢えた人食い熊だ。種類はクロクマで、体重は二百三十キロを超す。アメリカの熊というとグリズリー（ハイイログマ）を連想するが、これは一九七〇年代に日本でもヒットした映画『グリズリー』の影響だろうか。国立公園に現れた凶暴な人食いグリズリーと人間の戦いを描いた作品で、肩がこんもり盛り上がった大型の熊がのっしのっしと歩く姿は、ただもう恐ろしい。グリズリーは日本のヒグマの親戚で、五百キロを超すのもいる。時速五十キロで走り、泳ぎも木登りも得意ときたら、逃げたってかないっこないと思ってしまう。日本と同様、アメリカでも開発に伴って生息域が狭まり絶滅の危機に瀕し、いまでは保護されているそうだ。そういう話を聞くと、人間って身勝手だなあ、と思う。

アメリカでグリズリーの十倍以上の頭数が生息するクロクマは、大きさこそグリズリーほどではないが、凶暴さではいい勝負で、しかも人間を獲物とみなして襲ってくる。絶対に森の中で遭遇したくない相手だ。彼らは人間を見ると、あるいはその匂いを嗅ぎつけると、

「おいしそう」と思うのだから。

本作のヒロイン、アンジーは、そんなクロクマを趣味で撃つ、酔狂としか言いようないハンターたちを案内して森に入るガイドだ。モンタナ州の山奥で、亡き父の跡を継いでハンティング・ツアーのガイドになったが、ライバルの出現で仕事量が激減し、家も土地も売ってよそに移らなければならなくなった。そのライバルというのが、元軍人で男っぽさを絵に描いたような男、デア・キャラハンだ。イラクで榴散弾にやられ、声は潰れたが五体満足で故郷に戻った。そして、アンジーとおなじガイドの仕事をはじめた。そのころ、彼はアンジーにデートを申し込んだ。二度。一度目は、アンジー自身、ツアーに出発する前日で準備に忙しかったから断わった。二度目は、人の仕事を横取りする男なんて誰がデートするもんですか、と思っていたからやっぱり断わった。以来、二度と声をかけてくれない。でも、彼の姿を見ただけで、動悸が激しくなり、胃の底が抜ける。胸がざわめく。彼の掠れた声を聞くと、胸がキュンとなって、なんだか悲しくなる。

デアもまた、彼女を憎からず思っていた。彼女といると、ものの数秒でなにかに八つ当たりしたくなるし、自分が馬鹿に思えてくる。でも、惹かれる気持ちはどうしようもなかった。会えばかならず角突き合わすふたりが、大嵐の夜、人食い熊と殺人者に追われ、山の中を逃げ回る。ようやく辿り着いたデアの山小屋で、たがいに少しずつ素直になって、相手のよいところを見られるようになって……

最後に、リンダの新作についての情報を少し。アメリカで十一月に出版されるのが、“*Running Wild: The Men from Battle Ridge*”だ。『永遠の絆に守られて』でタッグを組んだリンダ・ジョーンズと、今度は西部劇に挑戦している。現代の西部劇。ワイオミングの人里離れた牧場に、訳ありな感じの女が家政婦として住み込み、牧場主とのあいだにいろいろと……という内容らしい。濃厚な物語が期待できそうだ。

もう一作、リンダ単独の新作が来年の一月に出る。タイトルは“*Shadow Woman*”。ヒロインは目覚めたら別人になっていた。鏡に映る顔に見覚えがない。しかも過去二年間の記憶が消滅していて、思いもかけぬ能力が身についている。まるで訓練を積んだエージェントのように。サスペンスフルな内容で、こちらも期待大だ。

どちらも引き続き二見書房から刊行予定ですので、どうぞお楽しみに。

二〇一二年一〇月

ザ・ミステリ・コレクション

胸騒《むなさわ》ぎの夜《よる》に

著者 リンダ・ハワード

訳者 加藤洋子《かとうようこ》

発行所 株式会社 二見書房
東京都千代田区三崎町2-18-11
電話 03(3515)2311 [営業]
03(3515)2313 [編集]
振替 00170-4-2639

印刷 株式会社 堀内印刷所
製本 株式会社 村上製本所

ISBN978-4-576-12150-5
http://www.futami.co.jp/

夜風のベールに包まれて
リンダ・ハワード
加藤洋子［訳］

美人ウェディング・プランナーのジャクリンはひょんなことからクライアント殺害の容疑者にされてしまう。しかも現われた担当刑事は〝一夜かぎりの恋人〟で…!?

永遠の絆に守られて
リンダ・ハワード／リンダ・ジョーンズ
加藤洋子［訳］

重い病を抱えながらも高級レストランで働くクロエは最近、夜ごと見る奇妙な夢に悩まされていた。そんなおり突然何者かに襲われた彼女は、見知らぬ男に助けられ…

凍える心の奥に
リンダ・ハワード
加藤洋子［訳］

冬山の一軒家にひとりでいたところ、薬物中毒の男女に強盗に入られ、監禁されてしまったロリー。そこへ助けに現われたのは、かつて惹かれていた高校の同級生で…!?

ラッキーガール
リンダ・ハワード
加藤洋子［訳］

宝くじが大当たりし、大富豪となったジェンナー。人生初の豪華クルーズを謳歌するはずだったのに謎の一団に船室に監禁されてしまい……!?　愉快&爽快なラブ・サスペンス！

天使は涙を流さない
リンダ・ハワード
加藤洋子［訳］

美貌とセックスを武器に、したたかに生きてきたドレア。彼女を生まれ変わらせたのは、このうえなく危険な暗殺者！　驚愕のラストまで目が離せない傑作ラブサスペンス

氷に閉ざされて
リンダ・ハワード
加藤洋子［訳］

一機の飛行機がアイダホの雪山に不時着した。乗客の若き未亡人とパイロットのジャスティスは、何者かの陰謀ではないかと感じはじめるが…傑作アドベンチャーロマンス！

二見文庫　ザ・ミステリ・コレクション